BIBLIOTHEK DER SCIENCE FICTION LITERATUR

Herausgegeben von Wolfgang Jeschke

SAMUEL R. DELANY

NOVA

Roman

WILHELM HEYNE VERLAG
MÜNCHEN

BIBLIOTHEK DER
SCIENCE FICTION LITERATUR
Band 06/87

Titel der amerikanischen Originalausgabe
NOVA
Deutsche Übersetzung von Heinz Nagel
Das Umschlagbild malte Chris Foss

Redaktion: Wolfgang Jeschke

Printed in Germany 1992
Umschlaggestaltung: Atelier Ingrid Schütz, München
Technische Betreuung: Manfred Spinola
Satz: Schaber Datentechnik, Wels
Druck und Bindung: Presse-Druck, Augsburg

ISBN 3-453-05795-X

□▯ 1 ▯□

»He Maus! Spiel uns was!« rief einer der Mechaniker von der Bar.

»Noch kein Schiff gefunden?« feixte der andere. »Die Steckdose wird dir einrosten. Komm, spiel uns eine Nummer.«

Maus hörte auf, mit dem Finger über den Rand seines Glases zu fahren. Er wollte »nein« sagen, begann aber mit einem »Ja«. Dann runzelte er die Stirn.

Die Mechaniker runzelten auch die Stirn:

Er war ein alter Mann.

Er war ein starker Mann.

Als Maus seine Hand an den Tischrand zog, taumelte der Alte nach vorne. Er stieß mit der Hüfte gegen die Theke. Seine langen Zehen stießen gegen ein Stuhlbein: der Stuhl tanzte auf den Steinen.

Alt. Stark. Und Maus sah auch das dritte: blind.

Er schwankte vor Maus' Tisch. Seine Hand zuckte hoch, gelbe Nägel tasteten nach seiner Wange. Spinnenfüße? »Du, Junge ...«

Maus starrte die Perlen hinter den rohen, blinzelnden Lidern an.

»Du, Junge. Weißt du, wie es war?«

Muß blind sein, dachte Maus. Bewegt sich wie blind. Sein Kopf sitzt so weit vorne auf seinem Nacken. Und seine Augen ...

Der Alte tastete nach einem Stuhl und riß ihn zu sich heran. Dann ließ er sich darauf fallen. »*Weißt* du, wie es aussah, wie es sich anfühlte, wie es roch — weißt du das?«

Maus schüttelte den Kopf; die Finger tasteten immer noch auf seiner Wange herum.

»Wir flogen, Junge, und die dreihundert Sonnen der Plejaden glitzerten zu unserer Linken wie Geschmeide, und zu unserer Rechten war alles schwarz. Das Schiff war ich, ich war das Schiff. Mit diesen Steckdosen« — er schlug die Einsätze an seinem Handgelenk gegen den Tisch: *klick* — »war ich mit meinem Projektor verbunden. Und dann« — die Stoppeln an seinem Kinn zuckten bei jedem Wort —, »mitten im Dunkeln ein Licht! Es griff nach uns, nach unseren Augen, wollte sie nicht mehr loslassen, und wir lagen in den Projektionskammern. Es war, als würde das ganze Universum zerfetzt. Ich wollte meinen Sensor-Input nicht abschalten. Ich wollte nicht wegsehen. Alle Farben, die man sich vorstellen kann, waren da und vertrieben die Nacht. Und schließlich die Schockwellen: die Wände sangen! Aber dann war es zu spät. Ich war blind.« Er sank auf seinen Stuhl zurück. »Ich bin blind, Junge. Aber es ist eine eigenartige Blindheit; ich kann nicht sehen, ich bin taub. Aber wenn du mit mir reden würdest, könnte ich das meiste verstehen.« Seine Hand fiel flach auf die Wange von Maus. »Ich kann dein Gesicht nicht fühlen. Die meisten Tastnerven sind auch abgetötet worden. Bist du glatt, oder bist du stoppelig und kratzig wie ich?« Er lachte mit gelben Zähnen in einem roten, roten Gaumen. »Dan ist auf ganz komische Weise blind.« Seine Hand fuhr über die Weste von Maus. »Ganz komisch, ja. Die meisten Leute, wenn sie blind sind, sehen schwarz. Ich habe ein Feuer in meinen Augen. Diese ganze Sonne zerbricht da immer wieder aufs neue in meinem Kopf. Wie ein Regenbogen. Das sehe ich jetzt. Und dann dich, ein überstrahltes Gespenst vor mir. Wer bist du?«

»Pontichos«, sagte Maus. Seine Stimme klang wie Wolle.

»Pontichos Provechi.«

Dans Gesicht verzog sich. »Dein Name ist ... Was hast du gesagt?

Es zerreißt mir den Kopf. In meinen Ohren steckt ein

ganzer Chor und brüllt mir sechsundzwanzig Stunden am Tag in den Schädel. Ich kann deine Stimme bloß wie ein Echo hören, ein Echo von etwas, das hundert Meter entfernt gerufen wird.« Dan hustete und ließ sich schwer auf den Stuhl zurückfallen. »Wo kommst du her?« Er wischte sich über den Mund.

»Aus Draco«, sagte Maus. »Erde.«

»Erde? Wo? Amerika? Vielleicht aus einem kleinen weißen Haus an einer Straße mit Bäumen und mit einem Fahrrad in der Garage?«

O ja, dachte Maus. Blind und taub. Maus hatte sich nie darum bemüht, seinen Akzent zu verbergen.

»Ich. Aus Australien. Aus einem weißen Haus. Ich habe außerhalb von Melbourne gelebt. Bäume. Ich hatte ein Fahrrad. Aber das war lange her. Sehr lange, Junge? Kennst du Australien auf der Erde?«

»Bin mal durchgekommen.« Maus überlegte, wie er den Alten loswerden konnte.

»Ja. So war das. Aber du weißt das ja gar nicht, Junge! Du kannst ja gar nicht wissen, wie es ist, wenn man den Rest seines Lebens mit einer Nova herumläuft, die einem ins Gehirn eingebrannt ist. Wie hast du gesagt, heißt du?«

Maus sah nach links zum Fenster, nach rechts zur Tür.

»Ich kann mich nicht daran erinnern. Diese Sonne überdeckt alles.«

Die Mechaniker, die bis jetzt zugehört hatten, wandten sich der Bar zu.

»Kann mich an nichts mehr erinnern! Oh, man hat mich zu Ärzten geschickt! Die sagen, wenn man die Nerven abschneidet, die Seh- und die Hörnerven, sie am Gehirn abklemmt, ist so laut, die könnten das Brüllen und das Licht — könnte es aufhören! Könnte?« Er hob die Hände zum Gesicht. »Und die Schatten der Welt, die hereinkommen, die würden auch aufhören. Dein Name? Wie heißt du?«

Maus wollte es gerade sagen, wollte auch sagen »entschuldige mich jetzt, ich muß gehen«.

Aber Dan hustete, fuhr sich an die Ohren. »Ah! Das war eine Schweinereise, eine Hundereise, eine Reise für Fliegen! Das Schiff war die *Roc,* und ich war Cyborgstekker für Captain Lorq Von Ray. Er hat uns« — Dan beugte sich über den Tisch — »so nahe« —, sein Daumen berührte seinen Zeigefinger — »so nahe zur Hölle gebracht. Und zurück. Dafür soll er verdammt sein und Illyrion auch, Junge, wer auch immer du bist und wo auch immer du herkommst!« Dan warf den Kopf in den Nacken, und seine Hände schlugen auf den Tisch.

Der Barkeeper blickte herüber. Jemand winkte ihm zu, einen Drink zu bringen. Der Barkeeper preßte die Lippen zusammen, wandte sich ab und schüttelte den Kopf.

»Schmerz«, Dans Kinn sank herunter, »Schmerz, wenn man eine Weile damit gelebt hat, ist nicht mehr Schmerz. Es ist etwas anderes. Lorq Von Ray ist verrückt! Er hat uns so nahe an den Rand des Todes gebracht, wie er nur konnte. Und jetzt hat er mich verlassen, hier draußen am Rand des Sonnensystems, mich, der ich zu neun Zehntel eine Leiche bin. Und wohin ...« Dans Atem ging schwer. Seine Lungen rasselten. »Wohin geht der blinde Dan jetzt?«

Plötzlich klammerte er sich an der Tischplatte fest.

»Wohin wird Dan gehen?«

Maus' Glas fiel um, zerschellte auf den Steinen.

»Sag es mir!«

Wieder schüttelte er den Tisch.

Der Barkeeper kam herüber.

Dan stand da, stieß seinen Stuhl um und rieb sich mit der Hand die Augen. Er tat zwei taumelnde Schritte durch die Pfütze, die sich auf dem Boden ausbreitete. Noch zwei.

Einer der Mechaniker wollte ihm nach, aber der andere hielt ihn am Arm fest.

Dans Fäuste stießen gegen die Pendeltüren. Und dann war er weg.

Maus sah sich um. Der Barkeeper hatte den Wischer in

sein Handgelenk gesteckt, und die Maschine glitt zischend über den Boden.

»Willst du noch 'nen Drink?«

»Nein«, flüsterte die Stimme von Maus aus seinem zerstörten Kehlkopf. »Nein. Ich war fertig. Wer war das?«

»Der war mal Cyborgstecker auf der *Roc.* Treibt sich schon seit 'ner Woche hier rum. In den meisten Lokalen werfen sie ihn raus, wenn er bloß den Fuß auf die Schwelle setzt. Warum ist's dir denn so schwergefallen auf 'ne Mannschaftsliste zu kommen?«

»Ich hab' noch nie einen Sternenflug mitgemacht«, flüsterte Maus heiser. »Ich habe mein Patent vor zwei Jahren bekommen. Seit der Zeit habe ich für eine kleine Frachtgesellschaft gearbeitet. Innerhalb des Sonnensystems auf der Dreiecksroute.«

»Ich könnte dir alle möglichen Ratschläge geben.« Der Barkeeper zog das Kabel des Wischers aus der Steckdose an seinem Handgelenk. »Aber ich will mich zurückhalten. Möge Ashton Clark mit dir sein.« Er grinste und ging hinter die Bar.

Maus fühlte sich nicht mehr wohl. Er fuhr mit dem Daumen unter den Lederriemen über seiner Schulter, stand auf und ging auf die Tür zu.

»He, Maus, komm. Spiel uns was ...«

Die Tür schloß sich hinter ihm.

Die zusammengeschrumpfte Sonne säumte die Berge mit Gold. Neptun, der riesig am Himmel hing, hüllte die Ebene in fahles Licht. Die Sternenschiffe ragten einen Kilometer entfernt aus den Wartungsschächten.

Maus ging an den Bars, den billigen Hotels und den Restaurants vorbei. Arbeitslos und heruntergekommen hatte er sich in den meisten davon herumgetrieben, hatte gespielt, um Essen zu bekommen, und in der Ecke irgendwelcher Zimmer geschlafen, wenn man ihn holte, um bei einer Party die Gäste zu unterhalten.

Er hatte jetzt das Ende der Straße erreicht, die bis an den Rand von Hölle³ führte.

Um die Oberfläche des Satelliten bewohnbar zu machen, hatte die Dracokommission Illyrionöfen aufgebaut, um den Kern des Mondes zu schmelzen. Auf diese Weise bildete sich spontan Atmosphäre aus den Felsen. Eine künstliche Ionosphäre hielt sie fest. Die anderen Manifestationen des neu geschmolzenen Kerns waren Hölle^1 bis^{52}, Vulkanspalten, die sich in der Kruste des Mondes geöffnet hatten. Hölle^3 war etwa hundert Meter breit und zweimal so tief (auf ihrem Grunde kochte ein flammender Wurm) und zehn Kilometer lang. Die Schlucht flackerte und dampfte unter dem fahlen Himmel.

Als Maus am Abgrund entlangging, strich heiße Luft über seine Wange. Er dachte an den blinden Dan. Er dachte an die Nacht jenseits von Pluto, jenseits der Sterngruppe, die man Draco nannte. Und er hatte Angst. Er befingerte den Ledersack an seiner Seite.

Maus stahl diesen Sack, als er etwa zehn Jahre alt war. Er enthielt das, was er später einmal am meisten lieben sollte.

Erschreckt floh er aus den Musikkabinen unter den weißen Gewölben zwischen den stinkenden Wildlederständen hindurch. Er preßte den Sack an seinen Leib, sprang über einen Karton Meerschaumpfeifen, der aufgeplatzt war, rannte unter einem Bogen hindurch und zwängte sich dann zwanzig Meter weit durch die Menschenmassen, die die goldene Gasse erfüllten, und wo es hinter den Samtfenstern von Licht und Gold blitzte. Er schob sich an einem Jungen vorbei, der ihm im Wege war und ein mit drei Griffen versehenes Tablett mit Teegläsern und Kaffeetassen balancierte. Als Maus ihm auswich, vollführte das Tablett einen gewagten Bogen; und Kaffee schwappte, aber nichts wurde verschüttet. Maus rannte weiter.

Wieder eine Biegung im Weg, diesmal vorbei an einem Berg bestickter Pantoffeln.

Und als seine Segeltuchschuhe das nächste Mal das

brüchige Pflaster berührten, spritzte Schlamm auf. Er blieb stehen, keuchte, blickte auf.

Keine Gewölbe. Leichter Regen fiel zwischen den Häusern. Er hielt den Sack an sich gepreßt, schmierte sich mit dem Handrücken über das feuchte Gesicht und ging die gewundene Straße hinauf.

Der verbrannte Konstantinsturm, zerfallen, schwarz, ragte vom Parkplatz hoch. Als er die Hauptstraße erreichte, drängten sich rings um ihn Leute. Das Leder auf seiner Haut war feucht geworden.

Gutes Wetter? Er wäre lieber die Abkürzung durch die Seitengasse gerannt, aber dies: er hielt sich an die Hauptstraße, wo der Schienenkörper der Monorailbahn ihm einigen Schutz bot. Er zwängte sich zwischen den Geschäftsleuten durch, den Studenten, den Trägern.

Ein Schlitten polterte auf dem Kopfsteinpflaster vorbei. Maus schwang sich auf das gelbe Brett. Der Fahrer grinste — ein goldener Halbmond in einem braunen Gesicht — und ließ ihn bleiben.

Zehn Minuten darauf schwang Maus sich herunter und duckte sich durch den Hof der Neuen Moschee. In dem Nieselregen wuschen sich ein paar Männer die Füße in steinernen Trögen an der Wand. Zwei Frauen kamen aus der Tür, holten ihre Schuhe und eilten davon.

Einmal hatte Maus Leo gefragt, wann die Neue Moschee erbaut worden war. Der Fischer von der Plejadenföderation — der immer nur an einem Fuß einen Schuh trug — hatte sich das dicke blonde Haar gekratzt und zu den Kuppeln und Minaretts aufgeblickt. »Vor etwa tausend Jahren. Aber das bloß eine Vermutung ist.«

Maus suchte jetzt Leo.

Er rannte aus dem Hof und eilte zwischen Lastwagen, Autos, Dolmuschen dahin, die sich um den Eingang der Brücke drängten. Und dahinter wälzte sich das senffarbene Wasser des Goldenen Horns um die Docks der Flügelboote. Und hinter der Mündung des Horns, auf der anderen Seite des Bosporus, waren die Wolken aufgerissen.

Das Mondlicht kam jetzt durch und traf das Kielwasser einer Fähre, die sich ihre Bahn zu einem anderen Kontinent pflügte. Maus blieb auf der Treppe stehen und starrte über die glitzernde Meerenge, in die immer mehr Licht fiel.

Fenster im nebelverhüllten Asien blitzten auf sandfarbenen Mauern. Das war der Effekt, der die Griechen vor zweitausend Jahren dazu veranlaßt hatte, die asiatische Seite der Stadt Chrysopolis — Goldstadt — zu nennen. Heute hieß sie Üsküdar.

»He, Maus!« rief Leo ihm von seinem Boot zu. Leo hatte ein Vordach über sein Boot gebaut und ein paar Fässer als Stühle aufgestellt. Schwarzes Öl kochte in einem Kessel, und daneben lag auf einem Stück Öltuch ein Haufen Fische. »He, Maus, was hast du denn?«

Wenn das Wetter besser war, aßen die Fischer, die Dockarbeiter und die Träger hier zu Mittag. Maus kletterte über das Gitter, und Leo warf zwei Fische ins Öl. Gelber Dampf stieg auf.

»Ich habe was ... das, wovon du geredet hast ... ich habe was ... ich meine, ich glaube, es ist das, was du mir gesagt hast.« Die Worte übersprudelten sich.

Leo, dem deutsche Großeltern den Namen, das Haar und den stämmigen Leib gegeben hatten (und der an einer Fischerküste einer Welt sprechen gelernt hatte, deren Nächte zehnmal soviel Sterne wie die der Erde erhellten), blickte verwirrt. Und als Maus ihm den Ledersack hinhielt, schlug seine Verwirrung in Staunen um.

Leo nahm den Sack. »Du sicher bist? Wo du ...?«

Zwei Arbeiter betraten das Boot. Leo sah, wie Maus zusammenzuckte, und er wechselte vom Türkischen ins Griechische über. »Wo du das gefunden hast?« Die Satzform blieb in allen Sprachen die gleiche.

»Ich hab' es gestohlen.« Obwohl die Zischlaute den Ausländer verrieten, sprach der kleine Zigeunerwaisenjunge mit zehn Jahren ein halbes Dutzend Sprachen der Mittelmeervölker, und zwar viel geläufiger als Leute wie

Leo, die ihre Sprachen unter einem Hypnosegerät gelernt hatten.

Die Bauarbeiter, durch ihre Maschinen verschmiert (und hoffentlich nur des Türkischen mächtig), setzten sich an den Tisch, massierten ihre Handgelenke und rieben sich die Wirbelsäulenstecker im Kreuz, wo die großen Maschinen mit ihren Leibern verbunden gewesen waren. Sie bestellten Fisch.

Leo bückte sich und warf. Silber zuckte durch die Luft, und das Öl brodelte.

Leo lehnte sich gegen die Reling und öffnete die Zugschnur. »Ja.« Er sprach langsam. »Keines auf der Erde, noch viel weniger hier, ich habe nicht gewußt war. Wo es her ist?«

»Ich habe es aus dem Bazar«, erklärte Maus. »Wenn man es überhaupt auf der Erde finden kann, findet man es im großen Bazar.« Das war das Wort, das Millionen und Abermillionen in die Königin der Städte geführt hatte.

»Das ich auch gehört habe«, sagte Leo. Und dann wieder auf türkisch. »Diesen Herren ihr Mittagessen du geben.«

Maus nahm die Schöpfkelle und lud Fisch auf Plastikteller. Die Männer holten Brotkanten aus den Körben unter dem Tisch und aßen mit den Händen.

Er holte die letzten beiden Fische aus dem Öl und brachte sie Leo, der immer noch auf der Reling saß und in den Sack hineinlachte. »Kohärentes Bild aus diesem Ding ich bekommen kann? Weiß nicht. Seit in den Äußeren Kolonien Methankraken ich gefischt habe, nicht in meinen Händen eines von diesen war. Damals ziemlich gut dies ich spielen konnte.« Der Sack fiel herunter, und Leo hielt die Luft an. »Es hübsch ist!«

In dem zerdrückten Leder hätte es eine Harfe sein können oder ein Computer. Mit Induktionsflächen wie ein Theremin, einem Steg wie eine Geige und Knöpfen an der Seite wie ein Sitar. Einige Teile waren aus Rosenholz geschnitzt, andere aus rostfreiem Stahl gegossen. Schwarze Plastikteile waren eingelegt und an den Stellen, an denen man es hielt, war das Instrument mit Plüsch gepolstert.

Leo drehte es in den Händen.

Die Wolken waren noch weiter aufgerissen.

Am Tisch klopften die Arbeiter mit den Münzen und kniffen die Augen zusammen. Leo nickte ihnen zu. Sie legten das Geld auf die schmierige Platte und verließen das Boot.

Leo tat etwas mit den Schaltern. Ein klarer Ton hallte durch die Luft, und der salzige Geruch von feuchtem Tauwerk und Teer wurde von dem Duft von ... Orchideen? überlagerte. Vor langer Zeit, er war damals vielleicht fünf oder sechs, hatte Maus sie wild in den Feldern am Rand einer Straße gerochen (damals war da eine große Frau in einem bedruckten Rock gewesen, die vielleicht Mama gewesen war, und drei barfüßige Männer mit dichten Schnurrbärten, von denen er einen Papa hatte nennen müssen; aber das war in einem anderen Land ...). Ja, Orchideen.

Leos Hand bewegte sich, und aus dem Zittern der Luft wurde ein Schimmern. Helligkeit fiel aus dem Himmel, verdichtete sich zu blauem Licht, das irgendwo zwischen ihnen entsprang. Und der Geruch verfeuchtete sich zu Rosen.

»Es funktioniert!« stieß Maus hervor.

Leo nickte. »Besser als die, die ich hatte, die Illyrionbatterie fast nagelneu ist. Diese Dinger ich auf dem Boot gespielt habe, kann noch spielen frage ich mich.« Seine Stirn furchte sich. »Nicht so gut es sein wird. Keine Übung mehr ich habe.« Maus hatte den Ausdruck in Leos Gesicht noch nie zuvor gesehen. Leos Hand schloß sich um den Abstimmknopf.

Wo Licht die Luft erfüllt hatte, bildete sich eine Gestalt. Jetzt drehte sie sich um, starrte sie über die Schulter an.

Maus riß die Augen auf.

Sie war durchscheinend und wirkte doch, weil er sich

so konzentrieren mußte, so viel wirklicher, ihr Kinn, ihre Schulter, ihr Fuß, ihr Gesicht, wie sie sich herumdrehte, lachte und ihm Blumen zuwarf. Maus duckte sich unter den Blütenblättern und schloß die Augen. Er hatte ganz normal geatmet, aber als er diesmal einatmete, hörte er einfach nicht auf. Er öffnete seinen Mund den Gerüchen, atmete weiter, bis er nicht mehr konnte. Jetzt schmerzte es ihn, und er mußte ausatmen. Schnell. Und dann kehrte er langsam ...

Er öffnete die Augen.

Öl, das gelbe Wasser des Horns, Schlamm; aber die Luft war leer von Blüten. Leo, den einen Fuß mit dem Stiefel auf die unterste Sprosse der Reling gestellt, drehte an einem Knopf. *Sie* war verschwunden.

»Aber ...« Maus trat einen Schritt vor, blieb stehen, wiegte sich auf den Zehen. »Wie ...?«

Leo blickte auf. »Rostig ich bin! Ich einmal ziemlich gut war. Aber es lange her ist. Lange her. Einmal dieses Ding ich wirklich spielen konnte.«

»Leo ... könntest du ...? Ich meine ... ich habe nicht gewußt.«

»Was?«

»Könntest du es ... mir ... beibringen?«

Leo sah den verwirrten Zigeunerjungen an, mit dem er sich hier auf den Docks angefreundet hatte, dem er von seinen Wanderungen durch die Meere und Häfen von einem Dutzend Welten erzählt hatte.

Maus war ganz erregt. Seine Finger zitterten. »Zeig es mir, Leo! Jetzt mußt du es mir zeigen!«

»Nun ...« Leo empfand so etwas wie Furcht vor der Gier des Jungen, wenn Furcht etwas gewesen wäre, was Leo kannte.

Maus starrte das gestohlene Ding mit Angst und Schrekken an. »Kannst du mir zeigen, wie man es spielt?« Und dann tat er etwas Mutiges. Er nahm es Leo weg. Und für Maus war Angst eine Gefühlsregung, die er sein ganzes kurzes zerrissenes Leben gekannt hatte.

Und als er danach griff, begann er den komplizierten Prozeß, er selbst zu werden. Staunend drehte Maus die Sender-Syrynx in den Händen.

Am Ende einer schlammigen Straße, die sich hinter einem eisernen Tor den Berg hinaufschlängelte, hatte Maus einen Nachtjob. Er mußte dort Tabletts mit Kaffee und Salep vom Teehaus durch die Scharen von Männern tragen, die dort an den schmalen Glastüren vorbeiströmten und sich immer wieder duckten, um die Frauen anzustarren, die drinnen auf sie warteten.

Jetzt kam Maus immer später zur Arbeit. Er blieb so lange wie möglich auf dem Boot. Die Lichter des Hafens blinzelten auf den fernen, kilometerlangen Docks, und Asien schimmerte durch den Nebel zu ihm herüber, während Leo ihm zeigte, wo sich jede projizierbare Farbe, jeder Geruch, jede Form und jede Bewegung in der polierten Syrynx verbarg. Und Maus' Augen und Hände begannen sich zu öffnen.

Zwei Jahre später, als Leo verkündete, daß er sein Boot verkauft habe und beabsichtige, zur anderen Seite von Draco zu reisen, vielleicht nach New Mars, um dort Staubgleiter zu fischen, war Maus bereits in der Lage, die etwas verwischte Illusion zu übertreffen, die Leo ihm zuerst gezeigt hatte.

Einen Monat darauf verließ Maus selbst Istanbul, wartete unter den tropfenden Steinen des Edernakapi, bis ihm ein Lastwagenfahrer anbot, ihn bis zur Grenzstadt Ipsala mitzunehmen. Er ging zu Fuß über die Grenze nach Griechenland, schloß sich einem roten Wagen voller Zigeuner an und fiel für die Dauer der Reise wieder ins Romani zurück, die Sprache seiner Geburt. Drei Jahre war er in der Türkei gewesen. Und als er wegging, waren die Kleider, die er am Leibe trug, das einzige, was er mitnahm, und ein schwerer, silberner Ring, der für jeden einzelnen seiner Finger zu groß war — und die Syrynx.

Zweieinhalb Jahre später, als er Griechenland verließ, hatte er den Ring immer noch. Den Nagel an seinem kleinen Finger hatte er zwei Zentimeter lang wachsen lassen, ebenso wie die anderen Jungen, die auf den schmutzigen Straßen hinter dem Flohmarkt von Monasteraiki arbeiteten und dort Läufer verkauften und allerlei Krimskrams aus Messing und was auch sonst Touristen kauften, hinter der geodesischen Kuppel, die den Markt von Athen überdeckte. Und die Syrynx nahm er mit.

Das Kreuzfahrtschiff, auf dem er arbeitete, verließ den Piräus, kreuzte nach Port Said, fuhr durch den Kanal und zu seinem Heimathafen in Melbourne.

Als er zurückfuhr, diesmal nach Bombay, war er Entertainer im Nachtclub des Schiffs: Pontichos Provechi, »Meisterwerke der Kunst, neu geschaffen«, wie es im Programm stand. In Bombay musterte er ab, betrank sich (er war jetzt sechzehn) und stelzte im Mondlicht über den schmutzigen Pier, zitternd und krank. Er schwor sich, nie wieder für Geld zu spielen. (»Komm, Junge! Zeig uns das Mosaik auf der Decke der San Sophia und dann den Parthenonfries — und laß sie tanzen!«)

Als er nach Australien zurückkehrte, war er wieder Deckmatrose. Er kam mit dem silbernen Ring, seinem langen Nagel und einem goldenen Ohrring im linken Ohr an Land. Seeleute, die den Äquator auf dem Indischen Ozean überquerten, hatten seit fünfzehnhundert Jahren das Recht auf diesen Ohrring. Der Steward hatte sein Ohrläppchen mit Eis und einer Segelnadel durchbohrt. Und die Syrynx hatte er immer noch.

Wieder in Melbourne, spielte er auf der Straße. Er verbrachte viel Zeit in einem Café, das von den jungen Leuten aus der Cooper-Astronautik-Akademie besucht wurde. Ein zwanzigjähriges Mädchen, mit dem er lebte, schlug ihm vor, daß er an einigen der Vorlesungen teilnahm.

»Komm, beschaff dir ein paar Stecker. Du kriegst sie ohnehin irgendwann mal, und du kannst dir genausogut eine vernünftige Erziehung beschaffen und lernen, wie man sie für einen besseren Job als gerade für Fabrikarbeit benutzt.

Du reist doch gern. Macht doch mehr Spaß, zu den Sternen zu fliegen, als irgendwo Müll zu sammeln.«

Als er sich schließlich von dem Mädchen trennte und Australien verließ, besaß er ein Zertifikat als Cyborgoperateur für kleine und große Fahrt. Seinen goldenen Ohrring, seinen kleinen Fingernagel und seinen Silberring hatte er immer noch — und die Syrynx.

Selbst mit Zertifikat war es schwierig, auf der Erde einen Job auf einem Sternenschiff zu bekommen. Ein paar Jahre arbeitete er für eine kleine Frachtlinie, die die Dreiecksroute beflog: Erde — Mars, Mars — Ganymed, Ganymed — Erde. Aber jetzt leuchteten die Sterne in seinen schwarzen Augen. Ein paar Tage nach seinem achtzehnten Geburtstag (zumindest war es der Tag, den er und das Mädchen in Melbourne als Geburtstag ausgesucht hatten) flog Maus zum zweiten Mond des Neptun, von dem aus die großen Handelsschiffe zu allen Welten in Draco starteten und zu den Planeten in der Plejadenföderation und sogar zu den Äußeren Kolonien. Der Silberring paßte ihm jetzt.

Maus schlenderte neben Hölle³ dahin, und sein Stiefelabsatz klapperte und sein nackter Fuß klatschte (so wie in einer anderen Stadt auf einer anderen Welt Leo gegangen war). Das war seine letzte Erwerbung. Jene, die im freien Fall in den Schiffen arbeiteten, die zwischen den Planeten flogen, erwarben sich mit einem Satz Zehen, manchmal sogar mit beiden, die gleiche Fertigkeit, die Planetenbewohner mit den Händen hatten und ließen diesen Fuß dann immer frei. Die kommerziellen Interstellarfrachter verfügten über künstliche Schwerkraft, so daß dafür weder Notwendigkeit und auch keine Möglichkeit bestand.

Er schlenderte unter einer Platane dahin, und die Blätter säuselten im warmen Wind. Dann stieß er mit der Schulter gegen etwas. Er taumelte, wurde festgehalten, herumgerissen.

»Du blöder, rattengesichtiger, kleiner...« Eine Hand

klammerte sich um seine Schulter und stieß ihn auf Armeslänge weg. Maus blickte zu dem Mann empor.

Jemand hatte versucht, sein Gesicht aufzuhacken. Die Narbe verlief im Zickzack vom Kinn an den dicken Lippen vorbei durch die Wangenmuskeln — das gelbe Auge war wunderbarerweise am Leben —, durchschnitt die linke Braue und verschwand dann im roten Negerhaar, eine seidige Flamme. Das Fleisch zwängte sich in die Wunde hinein wie getriebenes Kupfer in eine Bronzeader.

»Wo rennst du denn hin, Junge?«

»Tut mir leid ...«

Der Mann trug die goldene Plakette eines Offiziers an seiner Weste.

»Ich hab' wohl nicht aufgepaßt ...«

Eine Menge Muskeln an der Stirn des Mannes verzogen sich. Dann bildete sich ein Wulst am Kinn. Und jetzt fing ein Geräusch hinter dem Gesicht an, breitete sich aus, ein Lachen, voll und verächtlich.

Maus lächelte und haßte den Offizier gleichzeitig. »Ich hab' wohl nicht aufgepaßt, wo ich hingehe.«

»Das glaub' ich auch.« Die Hand fiel zweimal auf seine Schulter, dann schüttelte der Kapitän den Kopf und schlenderte davon.

Verstört ging Maus weiter.

Dann blieb er stehen und sah sich um. Die goldene Scheibe auf der linken Schulter des Kapitäns hatte den Namen Lorq Von Ray getragen. Maus' Hand griff nach dem Sack, den er unter dem Arm trug.

Er warf das schwarze Haar zurück, das ihm in die Stirn gefallen war, sah sich um und kletterte auf das Geländer. Er fuhr mit den Füßen unter die Sprossen und nahm die Syrynx heraus.

Seine Weste war nur halb zugeknöpft. Er stemmte das Instrument gegen die Brust. Maus' Gesicht senkte sich. Seine langen Lider verdeckten seinen Blick. Seine Hand mit Ring und Nagel fiel auf die Induktionsflächen.

Bilder füllten die Luft.

2

Katin, lang und strahlend, schlurfte auf Hölle³ zu, die Augen auf dem Boden, die Gedanken bei den Monden am Himmel.

»Du, Junge!«

»Hm?«

Das unrasierte Wrack lehnte sich an den Zaun und klammerte sich mit schmutzigen Händen an das Geländer.

»Wo kommst du her?« Die Augen des Wracks waren glasig.

»Luna«, sagte Katin.

»Von einem kleinen weißen Haus an einer Straße mit Bäumen und mit einem Fahrrad in der Garage? Ich hatte ein Fahrrad.«

»Mein Haus war grün«, sagte Katin. »Und es stand unter einer Luftkuppel. Aber ein Fahrrad hatte ich.«

Das Wrack schwankte am Geländer. »Das weißt du nicht. Junge. Das weißt du nicht.«

Verrückten muß man zuhören, dachte Katin. Sie werden immer seltener.

»Vor langer Zeit ... langer, langer Zeit!« Der alte Mann schlurfte davon.

Katin schüttelte den Kopf und ging weiter.

Er war schlaksig und lächerlich groß, beinahe zwei Meter. Er war schon mit sechzehn so in die Höhe geschossen. Und da er immer noch nicht wirklich glaubte, daß er so groß war, neigte er selbst jetzt, zehn Jahre später, dazu, die Schultern einzuziehen. Er schlenderte weiter. Und seine Gedanken wanderten wieder zu den Monden.

Katin, auf *dem* Mond geboren, liebte Monde. Er hatte immer auf Monden gelebt, nur die Zeit nicht, als es ihm gelungen war, seine Eltern, die am Draco-Gerichtshof auf

Luna als Stenografen tätig waren, davon zu überzeugen, daß es besser war, wenn er seine Universitätsausbildung auf der Erde erwarb, in jenem Zentrum der Wissenschaften und des geheimnisvollen, undurchdringlichen Westens, in Harvard, dem Ort der Reichen, der Exzentriker und der Genies — und all das war er, bloß nicht reich.

All das, was die Oberfläche eines Planeten so abwechslungsreich macht, die Höhen des Himalaja und die sanften brennenden Dünen der Sahara, kannte er nur vom Hörensagen. Die froststarrenden Mooswälder an den Polkappen des Mars oder die tosenden Staubströme am Äquator des roten Planeten; den Gegensatz zwischen der Nacht des Merkur und seinem Tag — all das hatte er nur in Psychoramareiseberichten erlebt.

Das war es nicht, was Katin kannte, was Katin liebte. — Monde?

Monde sind klein. Die Schönheit eines Mondes liegt in den Variationen des Gleichen. Von Harvard war Katin nach Luna zurückgekehrt und von dort aus zur Phobosstation, wo er sich in eine Kombination von Recordern, Bürocomputern und Adressographenmaschinen eingesteckt hatte — nicht viel mehr als eine Art Sekretärin. Und an seinen freien Tagen hatte er in einem Traktoranzug mit polarisierten Augenlinsen den Phobos erforscht, während Deimos, ein fünfzehn Kilometer durchmessender Felsbrokken, an dem so gefährlich nahe scheinenden Horizont vorbeiwirbelte. Schließlich brachte er ein paar Leute zusammen, die mit ihm auf dem Deimos landeten, er erforschte den winzigen Mond, wie man nur ein Weltchen erforschen kann. Dann ließ er sich zu den Monden des Jupiter versetzen. Io, Europa, Ganymed, Callisto kreisten unter seinen braunen Augen. Die Monde des Saturn drehten sich im diffusen Schein der Ringe unter seinen einsamen Blicken, wenn er von den Stationen zu ihnen hinaufstarrte, wo er arbeitete. Er erforschte die grauen Krater, die grauen Berge, Täler und Schluchten, in den Tagen und Nächten blendenden Lichts. Alle Monde sind gleich?

Hätte man Katin auf einen von ihnen gestellt und ihm plötzlich eine Binde von den Augen genommen, so hätte er ihn sofort erkannt, an der Gesteinsstruktur, den Kristallformationen und tausend anderen Dingen. Katin war es gewohnt, feinste Unterschiede in Landschaft und Charakter zu erkennen. Er kannte die Leidenschaften, die durch die Vielfalt einer ganzen Welt oder eines ganzen Menschen kamen, kannte sie — liebte sie aber nicht.

Und mit dieser Abneigung wurde er in zweifacher Hinsicht fertig. Für die inneren Manifestationen schrieb er einen Roman.

Ein mit Juwelen besetzter Recorder, den seine Eltern ihm gegeben hatten, als er sein Stipendium bekam, hing an einer Kette von seinem Handgelenk. Bis jetzt enthielt er etwa hunderttausend Wörter Notizen. Er hatte noch nicht mit dem ersten Kapitel begonnen.

Für die äußeren Manifestationen hatte er dieses isolierte Leben, weit unterhalb seiner intellektuellen Fähigkeiten, gewählt, ein Leben, das nicht einmal zu seinem Temperament paßte. Er entfernte sich langsam weiter und weiter von den Brennpunkten menschlicher Aktivität, die sich für ihn immer noch als eine Welt namens Erde darstellte. Erst vor einem Monat hatte er seinen Kurs als Cyborg-Operateur beendet. Heute morgen war er auf diesem letzten Mond des Neptun — dem letzten Mond des Sonnensystems — eingetroffen.

Sein braunes Haar war seidig, ungekämmt und lang genug, daß man es in einer Rauferei packen konnte (wenn man groß genug war). Und als er einen Fußweg erreichte, blieb er stehen. Jemand saß auf dem Geländer und spielte eine Sensor-Syrynx.

Ein paar Leute waren stehengeblieben, um zuzusehen.

Farbfugen strömten durch die Luft, bildeten Silhouetten, spiegelten sich ineinander, greller Smaragd, stumpfer Amethyst.

Düfte strömten, Essig, Schnee, Meer, Ingwer, Rum. Herbst, Meer, Ingwer, Meer, Herbst, Meer, Meer, wieder wogendes Meer. Und Licht schäumte in dem dämpfenden Blau, das das Gesicht von Maus erhellte. Elektrische Arpeggien fluteten durch die Neptunnacht.

Und Maus hockte auf dem Geländer, blickte zwischen die Bilder, eine Implosion nach der anderen und seine eigenen braunen Finger tanzten über die Knöpfe, und das Licht aus der Maschine strömte über seine Hände. Und seine Finger tanzten.

Etwa zwei Dutzend Leute hatten sich versammelt. Sie rissen die Augen auf, drehten die Köpfe. Das Licht der Illusionen überstrahlte ihre Augen, strich die Falten um ihre Münder zu, füllte die Furchen auf ihrer Stirn. Eine Frau rieb sich das Ohr und hustete.

Katin blickte über die Köpfe.

Jemand schob sich nach vorne.

Maus blickte auf.

Der blinde Dan schlurfte heran, blieb stehen und taumelte im Feuer der Syrynx.

»He, komm, verschwinde hier ...«

»Komm, Alter, weiter ...«

»Wir sehen nicht, was der Junge macht ...«

Mitten in der Schöpfung von Maus taumelte Dan.

Maus lachte. Und dann schloß sich seine braune Hand über dem Projektorknopf, und Licht und Töne und Gerüche sammelten sich um einen einzelnen mächtigen Dämon, der vor Dan stand, Grimassen schnitt und mit Schuppenflügeln flatterte, die bei jedem Flügelschlag die Farben wechselten. Der Dämon heulte wie eine Trompete, verzerrte sein Gesicht, bis es dem Dans glich, aber mit einem dritten Auge, das sich in seiner Stirn drehte.

Die Leute fingen an zu lachen.

Das Schemen sprang und kauerte unter den Fingern von Maus nieder. Der Zigeuner grinste bösartig.

Dan taumelte nach vorne, warf die Arme hoch.

Kreischend wandte der Dämon ihm den Rücken, bückte sich. Ein Geräusch wie aus einem Flatterventil ertönte, und die Zuschauer grölten, als Gestank sich erhob.

Katin, der neben Maus am Geländer lehnte, spürte, wie sich sein Nacken vor Scham rötete.

Der Dämon machte einen Satz.

Und dann griff Katin hinunter und legte die Hand über das visuelle Induktionsfeld, und das Bild verblaßte.

Maus blickte scharf auf. »He ...«

»Das brauchst du nicht zu tun«, sagte Katin, und seine große Hand verdeckte Maus' Schulter.

»Er ist blind«, sagte Maus. »Er kann nicht hören, er kann nicht riechen — er weiß nicht, was vorgeht ...«, seine schwarzen Brauen senkten sich. Aber er hatte aufgehört zu spielen.

Dan stand allein mitten in der Menge. Plötzlich schrie er auf. Und schrie noch einmal. Die Leute taumelten zurück. Jetzt blickten Maus und Katin in die Richtung, in die Dans Arm wies.

In dunkelblauer Weste mit der goldenen Scheibe auf der Schulter, die Narbe flammend, schob sich Captain Lorq Van Ray aus der Menschenmenge hervor.

Dan hatte ihn trotz seiner Blindheit erkannt. Er drehte sich um, taumelte aus dem Kreis. Er stieß einen Mann zur Seite, rempelte eine Frau an und tauchte in der Menge unter.

Jetzt, da Dan verschwunden und die Syrynx verstummt war, wandte sich die Aufmerksamkeit dem Captain zu. Von Ray schlug sich mit der flachen Hand auf die Hüfte, so daß es wie ein Schuß knallte. »Halt! Hört auf zu schreien!«

Seine Stimme hallte weit. »Ich bin hier, um eine Mannschaft von Cyborgmännern auszusuchen, für eine lange Reise, wahrscheinlich am Inneren Arm entlang.« Seine gelben Augen flackerten. Seine Gesichtszüge grinsten, aber es dauerte ein paar Sekunden, bis man den Ausdruck um seinen verzogenen Mund erkennen konnte. »Also, wer von euch will in die Nacht fliegen? Seid ihr

Sandfüße oder Sternenwanderer? Du!« Er deutete auf Maus, der immer noch auf dem Geländer saß. »Willst du mitkommen?«

Maus kletterte herunter. »Ich?«

»Du und dein infernalisches Spielzeug! Wenn du lernen kannst aufzupassen, wo du hintrittst, hätte ich gern jemand an Bord, der solche Kunststückchen kann. Nimm den Job.«

Ein Grinsen zog Maus' Lippen von seinen Zähnen zurück. »Sicher«, sagte er, und sein Grinsen verblaßte. »Ich komme mit.« Die Worte kamen von dem jungen Zigeuner wie das besoffene Wispern eines alten Mannes. »Sicher komme ich, Captain.« Maus nickte, und sein goldener Ohrring blitzte im vulkanischen Licht.

»Hast du einen Kumpel, der mitkommen soll? Ich brauch' eine Mannschaft.«

Maus, der in diesem Hafen niemand besonders mochte, blickte zu dem unglaublich großen jungen Mann auf, der ihn daran gehindert hatte, Dan weiter zu verspotten. »Wie wär's, Kleiner?« Er deutete mit dem Daumen auf den überraschten Katin. »Ich kenn' ihn nicht, aber als Kumpel kann ich ihn brauchen.«

»Schön. Dann habe ich ...«, Captain Von Ray kniff die Augen zusammen und musterte Katins hängende Schultern, seine schmale Brust und die schwächlichen blauen Augen, die hinter Kontaktlinsen schwammen, »... zwei.« Katins Ohren wurden warm.

»Wer noch? Was ist denn los? Habt ihr Angst, diesen Brocken Dreck zu verlassen?« Er deutete mit einer Kopfbewegung auf die Berge. »Wer kommt mit uns dorthin, wo die Nacht die Ewigkeit bedeutet und der Morgen bloß eine Erinnerung ist?«

Ein Mann trat vor. Er hatte Haut von der Farbe einer Kaisertraube, einen langen Kopf und ausgeprägte Züge. »Ich komme mit.« Beim Reden bewegten sich die Muskeln in Strängen unter seinem Kinn.

»Hast 'nen Kumpel?«

Ein zweiter Mann trat vor. Sein Fleisch war durchsichtig wie Seife, sein Haar wie weiße Wolle. Es dauerte eine Weile, bis man die Ähnlichkeit der Züge erkannte. Das waren die gleichen schweren Lippen, die gleichen tief eingegrabenen Falten unter der kräftigen Nase: Zwillinge. Und als der zweite den Kopf drehte, sah Maus die blinzelnden rosa Augen mit den silbernen Lidern.

Der Albino ließ die breite Hand — ein Sack von Knöcheln und von der Arbeit zerfetzten Nägeln — auf die Schulter seines Bruders fallen. »Wir gehen miteinander.«

Ihre Stimmen im schweren Akzent der Kolonien waren gleich.

»Noch einer?« Captain Van Ray sah sich um.

»Du mich mitnehmen willst, Captain?«

Ein Mann schob sich vor.

Etwas flatterte auf seiner Schulter.

Sein gelbes Haar flog in einem Wind, den nicht der Abgrund erzeugte. Feuchte Schwingen streckten sich wie Onyx, wie Isinglas. Der Mann griff zu den schwarzen Krallen, die wie eine Epaulette auf seiner Schulter saßen, und strich mit dem Daumen darüber.

»Hast du außer deinem Vogel noch einen Kumpel?«

Die schmale Hand in der seinen trat sie vor, folgte ihm mit einem Meter Abstand.

Trauerweide? Vogelschwinge? Wind in Frühlingszweigen? Maus suchte sein Gedächtnis ab, um einen Vergleich für die Zartheit ihres Gesichtes zu finden. Aber er fand nichts.

Ihre Augen hatten die Farbe von Stahl. Kleine Brüste hoben sich unter ihrer Weste. Und dann funkelte der Stahl, als sie sich umsah (eine starke Frau, dachte Katin, der dafür ein Auge hatte).

Captain Van Ray verschränkte die Arme. »Ihr zwei und das Tier auf deiner Schulter?«

»Wir sechs Tiere haben, Captain«, sagte sie.

»Solange sie stubenrein sind, meinetwegen. Aber das

erste Biest, das mir zwischen die Beine kommt, fliegt ins All.«

»Einverstanden, Captain«, sagte der Mann. In den schrägliegenden Augen in seinem geröteten Gesicht blitzte ein Lächeln. Jetzt griff seine freie Hand nach dem Bizeps des anderen Armes, und seine Finger glitten über das blonde Haar, das den Unterarm wie eine Matte bedeckte, über die Knöchel, bis er die Hand der Frau in seinen beiden Händen hielt. Er hatte das Paar in der Bar gesehen, sie hatten gespielt, erinnerte sich Maus. »Wann du uns an Bord wollen?«

»Eine Stunde vor Dämmerung. Mein Schiff fliegt der Sonne entgegen. Es ist die *Roc* auf Pad siebzehn. Wie nennen deine Freunde dich?«

»Sebastian.« Das Tier auf seiner Schulter schlug mit den Schwingen. »Tyÿ.« Sein Schatten verdunkelte ihr Gesicht.

Captain Von Ray beugte sich vor und starrte die beiden mit Tigeraugen an. »Und deine Feinde?«

Der Mann lachte. »Der verdammte Sebastian mit seinen Flatterbiestern.«

Von Ray sah die Frau an. »Und dich?«

»Tyÿ.« Das kam ganz weich. »Immer noch.«

»Ihr beiden.« Von Ray wandte sich den Zwillingen zu. »Eure Namen?«

»Er ist Idas ...«, sagte der Albino und legte erneut die Hand auf den Arm seines Bruders.

»... und er ist Lynceos.«

»Und was würden eure Feinde sagen, wenn ich sie fragte, wer ihr seid?«

Der dunkle Zwilling zuckte die Achseln. »Nur Lynceos ...«

»... und Idas.«

»Du?« Von Ray deutete mit einer Kopfbewegung auf Maus.

»Du kannst mich Maus nennen, wenn du mein Freund bist. Du mein Feind und du meinen Namen nie kennen.«

Von Rays Lider senkten sich langsam halb über seine gelben Augen, und er sah den Großen an.

»Katin Crawford«, sagte Katin zu seiner eigenen Überraschung, ohne gefragt zu werden. »Und wenn meine Feinde mir sagen, wie sie mich nennen, werde ich es dir sagen, Captain Von Ray.«

»Wir gehen auf eine lange Reise«, sagte Von Ray. »Und ihr werdet Feinden gegenüberstehen, an die ihr nie gedacht hättet. Wir fliegen gegen Prince und Ruby Red. Wir fliegen ein Frachtschiff leer hinaus und kommen — wenn die Würfel richtig fallen — mit vollem Laderaum zurück. Ihr sollt wissen, daß diese Reise schon zweimal gemacht wurde. Einmal sind wir kaum gestartet, das andere Mal war ich schon kurz vor dem Ziel. Aber der Anblick war für ein paar aus meiner Mannschaft zuviel. Dieses Mal habe ich vor hinauszugehen, meinen Laderaum zu füllen und wieder zurückzukehren.«

»Wohin fliegen wir werden?« fragte Sebastian. Und das Geschöpf auf seiner Schulter trat von einem Fuß auf den anderen, bemühte sich um Gleichgewicht. Seine Flügelspanne betrug beinahe zwei Meter. »Was dort draußen ist, Captain?«

Von Ray warf den Kopf in den Nacken, als könnte er sein Ziel sehen. Dann blickte er kurz hinunter. »Dort draußen ...«

Maus spürte ein seltsames Prickeln im Nacken, als bestünde er aus Stoff, und als hätte jemand an ihm gezogen und das Gewebe aufgefasert.

»Irgendwo dort draußen«, sagte Von Ray, »ist eine Nova.«

Angst?

Maus suchte einen Augenblick nach Sternen, fand aber nur Dans leeres Auge.

Und Katin taumelte zurück, über die Abgründe vieler Monde, und seine Augen traten unter der Gesichtsplatte hervor, während irgendwo, in Richtung auf den Mutterleib zu, eine Sonne zusammenbrach.

»Wir sind auf der Jagd nach einer Nova.«

Das ist also *wahre* Furcht, dachte Maus. Mehr als nur das Geschöpf, das in seiner Brust flatterte und gegen seine Rippen taumelte.

Das ist der Anfang einer Million Reisen, überlegte Katin, Reisen, bei denen einem die Füße an derselben Stelle festkleben.

»Wir müssen bis an den flammenden Rand dieser implodierenden Sonne. Das ganze Kontinuum in der Nachbarschaft einer Nova ist Raum, der weggebogen worden ist. Wir müssen an den Rand des Chaos gehen und eine Handvoll Feuer zurückbringen und unterwegs so selten wie möglich anhalten. Dort, wohin wir gehen, ist das ganze Gesetz zerbrochen.«

»Welches Gesetz meinst du?« fragte Katin. »Das Gesetz der Menschen oder das der Natur, das der Physik, der Psychik und der Chemie?«

Von Ray hielt inne. »Alle.«

Maus zog den Lederriemen über die Schulter und schob die Syrynx in den Sack.

»Das ist ein Wettrennen«, sagte Von Ray. »Ich sag' es euch noch mal. Prince und Ruby Red sind unsere Gegner. Es gibt kein Gesetz der Menschen, das sie halten könnte. Und je näher wir der Nova kommen, desto weniger werden die anderen Gesetze uns schützen.«

Maus schüttelte sich das Haar aus der Stirn. Seine Hand strich unter dem Leder das Sackes über sein Instrument. »Das wird eine interessante Reise.« Seine dicke Stimme kostete die Gefahr. »Das klingt wie eine Reise, von der ich singen kann.«

»Diese ... diese Handvoll Feuer, die wir zurückbringen«, begann Lynceos.

»Den Laderaum voll«, verbesserte Von Ray. »Das sind sieben Tonnen. Sieben Barren, jeder davon eine Tonne schwer.«

Idas sagte: »Du kannst nicht sieben Tonnen Feuer heimbringen ...«

»Was werden wir also laden, Captain?« führte Lynceos den Satz zu Ende.

Die Mannschaft wartete. Und die anderen warteten auch.

Von Ray griff an seine linke Schulter und knetete sie. »Illyrion«, sagte er. »Und wir holen es von der Quelle.« Seine Hand fiel herunter. »Gebt mir eure Klassifizierungsnummern. Und das nächste Mal möchte ich euch auf der *Roc* sehen, eine Stunde vor Morgendämmerung.«

»Nimm einen Drink ...«

Maus schob die Hand weg und fuhr fort zu tanzen. Musik hämmerte über die Metallglocken, während rote Lichter einander durch die Bar jagten.

»Nimm einen ...«

Die Hüften von Maus zuckten im Takt der Musik. Tyÿ stieß gegen ihn, schwang ihr schwarzes Haar über die schweißglänzenden Schultern. Ihre Augen waren geschlossen, ihre Lippen zitterten.

Jemand sagte zu jemand anderem: »Da, ich kann das nicht mehr trinken. Trink du es für mich aus.«

Sie fuchtelte mit den Händen, kam auf ihn zu. Dann blinzelte Maus.

Tyÿ begann zu verschwimmen, undeutlich zu werden.

Wieder blinzelte er.

Dann sah er Lynceos, der die Syrynx in den weißen Händen hielt. Sein Bruder stand hinter ihm; sie lachten. Die echte Tyÿ saß an einem Tisch in der Ecke und mischte ihre Karten.

»Hey!« sagte Maus und ging auf sie zu. »Hört mal, laßt den Unsinn mit meiner Axt, bitte. Wenn ihr spielen könnt, gut. Aber zuerst müßt ihr mich fragen.«

»Yeah«, sagte Lynceos. »Du warst der einzige, der es sehen konnte ...«

»... wir hatten es auf Richtstrahl«, sagte Idas. »Tut uns leid.«

»Schon gut«, sagte Maus und nahm seine Syrynx zurück. Er war betrunken und müde. Er verließ die Bar, schlenderte am blühenden Rand von Hölle[3] entlang und überquerte schließlich die Brücke, die zu Pad siebzehn führte. Der Himmel war schwarz. Seine Hand strich über das Geländer, und orangeroter Schein von unten erleuchtete seine Finger und seinen Unterarm.

Jemand lehnte vor ihm an der Brüstung.

Er verlangsamte seinen Schritt.

Katin blickte verträumt über den Abgrund. Das orangerote Licht ließ sein Gesicht wie eine Teufelsmaske erscheinen.

Zuerst glaubte Maus, Katin führe Selbstgespräche. Dann sah er das juwelenbesetzte Gerät in seiner Hand.

»... ins menschliche Gehirn«, erklärte Katin seinem Recorder. »Und zwischen Cerebrum und Medulla findet sich ein Gebilde, das einer menschlichen Gestalt gleicht, aber nur einen Zentimeter groß ist. Es verbindet die Sinneseindrücke, die ihren Ursprung außerhalb des Gehirns haben, mit den cerebralen Abstraktionen, die sich darin bilden. Es stellt das Gleichgewicht mit der Wahrnehmung der Außenwelt und dem Wissen um die innere Welt dar.

Arbeitet man sich durch das Gewirr von Intrigen hindurch, die eine Welt mit der anderen verbinden ...«

»He, Katin.«

Katin blickte zu ihm auf.

»... die ein Sternsystem mit dem anderen verbinden, die es bewirken, daß der von Sol beherrschte Dracosektor, die Plejadenföderation und die Äußeren Kolonien voneinander unabhängig bleiben, dann findet sich ein Wirbel von Diplomaten und gewählten oder selbstbestimmten Beamten, ehrlich oder korrupt, wie es ihre Lage erfordert — kurz gesagt, das Regierungsgerippe, das seine Form von den Welten bezieht, die es vertritt.

Könnte man einen Stern aufschneiden, so fände man inmitten der flammenden Gashülle einen Kern reiner Nuklearmaterie, verdichtet und flüchtig, vom Gewicht der ihn umgebenden Materie zusammengepreßt, kugelförmig oder flach wie die Form der Sonne selbst. Und während solarer Störungen trägt dieser Knotenpunkt Schwingungen eben dieser Störungen direkt durch die Sternmasse, um jene Schwingungen auszugleichen, die mit den Gezeiten über die Oberfläche der Sonne rasen.

Gelegentlich kommt es zu Störungen der winzigen Körper, die den dauernden Druck auf das menschliche Gehirn ausgleichen.

Häufig ist das diplomatische Netz nicht imstande, den Druck der Welten auszugleichen, die sie regieren.

Und wenn der Gleichgewichtsmechanismus im Inneren einer Sonne versagt, so werden jene titanischen Kräfte freigesetzt, die aus der Sonne eine Nova machen ...«

»Katin?«

Er schaltete den Recorder ab und sah Maus an.

»Was machst du?«

»Notizen für meinen Roman.«

»Deinen was?«

»Eine archaische Kunstform, die vom Psychorama verdrängt worden ist. Im Roman konnte man heute verschwundene Feinheiten ausdrücken, Feinheiten spiritueller und künstlerischer Art, wie sie unsere neue, unmittelbarere Kunst noch nicht erreicht hat. Maus, ich bin ein Anachronismus.« Katin grinste. »Und vielen Dank noch für meinen Job.«

Maus zuckte die Achseln. »Wovon redest du?«

»Psychologie.« Katin steckte den Recorder ein. »Politik und Physik. Die drei großen P.«

»Kannst du lesen und schreiben?« fragte Katin.

»Türkisch, griechisch und arabisch. Und englisch, aber nicht besonders gut. Die Buchstaben haben überhaupt nichts mit den Lauten zu tun, die man macht.«

Katin nickte. Er war auch etwas betrunken. »Sehr tiefsinnig. Deshalb eignete sich das Englische so gut für Romane. Aber ich simplifiziere zu stark.«

»Was ist mit Psychologie und Politik? Über Physik weiß ich Bescheid.«

»Insbesondere«, meinte Katin, dem fließenden, glühenden Band aus feuchtem Felsgestein zugewandt, das sich zweihundert Meter unter ihm dahinwand, »die Psychologie und die Politik unseres Kapitäns. Die beschäftigen mich.«

»Was denn im speziellen?«

»Seine Psychologie ist an diesem Punkt eine reine Frage meiner Neugierde, weil sie unbekannt ist. Ich werde im Laufe unserer Reise Gelegenheit haben, sie näher zu erforschen. Aber politisch gibt es eine ganze Menge zu bedenken.«

»Wirklich? Was soll das bedeuten?«

Katin stützte das Kinn auf die Hand. »Ich habe in den Ruinen eines einst großen Landes eine Universität besucht. Und auf der anderen Straßenseite gab es ein Gebäude, das sich ›Von Ray Psychowissenschaftliches Labor‹ nannte. Ein Bau, der noch nicht lange stand, höchstens hundertvierzig Jahre.«

»Captain Von Ray?«

»Sein Großvater, nehme ich an. Es wurde der Schule gestiftet. Zur Feier der dreißigsten Wiederkehr des Tages, an dem Gerichte von Draca der Plejadenföderation die volle Souveränität übertrugen.«

»Von Ray kommt von den Plejaden? Er hat aber gar keinen Akzent. Bist du sicher?«

»Sein Familienbesitz liegt zweifellos dort. Er hat wahrscheinlich sein ganzes Leben im Weltraum verbracht, ist von Stern zu Stern gereist, so wie wir das auch gerne möchten. Was wollen wir wetten, daß ihm sein Schiff selbst gehört?«

»Er arbeitet nicht für irgendein Kombinat?«

»Nein, sofern es nicht seiner Familie gehört. Die Von Rays sind wahrscheinlich die mächtigste Familie in der Plejadenföderation. Ob unser Kapitän nur ein verarmter Schwager ist, der bloß zufällig den gleichen Namen trägt oder ob er der direkte Erbe ist, weiß ich nicht. Was ich weiß, ist, daß dieser Name mit der Kontrolle und der Organisation der ganzen Plejadenföderation in Verbindung steht; das ist die Art von Familie, die ein Wochenendhaus in den äußeren Kolonien und ein oder zwei Stadthäuser auf der Erde besitzt.«

»Dann ist er ein wichtiger Mann.« Die Stimme von Maus klang heiser.

»Ja, das ist er.«

»Was ist mit diesem Prince und diesem Ruby Red, von denen er gesprochen hat?«

»Bist du so dumm, oder bist du bloß ein Produkt der Überspezialisierung unseres einunddreißigsten Jahrhunderts?« fragte Katin. »Manchmal träume ich wirklich davon, daß eine der großen Renaissancegestalten des zwanzigsten Jahrhunderts zurückkehrt: Bertrand Russel, Susanne Langer, Pejt Davlin.« Er sah Maus an. »Wer baut denn sämtliche Antriebssysteme, die man sich denken kann, interplanetarisch ebenso wie interstellar?«

»Die Red Shift Limited ...« Maus hielt inne. »*Der* Red?«

»Wenn er kein Von Ray wäre, würde ich annehmen, daß er von irgendeiner anderen Familie spräche. Aber als Von Ray ist es höchst wahrscheinlich, daß er genau diese Reds meint.«

»Verdammt«, sagte Maus. Red Shift war ein Etikett, das so häufig auftauchte, daß man es überhaupt nicht mehr bemerkte. Red Shift machte die Einzelteile für so ziemlich jeden Raumantrieb, den man sich vorstellen konnte, die Werkzeuge, um sie zu zerlegen, die Maschinen, um sie zu warten und sämtliche Ersatzteile.

»Red ist eine Industriellenfamilie, die ihren Ursprung schon in den frühen Tagen der Raumfahrt hat; sie hat große Besitzungen auf der Erde im speziellen und im ganzen Dracosektor im allgemeinen. Die Von Rays sind eine nicht ganz so alte, aber wahrscheinlich ebenso mächtige Familie in der Plejadenföderation. Und jetzt tragen die beiden ein Rennen um sieben Tonnen Illyrion aus. Fiebert da nicht jede politische Ader in dir?«

»Warum denn?«

»Zugegeben«, meinte Katin resigniert, »der Künstler, der sich mit dem Ausdruck seines Ichs und der Projektion seiner inneren Welt beschäftigt, sollte eigentlich unpolitisch eingestellt sein. Aber das geht wirklich zu weit, Maus.«

»Wovon redest du denn, Katin?«

»Maus, was bedeutet Illyrion für dich?«

Er überlegte. »Meine Syrynx wird von einer Illyrionbatterie betrieben. Ich weiß, daß man es dazu benutzt, um den Kern dieses Mondes zu heizen. Hat es nicht auch mit den überlichtschnellen Raumschiffantrieben zu tun?«

Katin schloß die Augen. »Du bist ein registrierter, geprüfter kompetenter Cyborgstecker wie ich, stimmt's?« Als er »stimmt's« sagte, gingen seine Augen auf.

Maus nickte.

»Oh, wenn wir bloß wieder ein Erziehungssystem hätten, in dem das Verständnis ein wichtiger Teil des Wissens ist«, tönte Katin vor der flackernden Nacht. »Wo hast du denn deine Cyborgausbildung bekommen? Australien?«

»Hm.«

»Das kann ich mir vorstellen. Maus, in deiner Syrynxbatterie ist wesentlich weniger Illyrion, und zwar um einen Faktor von zwanzig bis fünfundzwanzig als — sagen wir — Radium im Leuchtzifferblatt deiner Uhr. Und wie lange hält deine Batterie?«

»Angeblich fünfzig Jahre. Ist auch teuer genug.«

»Das Illyrion, das man braucht, um den Kern dieses Mondes glutflüssig zu halten, wird in Gramm gemessen. Und die Menge, die man braucht, um ein Sternenschiff anzutreiben, ist in der gleichen Größenordnung. Und der zur Zeit im Menschen zugänglichen Universum abgebaute Betrag macht vielleicht acht oder neuntausend Kilo aus. Aber Captain Von Ray wird *sieben Tonnen* nach Hause bringen!«

»Ja, da kann ich mir schon vorstellen, daß Red Shift sich auch dafür interessiert.«

Katin nickte bedächtig. »Allerdings.«

»Katin, was ist Illyrion? Ich habe in Cooper danach gefragt, aber die sagten, das sei für mich zu kompliziert.«

»Das haben die mir in Harvard auch gesagt«, meinte Katin. »Psychophysik 74 und 75. Ich habe in der Bibliothek nachgesehen. Die beste Definition, die ich gelesen habe, stammt von Professor Plovnievsky in der Arbeit, die er 2238 in Oxford vor der Gesellschaft für theoretische Physik vorgelegt hat. Ich zitiere: ›Im Prinzip, meine Herren, ist Illyrion etwas anderes.‹ Man fragt sich wirklich, ob das ein glücklicher Zufall war, der durch mangelnde Kenntnisse in der englischen Sprache entstand, oder ob er die Feinheiten des Englischen in allen Einzelheiten erkannt hatte. Die Definition im Lexikon lautet, glaube ich, etwa folgendermaßen: ›... allgemeine Bezeichnung für die Gruppe von Transdreihundert-Elementen mit psychomorphischen Eigenschaften, heterotrop mit vielen der geläufigen Elemente ebenso wie mit der imaginären Serie, die zwischen 107 und 255 auf der periodischen Tafel liegen.‹ Wie gut bist du denn in subatomarer Physik?«

»Ich bin bloß ein armer Cyborgstecker.«

Katin hob die Brauen. »Du weißt sicher, daß die Elemente mit Atomgewicht über 98 immer instabiler werden, bis wir schließlich Scherze wie Einsteinium, Californium und Fermium bekommen, mit Halbwertszeiten von hundertstel Sekunden — aus diesem Grund hat man die Elemente zwischen 100 und 298 —, fälschlich übrigens — als imaginäre Elemente bezeichnet. Aber sie sind ganz real. Sie blieben nur nicht sehr lange. Bei 296 oder in dieser Gegend wird die Stabilität wieder größer. Bei dreihundert haben wir bereits eine Halbwertszeit, die man in Zehntelsekunden messen kann. Anschließend daran fängt eine ganz neue Serie von Elementen an mit respektablen Halbwertszeiten von Millionen von Jahren. Diese Elemente haben ungeheuer große Kerne und sind *sehr* selten. Diese Gruppe von überschweren, überstabilen Elementen fällt unter die allgemeine Bezeichnung Illyrion, und, um noch einmal den ehrenwerten Plovnievsky zu zitieren, ›im Prinzip, meine Herren, ist Illyrion etwas anderes‹. Im Lexikon steht, daß es sowohl psychomorph als auch heterotrop ist. Ich glaube, das ist einfach eine hochtrabende Ausdrucksweise dafür, daß Illyrion für viele Leute viele verschiedene Dinge darstellt.« Katin wandte Hölle³ den Rücken und verschränkte die Arme über der Brust. »Ich möchte wissen, was es unserem Kapitän bedeutet.«

»Was ist *heterotrop?*«

»Maus«, sagte Katin, »als das zwanzigste Jahrhundert zu Ende ging, hatte die Menschheit erleben müssen, wie alles das, was man einmal die ›moderne Wissenschaft‹ genannt hatte, völlig in Stücke gegangen war. Das Kontinuum war erfüllt von ›Quasaren‹ und unidentifizierbaren Radiostrahlern. Es gab mehr Elementpartikel als Elemente, die man aus ihnen erschaffen konnte. Und völlig dauerhafte Verbindungen, die man jahrelang für unmöglich gehalten hatte, wurden überall hergestellt, wie KrI_4, H_4XeO_6, RrF_4; und die Edelgase waren plötzlich auch nicht mehr so edel. Das Energiekonzept, das in der Einsteinschen Quantentheorie verkörpert war, war etwa genauso richtig und führte zu ebensovielen Widersprüchen wie die dreihundert Jahre ältere Theorie, daß das Feuer eine Flüssigkeit war, die sich Phlogiston nannte. Die weichen Wissenschaften — ist das nicht ein reizender Name? — waren Amok gelaufen. Die Erfahrungen, die durch die psychedelischen Drogen eröffnet worden waren, ließen ohnehin jeden an allem zweifeln, und es dauerte hundertfünfzig Jahre, bis das ganze Durcheinander wieder von jenen großen Namen der synthetischen und integrativen Wissenschaften in eine Art kohärente Ordnung zurückgeführt wurde, die uns beiden so vertraut sind, daß ich dich nicht damit beleidigen will, daß ich sie jetzt erwähne. Und du — dem man beigebracht hat, welche Knöpfe man drükken muß — willst, daß ich — das Produkt eines jahrhundertealten Erziehungssystems, das nicht nur auf der Vermittlung von Wissen, sondern ebenso auf einer ganzen

Theorie der gesellschaftlichen Anpassung beruhte —, du willst, daß ich dir in fünf Minuten die Entwicklung des menschlichen Wissens über die letzten zehn Jahrhunderte darstelle? Du willst wissen, was ein heterotropes Element ist?«

»Der Captain sagt, daß wir eine Stunde vor Morgendämmerung an Bord sein sollen«, meinte Maus.

»Schon gut, schon gut. Ich mag solche extemporierten Synthesen gerne. Laß mich mal sehen. Zuerst waren da die Arbeiten von De Blau in Frankreich, in Zweitausend, als er die erste primitive Skala und seine im Wesen korrekte Methode für die Messung der psychischen Bewegung elektrischer...«

»Das hilft mir nicht weiter«, knurrte Maus. »Ich will mehr über Von Ray und Illyrion wissen.«

Ein Schwingenschlag wie ein Hauch ertönte. Schwarze Silhouetten verdichteten sich. Hand in Hand kamen Sebastian und Tyÿ über die Brücke. Ihre geflügelten Freunde umflatterten sie. Tyÿ schob eines von ihrem Arm, es erhob sich in die Lüfte. Zwei stritten sich um einen Sitzplatz auf Sebastians Schulter.

»He!« rief Maus. »Geht ihr jetzt zum Schiff?«

»Ja.«

»Augenblick. Was bedeutet euch Von Ray? Kennt ihr seinen Namen?«

Sebastian lächelte, und Tyÿ musterte ihn aus tiefen grauen Augen.

»Wir aus der Plejadenföderation kommen«, sagte Tyÿ. »Ich und diese Tiere unter der Finsteren Toten Schwester geboren sind.«

»Die Finstere Tote Schwester?«

»In alter Zeit nannte man die Plejaden die Sieben Schwestern, weil man von der Erde aus nur sieben sehen konnte«, erklärte Katin. »Ein paar hundert Jahre vor Christi Geburt wurde einer der sichtbaren Sterne zur Nova und verlosch dann. Es gibt jetzt Städte auf dem innersten ihrer verbrannten Planeten. Der Stern ist immer noch heiß genug, um den Planeten bewohnbar zu halten, aber das ist so ziemlich alles.«

»Eine Nova?« sagte Maus. »Und was ist mit Von Ray?«

Tyÿ machte eine Geste, die alles einschloß. »Alles. Große gute Familie ist.«

»Kennst du diesen bestimmten Captain Von Ray?« fragte Katin.

Tyÿ zuckte die Achseln.

»Und was ist mit Illyrion?« fragte Maus. »Was wißt ihr darüber?«

Sebastian kauerte zwischen seinen geflügelten Freunden nieder. Schwingen flatterten über ihm. Seine behaarte Hand fuhr liebkosend über die Köpfe. »Plejadenföderation keines haben. Dracosystem auch keines haben.« Er runzelte die Stirn.

»Von Ray ein Pirat einige sagen«, meinte Tyÿ.

Sebastian blickte auf. »Von Ray große gute Familie ist! Von Ray gut ist! Deshalb wir mit ihm gehen.«

Tyÿ, weicher, eine Stimme wie zarter Glockenklang. »Von Ray gute Familie ist.«

Maus sah, wie Lynceos über die Brücke kam. Und zehn Sekunden darauf Idas.

»Ihr beiden kommt aus den Äußeren Kolonien?«

Die Zwillinge blieben stehen. Schulter an Schulter.

»Von Argos«, sagte der hellhäutige Zwilling.

»Argos auf Tubman B 12«, verdeutlichte der Dunkelhäutige.

»Aus den fernsten Kolonien«, fügte Katin hinzu.

»Was wißt ihr über Illyrion?«

Idas lehnte sich an das Geländer, runzelte die Stirn und stemmte sich dann hoch, bis er saß. »Illyrion?« Er spreizte die Knie und ließ die Hände dazwischenhängen. »Wir haben Illyrion in den Äußeren Kolonien.«

Lynceos setzte sich neben ihn. »Tobias«, sagte er. »Wir haben einen Bruder, Tobias.« Lynceos rutschte auf der Geländerstange näher an seinen Bruder heran. »Wir haben einen Bruder in den Äußeren Kolonien, der Tobias heißt.« Er sah Idas an, und seine korallenroten Augen glänzten silbern. »In den Äußeren Kolonien, wo es Illyrion gibt.«

»Die Welten in den Äußeren Kolonien?« sagte Idas. »Balthus — eine Welt voll Eis und Schlammlöchern und Illyrion. Cassandra — mit Glaswüsten so weit wie die Meere der Erde, mit Dschungeln unzähliger Pflanzen, alle blau, mit schäumenden Galeniumflüssen und Illyrion. Salinus — eine Welt mit kilometertiefen Höhlen und Schluchten, mit einem ganzen Kontinent voll tödlichem roten Moos und Meere mit hochgetürmten Städten aus dem Gezeitenquarz der Ozeane und Illyrion ...«

»... die Äußeren Kolonien sind die Planeten von Sternen, die viel jünger sind als die Sterne hier in Draco, viele Male jünger als die Plejaden«, warf Lynceos ein. »Tobias ist in ... einem der Illyrionbergwerke auf Tubman«, sagte Idas.

Ihre Stimmen klangen jetzt angespannt, ihre Augen wirkten gehetzt. Und als die schwarzen Hände sich öffneten, schlossen sich die weißen.

»Idas, Lynceos und Tobias, wir wuchsen zusammen auf Tubman auf unter drei Sonnen und einem roten Mond ...«

»... und auf Argos gibt es auch Illyrion. Wir waren wild. Man nannte uns wild. Zwei schwarze Perlen und eine weiße, die durch die Straßen von Argos sprangen, mit jedem Händel suchten ...«

»... Tobias war ebenso schwarz wie Idas. Ich allein in der ganzen Stadt war weiß ...«

»... aber nicht weniger wild als Tobias, obwohl er weiß war. Und die Leute sagten, eines Nachts, die Köpfe voll Wonne ...«

»... das Goldpulver, das sich in den Felsspalten sammelt, man kann es einatmen, und die Augen sehen dann Farben, für die es keinen Namen gibt, und neue Harmonien hallen im Ohr, und der Geist weitet sich ...«

»... die Köpfe voll Wonne, stellten wir eine Puppe her,

die dem Bürgermeister von Argos glich, und versahen sie mit einem Uhrwerk, so daß sie fliegen konnte, und ließen sie über dem Hauptplatz der Stadt fliegen und satirische Verse über die Honoratioren der Stadt hinausrufen …«

»… und dafür hat man uns aus Argos verbannt in die Wildnis von Tubman …«

»… und außerhalb der Stadt gibt es nur eine Art zu leben, und die ist, in den Illyrionbergwerken unter dem Ozean die Tage in Arbeit zu verbringen …«

»… und wir drei, die wir in unserem Rausch nichts anderes getan hatten als lachen und springen und uns über niemanden lustig gemacht hatten …«

»… wir waren unschuldig …«

»… wir gingen in die Bergwerke. Dort arbeiteten wir in Luftmasken und Taucheranzügen, ein Jahr lang …«

»… ein Jahr auf Argos ist drei Monate länger als ein Jahr auf der Erde und hat sechs Jahreszeiten statt vier …«

»… und zu Anfang unseres zweiten algenblauen Herbstes schickten wir uns an zu gehen, aber Tobias wollte nicht mitkommen. Seine Hände hatten sich an den Rhythmus der Gezeiten gewöhnt, und das Gewicht des Erzes tat ihm gut …«

»… also ließen wir unseren Bruder in den Illyrionbergwerken und flogen selbst zu den Sternen, hatten Angst …«

»… wißt ihr, wir haben Angst, einer von uns könnte, ebenso wie unser Bruder Tobias etwas gefunden hat, das ihn von uns wegriß, einer von uns könnte etwas finden, das die übrigen zwei trennen würde …«

»… und dabei hatten wir nie geglaubt, daß wir drei getrennt werden könnten.« Idas sah Maus an. »Und unser Rausch ist vorüber.«

Lynceos riß die Augen auf. »Das ist es, was Illyrion für uns bedeutet.«

»Um es zusammenzufassen«, sagte Katin von der anderen Seite der Brücke, »in den Äußeren Kolonien, die zur Zeit zweiundvierzig Welten und rund sieben Milliarden Menschen umfassen, hat praktisch die gesamte Bevölkerung irgendwann einmal etwas mit der direkten Beschaffung von Illyrion zu tun. Und ein Drittel der Menschen bezieht in irgendeiner direkten oder indirekten Weise den Lebensunterhalt davon.«

Schwarze Schwingen flatterten, als Sebastian aufstand und nach Tyÿs Hand griff.

Maus kratzte sich am Kopf. »Nun schön. Dann wollen wir in diesen Fluß spucken und zum Schiff gehen.«

Die Zwillinge kletterten vom Geländer. Maus beugte sich über die heiße Spalte und spitzte die Lippen.

»Was tust du?«

»Ich spucke in Hölle³. Ein Zigeuner muß in jeden Fluß, den er überquert, dreimal spucken«, erklärte Maus Katin. »Sonst bringt ihm das Unglück.«

»Wir leben im einunddreißigsten Jahrhundert. Was für Unglück?«

Maus zuckte die Achseln.

»*Ich* spucke nie in einen Fluß.«

»Vielleicht gilt das nur für Zigeuner.«

»Es nette Idee ist, ich denken«, sagte Tyÿ und lehnte sich neben Maus über das Geländer. Sebastian ragte neben ihr auf. Über ihnen hatte sich eines der Tiere in einer heißen Thermik gefangen und wurde in die Finsternis hochgerissen.

»Was das ist?« fragte Tyÿ mit gerunzelter Stirn und machte eine Bewegung.

»Wo?« Maus kniff die Augen zusammen.

Sie deutete an ihm vorbei zur Wand der Schlucht.

»He!« sagte Katin. »Das ist der Blinde!«

»Der uns gestört hat!«

Lynceos schob sich zwischen sie. »Er ist krank.« Er kniff seine blutfarbenen Augen zusammen. »Dieser Mann dort ist krank.«

Von dem Flammenmeer unter ihm in dämonisches Licht gehüllt, taumelte Dan der Lava entgegen.

»Er wird verbrennen!« meinte Katin.

»Aber er kann die Hitze nicht spüren!« rief Maus aus. »Er kann nichts sehen — wahrscheinlich weiß er es gar nicht!«

Idas und dann Lynceos stießen sich vom Geländer ab und rannten die Brücke hinauf.

»Kommt!« rief Maus und folgte ihnen.

Sebastian und Tyÿ rannten von Katin gefolgt hinter ihm her.

Zehn Meter unter dem Kraterrand blieb Dan auf einem Felsbrocken stehen, die Arme ausgestreckt, als bereite er sich auf einen Sprung vor.

Als sie das Ende der Brücke erreichten — die Zwillinge kletterten bereits auf das Geländer —, tauchte eine Gestalt am Rande der Schlucht über dem Alten auf.

»Dan!« Von Rays Gesicht flammte, als das Licht ihn traf. Er sprang. Schotter rutschte unter seinen Füßen weg, als er den Abhang hinunterhetzte. »Dan, nicht ...«

Aber Dan tat es.

Sein Körper schlug zwanzig Meter weiter unten auf einem Felsvorsprung auf, prallte ab, wirbelte hinunter, immer tiefer.

Maus klammerte sich am Geländer fest, verletzte sich am Bauch, so weit lehnte er sich hinaus.

Katin war gleich darauf neben ihm, lehnte sich noch weiter vor.

»Ahhh!« flüsterte Maus und drehte sich um und wandte das Gesicht ab.

Captain Von Ray erreichte jetzt den Felsbrocken, von dem aus Dan gesprungen war. Er kniete nieder, stemmte beide Fäuste auf den Stein und starrte in die Tiefe. Dunkle Silhouetten umgaben ihn — Sebastians Vögel —, hoben sich wieder, warfen keine Schatten.

Captain Von Ray richtete sich auf. Er sah seine Mannschaft an. Sein Atem ging schwer. Dann drehte er sich um und arbeitete sich wieder den Abhang hinauf.

»Was ist geschehen?« fragte Katin, als alle wieder auf der Brücke standen. »Warum ist er ...?«

»Ich habe vor ein paar Minuten mit ihm gesprochen«, erklärte Von Ray. »Er hat jahrelang unter mir gedient. Aber bei der letzten Reise ist er … ist er geblendet worden.«

Der große Kapitän; der narbige Kapitän. Und wie alt er wohl sein mochte, überlegte Maus. Vorher hatte er ihn auf fünfundvierzig oder fünfzig geschätzt. Aber jetzt zog er zehn oder fünfzehn Jahre ab. Der Kapitän war gealtert, nicht alt.

»Ich hatte ihm gerade gesagt, daß ich für seine Rückkehr nach Australien, in seine Heimat, gesorgt hatte. Er hatte sich umgedreht und wollte über die Brücke zu dem Schlafsaal gehen, in dem ich ihm ein Bett beschafft hatte. Ich sah mich um … da war er nicht auf der Brücke.« Der Kapitän sah die anderen an. »Kommt zur *Roc.*«

»Ich glaube, du mußt das der Polizei melden«, sagte Katin. Von Ray führte sie zum Tor des Flugfelds, wo die *Draco* in der Dunkelheit an ihrer hundert Meter hohen Säule auf- und abzuckte. »Hier an der Brücke ist ein Telefon …«

Von Rays Blick schnitt Katin das Wort ab. »Ich will hier weg. Wenn wir von hier aus anrufen, müssen wir warten, bis jeder einzelne von uns seine Geschichte in dreifacher Ausführung erzählt hat.«

»Ich nehme an, man kann vom Schiff aus auch anrufen«, schlug Katin vor, »während wir wegfliegen.«

Einen Augenblick lang zweifelte Maus erneut, ob er das Alter des Kapitäns richtig eingeschätzt hatte. »Wir können für den armen Teufel nichts mehr tun.«

Maus warf noch einmal einen verstörten Blick in den Abgrund und folgte dann den anderen.

Jenseits der heißen Aufwinde war die Nacht kühl, und der Nebel zauberte einen Hof um die Fluoreszenzlampen, die das ganze Feld überzogen.

Katin und Maus gingen ganz hinten in der Gruppe.

»Ich möchte bloß wissen, was Illyrion für den da bedeutet«, sagte Maus mit leiser Stimme.

Katin knurrte nur und schob die Hände unter den Gürtel. Nach einer Weile fragte er: »Sag mal, Maus, was hast du da gemeint, als du gesagt hast, daß der gar nichts spüren kann, und daß all seine Sinne tot seien?«

»Als sie das letztemal versuchten, diese Nova zu erreichen«, sagte Maus, »hat er sich den Stern zu lang durch seinen Sensor-Input angesehen. Und dabei sind seine sämtlichen Nervenenden verbrannt. Nicht tot. Nur dauernd stimuliert.« Er zuckte die Achseln. »Aber es läuft auf dasselbe hinaus. Beinahe.«

»Oh«, machte Katin und blickte zu Boden.

Rings um sie standen Sternenfrachter. Und dazwischen die viel kleineren, nur hundert Meter hohen Pendelraketen.

Katin war immer noch in Gedanken versunken. Nach einer Weile meinte er: »Maus, hast du dir einmal überlegt, wieviel du auf dieser Reise zu verlieren hast?«

»Hm.«

»Und du hast keine Angst?«

Maus umklammerte Katins Arm mit seinen dünnen Fingern. »Höllische Angst habe ich«, stieß er hervor. Er warf sein Haar zurück und blickte zu seinem hochgewachsenen Schiffsgefährten auf. »Weißt du das? Solche Dinge wie das mit Dan mag ich nicht. Ich habe Angst.«

□□ 3 □□

Jemand hatte mit schwarzem Schmierstift ›Olga‹ über den Monitor geschmiert.

»Okay«, sagte Maus zu der Maschine. »Du bist Olga.«

Drei grüne Lichter, vier rote. Maus begann mit der mühsamen Aufgabe, Druckverteilung und Phasenanzeiger zu überprüfen.

Um ein Raumschiff schneller als das Licht von Stern zu Stern zu bewegen, muß man die Krümmung des Alls selbst ausnutzen, die Verzerrungen, die das Vorhandensein von Materie im Kontinuum selbst erzeugt. Wenn man die Lichtgeschwindigkeit als die Grenzgeschwindigkeit eines Gegenstandes bezeichnet, so ist das genauso, als bezeichne man achtzehn oder zwanzig Stundenkilometer als Grenzgeschwindigkeit eines Schwimmers im Meer. Aber wenn man anfängt, die Strömungen des Wassers selbst auszunutzen und dazu vielleicht noch die Strömungen des Windes in einem Segel, so verschwindet die Grenze. Das Sternenschiff hatte sieben Energiekegel, die etwa wie Segel arbeiteten. Sechs Projektoren, die von Computern gesteuert werden, treiben die Kegel durch die Nacht. Und jeder Cyborgoperateur bedient einen Computer. Der Kapitän bedient den siebenten. Die Energiekegel mußten auf die sich verschiebenden Frequenzen der Stasisdrucke abgestimmt werden; und das Schiff selbst wurde von der Energie des Illyrion in seinem Kern lautlos von dieser Raumebene weggeschleudert. Das war es, was Olga und ihre Schwestern taten. Aber nur ein menschliches Gehirn konnte die Form und den Winkel der Kegel steuern. Das war die Aufgabe, die Maus übernommen hatte — nach den Befehlen des Kapitäns.

Die Wände der kleinen Kabine waren mit Gekritzel von früheren Mannschaftsmitgliedern bedeckt. Es gab eine

Konturliege. Maus justierte die Induktion in einer Reihe von Siebzig-Mikrofaradspulen-Kondensoren, schob das Brett in die Wand und setzte sich.

Dann tastete er unter seiner Jacke nach seinem Kreuz, fühlte nach der Steckdose. Man hatte sie ihm in Cooper an der Basis seiner Wirbelsäule einoperiert. Er hob das erste Reflexkabel auf, das am Boden lag und hinter der Verschalung des Computers verschwand und suchte eine Weile herum, bis die zwölf Stecker in seine Dose glitten und festhielten. Dann nahm er den kleineren sechsadrigen Stecker und schob ihn in die Steckdose an der Unterseite seines linken Handgelenks und dann den anderen in sein rechtes. Beide Radialnerven waren jetzt mit Olga verbunden. Hinten im Genick hatte er eine weitere Steckdose. Er schob den letzten Stecker ein — das Kabel war schwer und reizte seinen Nacken etwas — und sah Funken. Dieses Kabel konnte Impulse direkt in sein Gehirn senden, konnte sein Gehör und seinen Blick kurzschließen. Schon kam ein schwaches Summen durch. Er drehte einen Knopf an Olga, und das Summen hörte auf. Wände, Decke und Boden waren mit Schaltern und Skalen übersät. Der Raum war klein genug, so daß er die meisten von seiner Liege aus erreichen konnte. Aber sobald das Schiff gestartet war, würde er keinen mehr berühren, sondern den Kegel direkt mit den Nervenpulsen seines Körpers steuern.

»Mir ist immer, als sollte ich in den Mutterleib zurückkehren«, hallte Katins Stimme in seinem Ohr. Sobald sie in ihren Kabinen mit dem Schiff verbunden waren, hatten die einzelnen Operateure auch Verbindung zueinander. »Mir ist es immer unnatürlich vorgekommen, die Nabelschnur im Kreuz einzustecken. Weißt du eigentlich, wie man mit diesem Ding umgeht?«

»Wenn du es jetzt noch nicht weißt«, sagte Maus, »dann wäre das schlimm.«

Idas: »Hier geht's um Illyrion ...«

»... Illyrion und eine Nova.« Das war Lynceos.

»Sag mal, was machst du denn mit deinen Viechern, Sebastian?«

»Eine Schüssel Milch sie füttert.«

»Mit Tranquilizern«, ertönte Tyÿs weiche Stimme. »Sie jetzt schlafen.«

Und die Lichter verblaßten.

Der Kapitän hatte sich eingeschaltet. Die Kritzeleien an den Wänden verschwanden. Jetzt waren da nur noch rote Lichter, die einander über die Decke jagten.

»Ein durcheinandergeratenes Spiel«, sagte Katin, »mit schimmernden Steinen.« Maus schob seine Syrynx mit dem Fuß unter die Liege und legte sich hin. Er schob sich die Kabel unter dem Rücken zurecht.

»Alles fertig?« hallte Von Rays Stimme durch das Schiff. »Vordere Kegel öffnen.«

Neue Bilder flackerten vor Maus auf ...

... der Raumhafen: die Lichter über dem Feld. Die grellen Lavaströme. Und die strahlend bunten ›Winde‹ über dem Horizont.

»Seitenkegel sieben Grad öffnen.«

Maus bewegte das, was sein linker Arm gewesen wäre. Und der Seitenkegel bewegte sich wie eine Schwinge aus Glimmer. »He, Katin«, flüsterte Maus. »Schau doch ...«

Maus schauderte, duckte sich in einem Schild aus Licht. Olga hatte seinen Atem und seinen Herzschlag übernommen, und sein Mark war ganz der Steuerung des Schiffes hingegeben.

»Für Illyrion und Prince und Ruby Red!« Von einem der Zwillinge.

»Kegel festhalten!« befahl der Kapitän.

»Katin, schau ...«

»Leg dich zurück und entspann dich, Maus«, flüsterte Katin. »Ich mach's genauso und denke über meine Vergangenheit nach.«

Die Leere um sie brüllte.

»Ist dir wirklich danach, Katin?«

»Wenn man sich genügend Mühe gibt, kann einen alles langweilen.«

»Ihr beiden, aufpassen«, das kam von Von Ray.

Sie blickten nach vorne.

»Stasis-Shift einschalten.«

Und in diesem Augenblick bohrten sich Olgas Lichter in seine Augen. Und dann waren sie wieder verschwunden, Winde fegten gegen ihn. Und sie kreiselten von der Sonne weg.

»Leb wohl, Mond«, flüsterte Katin.

Und der Mond fiel in den Neptun, und Neptun fiel in die Sonne, und die Sonne begann zu fallen.

Und vor ihnen öffnete sich die Nacht.

Was waren die ersten Dinge?

Sein Name war Lorq Von Ray (N.W.73) Ark, 12 Extol Park. Das mußte man den Leuten sagen, wenn man sich verlief, und dann halfen einem die Leute wieder nach Hause zurückzufinden. Die Straßen von Ark hatten durchsichtige Windschutzscheiben, und abends in den Monaten April bis Jumbra fegten farbige Dämpfe durch die Stadt, die sich losrissen und über der Stadt in den Schluchten von Tong zitterten. Er hieß Lorq Von Ray, und er wohnte ... das waren die kindischen Dinge, die Dinge, die sich hielten, die Dinge, die er zuerst gelernt hatte. Ark war die größte Stadt in der Plejadenföderation. Mutter und Vater waren wichtige Leute, und sie waren oft weg. Wenn sie zu Hause waren, redeten sie von Draco, seiner Hauptwelt Erde; sie sprachen von Bündnispolitik und daß es wahrscheinlich war, daß die Äußeren Kolonien ihre Souveränität erhielten. Sie hatten Gäste, die dann Senator soundso und Kongreßmann soundso hießen. Nachdem Sekretär Morgan Tante Cyana geheiratet hatte, kamen sie zum Abendessen, und Sekretär Morgan gab ihm eine Hologrammlandkarte der Plejadenföderation, die wie ein Stück Papier aussah. Aber wenn man sie im Tensorstrahl ansah, dann war das genauso, als blickte man nachts durch ein Fenster, und Lichtpunkte flackerten in verschiedenem Abstand und nebelhafte Gase wanden sich.

»Du lebst auf Ark, dem zweiten Planeten jener Sonne dort«, sagte sein Vater und deutete auf die Karte, die Lorq auf den Steintisch neben der Glaswand gelegt hatte.

»Wo ist die Erde?«

Sein Vater lachte. »Die kannst du auf dieser Karte nicht sehen. Das ist nur die Plejadenföderation.«

Morgan legte dem Jungen die Hand auf die Schulter. »Ich dir nächstes Mal eine Karte von Draco bringe.« Der Sekretär, der mandelförmige Augen hatte, lächelte.

Lorq wandte sich zu seinem Vater. »Ich möchte nach Draco!« Und dann zu Sekretär Morgan: »Ich eines Tages nach Draco gehen will!«

Sekretär Morgan sprach, wie viele der Leute in seiner Schule in Causby; wie die Leute auf der Straße, die ihn nach Hause gebracht hatten, als er sich als Vierjähriger verlaufen hatte (aber nicht wie sein Vater oder Tante Cyana), und Mama und Papa waren so schrecklich aufgeregt gewesen (»Wir haben uns solche Sorgen gemacht! Wir dachten, man hätte dich entführt. Aber du sollst nicht zu diesen Kartenspielern auf der Straße gehen, selbst wenn sie dich nach Hause gebracht haben!«). Seine Eltern lachten, wenn er so mit ihnen sprach. Aber jetzt lachten sie nicht, weil Sekretär Morgan ein Gast war.

»Eine Karte von Draco!« dröhnte sein Vater. »Das muß der gerade haben. O ja. Draco!« Tante Cyana lachte; und dann lachten Mutter und Sekretär Morgan auch.

Sie lebten auf Ark, aber oft reisten sie in großen Schiffen an andere Orte. Man hatte eine Kabine, wo man die Hand vor ein farbiges Licht hielt und jederzeit alles zu essen bekam, was man wollte. Oder man konnte auf das Beobachtungsdeck gehen und zusehen, wie die Winde des Nichts über der Kuppeldecke in sichtbare Lichtmuster verwandelt wurden, wie die Sterne vorbeitrieben — und dann wußte man, daß man schneller als alles andere reiste.

Manchmal reisten seine Eltern nach Draco, zur Erde, nach Städten, die New York und Peking hießen. Und er fragte sich, wann sie ihn mitnehmen würden. Aber jedes Jahr, in der letzten Woche im Saluar, reisten sie auf einem der großen Schiffe auf eine andere Welt, die ebenfalls nicht auf der Karte war. Sie hieß New Brazillia und lag in den Äußeren Kolonien. Er lebte auch in New Brazillia auf der Insel São Orini, weil seine Eltern dort in der Nähe des Bergwerkes ein Haus hatten.

Als er das erste Mal die Namen Prince und Ruby Red hörte, war das in dem Haus in São Orini. Er lag im Finstern und schrie nach Licht.

Endlich kam seine Mutter, schob das Insektennetz weg (man brauchte es nicht, weil das Haus Sonosperren hatte, um die winzigen roten Insekten abzuhalten, die einen draußen manchmal bissen, so daß einem ein paar Stunden komisch war, aber Mutter ging gern auf Nummer sicher). Sie hob ihn hoch. »Schscht! Schscht! Es ist schon gut. Willst du denn nicht schlafen? Morgen ist die Party. Prince und Ruby kommen. Willst du nicht mit Prince und Ruby auf der Party spielen?« Sie trug ihn im Kinderzimmer herum und blieb an der Tür stehen, um den Wandschalter zu drücken. Die Decke begann zu rotieren, bis die polarisierte Scheibe transparent geworden war. Durch die Palmenwedel, die gelegentlich auf das Dach klatschten, strömte das orangefarbene Licht der Zwillingsmonde. Sie legte ihn wieder ins Bett, strich ihm durch das struppige rote Haar. Nach einer Weile wollte sie gehen.

»Schalt nicht ab, Mami!«

Ihre Hand ließ den Schalter los. Sie lächelte ihm zu. Er fühlte sich warm und drehte sich zur Seite, um durch die Palmenwedel zu den Monden aufzublicken.

Prince und Ruby Red kamen von der Erde. Er wußte, daß die Eltern seiner Mutter auf der Erde waren, in einem Land, das Senegal hieß. Die Urgroßeltern seines Vaters stammten auch von der Erde, aus Norwegen. Seit drei Generationen trieben die Von Rays, blond und breitschultrig, ihre Spekulationen in den Plejaden. Er wußte nicht genau, womit sie spekulierten, aber jedenfalls mußte es erfolgreich sein. Seine Familie besaß die Illyrionmine, die unmittelbar nördlich von São Orini lag. Sein Vater machte gelegentlich Witze darüber, daß er ihn zum Vormann der Minen machen wollte. Das war es wahrscheinlich, was »Spekulation« bedeutete. Und dann wurde er schläfrig, und die Monde verschwammen vor seinen Augen.

Er erinnerte sich nicht daran, wie er dem blauäugigen schwarzhaarigen Jungen mit der Prothese anstatt einem rechten Arm vorgestellt wurde oder seiner spindeldürren Schwester. Aber er erinnerte sich daran, wie sie zu dritt — er, Prince und Ruby — am nächsten Nachmittag im Garten spielten.

Er zeigte ihnen den Platz hinter dem Bambus, wo man in steinerne Mäuler klettern konnte.

»Was ist das denn?« fragte Prince.

»Das sind Drachen«, erklärte Lorq.

»Drachen gibt es nicht«, sagte Ruby.

»Das sind aber Drachen. Vater sagt das auch.«

»Oh.« Prince klammerte sich mit seiner künstlichen Hand an der Unterlippe fest und zog sich in die Höhe. »Wozu braucht man sie denn?«

»Man klettert darin herum. Vater sagt, die Leute, die vor uns hier waren, haben sie in den Stein gehauen.«

»Wer hat denn vorher hier gelebt?« fragte Ruby. »Und wozu brauchten sie Drachen? Hilf mir, Prince. Ich finde, die sind blöd.«

Prince und Ruby standen jetzt beide zwischen den steinernen Fängen über ihnen (später sollte er lernen, daß »die Leute, die vor uns hier gelebt haben«, einer Rasse angehört hatten, die seit zwanzigtausend Jahren in den Äußeren Kolonien ausgestorben war; ihre Skulpturen hatten überlebt, und auf diesen Fundamenten hatte Von Ray seine Villa erbaut).

Lorq sprang auf den Unterkiefer zu, hielt sich mit beiden Händen an der Unterlippe fest und begann hochzuklettern. »Gibst du mir die Hand?«

»Augenblick«, sagte Prince. Und dann stellte er langsam den Schuh auf Lorqs Finger und drückte zu.

Lorq stöhnte und fiel auf den Boden, preßte die verletzte Hand mit der anderen an sich.

Ruby kicherte.

»He!« Verärgert und verwirrt spürte er den tobenden Schmerz in seinen Knöcheln.

»Du solltest dich nicht über seine Hand lustig machen«, sagte Ruby. »Das mag er nicht.«

»Hm?« Lorq sah sich die Klaue aus Metall und Plastik zum erstenmal näher an. »Ich hab' mich nicht darüber lustig gemacht!«

»Doch, hast du«, sagte Prince ruhig. »Ich mag Leute nicht, die sich über mich lustig machen.«

»Aber ich ...« Lorqs siebenjähriger Verstand versuchte, diese Unlogik zu begreifen. Dann stand er wieder auf. »Was stimmt denn nicht an deiner Hand?«

Prince federte herunter und schlug nach Lorqs Kopf.

»He ...!« Er sprang zurück. Das mechanische Glied hatte sich so schnell bewegt, daß die Luft zischte.

»Rede nicht mehr über meine Hand! Da gibt's gar nichts dran, was nicht stimmt! Überhaupt nichts!«

»Wenn du aufhörst, dich über ihn lustig zu machen«, meinte Ruby und blickte den steinernen Mund an, »wird er dein Freund sein.«

»Nun, meinetwegen«, sagte Lorq vorsichtig.

Prince lächelte. »Dann wollen wir jetzt Freunde sein.« Er hatte bleiche Haut, und seine Zähne waren klein.

»Meinetwegen«, sagte Lorq. Aber innerlich hatte er entschieden, daß er Prince nicht leiden konnte.

»Wenn du jetzt so etwas wie ›Hand darauf sagst‹«, sagte Ruby, »wird er dich verprügeln. Und das kann er, obwohl du größer bist als er.«

»Komm herauf«, sagte Prince.

Lorq kletterte neben den beiden anderen Kindern in

den Mund. »Was machen wir jetzt?« fragte Ruby. »Klettern wir wieder hinunter?«

»Man kann von hier aus in den Garten hinuntersehen«, sagte Ruby. »Und die Party anschauen.«

»Wer mag schon eine alte Party sehen«, sagte Ruby.

»Ich zum Beispiel«, sagte Prince.

»Oh«, sagte Ruby. »Du also. Na schön, dann meinetwegen.« Hinter dem Bambus schlenderten die Gäste im Garten herum, lachten leise, unterhielten sich über das neueste Psychorama, über Politik, tranken aus langstieligen Gläsern. Sein Vater stand mit ein paar Leuten am Brunnen und sprach darüber, was er von der geplanten Souveränität der Äußeren Kolonien hielt — schließlich hatte er ein Haus dort draußen und mußte den Finger am Puls der Zeit halten. Das war das Jahr, in dem Sekretär Morgan ermordet worden war. Man hatte Underwood zwar gefaßt, aber das Gerede, welche Partei die Verantwortung trug, hatte sich immer noch nicht beruhigt.

Eine silberhaarige Frau flirtete mit einem jungen Paar, das mit Botschafter Selvin gekommen war, der ebenfalls einer ihrer Vettern war. Aaron Red, ein behäbiger, sorgfältig gekleideter Herr, hatte drei junge Damen um sich versammelt und hielt ihnen eine Predigt über die moralische Verkommenheit der Jugend. Mutter bewegte sich zwischen den Gästen, und der Saum ihres roten Kleides fegte über das Gras, und hinter ihr folgte summend das Buffet. Sie blieb immer wieder stehen, um Canapés und Getränke anzubieten und ihre Meinung über den neuen Bündnisvorschlag. Die Intelligenzschicht hatte jetzt nach einem Jahr phänomenaler Erfolge die *Tohu-bohus* als Musik akzeptiert; die wilden Rhythmen hallten über den Rasen. Eine Lichtskulptur in der Ecke flackerte, drehte sich, wuchs mit den Tönen.

Jetzt lachte sein Vater plötzlich dröhnend auf. Alle sahen zu ihm hin. »Hört euch das an! Hört euch an, was Lusuna gerade zu mir gesagt hat.« Er hielt einen jungen Mann an der Schulter fest. Als alle hinsahen, deutete er ihm mit einer Handbewegung an, daß er wiederholen solle, was er gesagt hatte.

»Ich habe bloß gesagt, daß wir in einer Zeit leben, in der alle kulturellen Traditionen durch wirtschaftliche, politische und technologische Veränderungen zerstört worden sind.«

»Großer Gott«, lachte eine Frau mit silbernem Haar, »ist das *alles?*«

»Nein, nein!« Vater machte eine ungeduldige Handbewegung. »Wir müssen uns anhören, was die jüngere Generation denkt. Bitte weiter.«

»Nicht einmal auf der Erde, dem Zentrum von Draco, gibt es ein Reservoir nationaler Solidarität. In den letzten fünf, sechs Generationen sind die Leute zuviel von Welt zu Welt gezogen, daß es so etwas gar nicht geben kann. Diese pseudointerplanetarische Gesellschaft, die jede echte Tradition verdrängt hat, ist zwar sehr attraktiv, gleichzeitig aber völlig hohl und dekadent und verbirgt ein unglaubliches Chaos von Korruption ...«

»Wirklich, Lusuna«, sagte die junge Frau, »jetzt merkt man, wie gelehrt du bist.« Sie hatte gerade ein frisches Glas genommen.

»... und Piraterei.«

Beim letzten Wort konnten selbst die drei Kinder, die sich im Maul der in Stein gehauenen Echse duckten, von den Gesichtern der Gäste ablesen, daß Lusuna zu weit gegangen war.

Mutter kam über den Rasen, und ihr rotes langes Kleid ließ nur ihre vergoldeten Zehennägel sehen. Sie hielt Lusuna lächelnd die Hand hin. »Komm, wir wollen diese Unterhaltung beim Abendessen fortsetzen. Es gibt völlig korruptes mangobongou mit traditionslosem loso ye mbeje à meza und dekadentes mpati a nseng.« Seine Mutter bereitete bei Parties immer die alten Senegalspeisen zu. »Und wenn mich der Herd nicht im Stich läßt, gibt es am Ende schrecklich pseudointerplanetarisches tibi yoka flambè.«

Der Student sah sich um, erkannte, daß man jetzt ein Lächeln von ihm erwartete und lachte sogar. Mutter führte ihn am Arm zum Dinner.

»... hat mir nicht jemand erzählt, daß du ein Stipendium für die Dracouniversität in Centauri bekommen hast? Du mußt sehr intelligent sein. Deinem Akzent nach nehme ich an, daß du von der Erde kommst. Senegal? Tatsächlich? Ich auch. Welche Stadt ...?«

Und Vater schob erleichtert sein braunes Haar aus der Stirn und folgte allen in den Speisepavillon.

Auf der Steinzunge sagte Ruby zu ihrem Bruder: »Ich glaube, das solltest du nicht tun.«

»Warum nicht?« sagte Prince.

Lorq sah Bruder und Schwester an. Prince hatte mit seiner mechanischen Hand einen Stein vom Boden aufgehoben. Auf dem Rasen stand ein Vogelhaus mit weißen Papageien, die Mutter von ihrer letzten Reise zur Erde mitgebracht hatte.

Prince zielte. Metall und Plastik verschwammen ineinander.

Fünfzehn Meter entfernt kreischten Vögel und explodierten in dem Käfig. Und als einer zu Boden fiel, konnte Lorq selbst auf diese Entfernung Blut an seinen Federn sehen.

»Das ist der, auf den ich gezielt habe«, grinste Prince.

»He«, sagte Lorq. »Mutter wird nicht ...« Er sah erneut die Prothese an, die über dem Stumpf an Princes Schulter festgeschnallt war. »He, du wirfst ja mit ...«

»Vorsicht.« Princes schwarze Brauen senkten sich über eisig blaues Glas. »Ich hab' dir doch gesagt, daß du dich nicht über meine Hand lustig machen sollst, oder?« Die Hand fuhr zurück, und Lorq hörte die Motoren — brrr — klick — brr — in Handgelenk und Ellbogen.

»Es ist nicht seine Schuld, daß er so zur Welt gekommen ist«, sagte Ruby. »Und es ist unhöflich, Bemerkungen über Gäste zu machen. Aaron sagt, ihr seid hier draußen sowieso alle Barbaren, nicht wahr, Prince?«

»Stimmt.« Er ließ seine Hand sinken.

Eine Stimme hallte aus dem Lautsprecher über den Garten. »Kinder, wo seid ihr? Kommt herein. Es gibt Essen. Schnell.«

Sie kletterten hinunter und gingen durch die Bambushecke.

Als Lorq zu Bett ging, war er von der Party immer noch aufgeregt. Er lag im Schatten der Palmen unter dem durchsichtigen Dach seines Kinderzimmers.

Ein Flüstern: »Lorq ...«

Und: »Schscht! Nicht so laut, Prince.«

Leiser: »Lorq?«

Er schob das Netz zurück und setzte sich im Bett auf. Eingebettet in den Plastikboden glühten Tiger, Elefanten und Affen. »Was wollt ihr?«

»Wir haben sie durch das Tor weggehen hören.« Prince stand unter der Tür zum Kinderzimmer.

»Wo sind sie hingegangen?«

»Wir wollen auch gehen«, sagte Ruby, die neben ihrem Bruder stand.

»Wo sind sie hingegangen?« wiederholte Prince.

»In die Stadt.« Lorq stand auf und stapfte barfuß über die leuchtende Menagerie. »Mama und Papa nehmen ihre Freunde immer mit ins Dorf, wenn sie auf Urlaub hier sind.«

»Was tun sie?« Prince lehnte sich gegen den Türstock.

»Sie gehen ... nun, sie gehen eben in die Stadt.«

Wo vorher noch Unwissen gewesen war, verbreitete sich jetzt Neugierde.

»Wir haben den Babysitter kurzgeschlossen«, sagte Ruby. »Du hast keinen besonders guten. Es war gar nicht schwer. Hier draußen ist alles so altmodisch. Aaron sagt, daß nur Barbaren von den Plejaden Spaß daran finden können, hier zu wohnen. Wirst du uns zeigen, wo sie hingegangen sind?«

»Nun, ich ...«

»Wir möchten gehen«, sagte Ruby.

»Willst du es nicht auch sehen?«

»Meinetwegen.« Eigentlich hatte er ablehnen wollen. »Ich muß meine Sandalen anziehen.« Aber die kindliche Neugierde, die sehen wollte, was Erwachsene taten, wenn Kinder nicht dabei waren, legte in ihm das Fundament für etwas, auf dem später Wesenszüge des Heranwachsenden und noch später des Erwachsenen aufbauen konnten.

Der Garten um sie flüsterte. Das Türschloß öffnete sich untertags immer auf Lorqs Handabdruck. Aber dennoch überraschte es ihn, daß es sich auch jetzt vor ihnen öffnete.

Die Straße schlängelte sich in die feuchte Nacht hinaus.

Hinter den Felsen und jenseits des Wassers verwandelte ein tiefstehender Mond das Festland in eine Zunge aus Elfenbein, die am Meer leckte.

Und hinter den Bäumen gingen die Lichter des Dorfes an und aus wie die Kontrollampen eines Computers. Felsen, die im Licht des höherstehenden kleineren Mondes wie Kreide wirkten, säumten die Straße.

Als sie das erste Café der Stadt erreichten, sagte Lorq zu einem der Bergleute, der an einem Tisch vor der Türe saß, »Hello«.

»Kleiner Senhor.« Der Bergmann erwiderte den Gruß mit einem Kopfnicken.

»Weißt du, wo meine Eltern sind?« fragte Lorq.

»Die sind hier vorbeigekommen«, meinte der Alte und zuckte die Achseln. »Die Damen mit den schönen Kleidern, die Männer in ihren Westen und dunklen Hemden. Vor einer halben Stunde vielleicht oder einer Stunde.«

»Was für eine Sprache spricht er?« wollte Prince wissen.

Ruby kicherte. »*Das* verstehst du?«

Wieder überkam Lorq eine neue Erkenntnis; er und seine Eltern benützten völlig andere Worte, wenn sie mit den Leuten von São Orini sprachen, als wenn sie sich mit ihren Gästen unterhielten. Irgendwann im Nebel der frühen Kindheit hatte er den etwas verschwommenen Dialekt des Portugiesischen unter den flimmernden Lichtern eines Hypnolehrers gelernt.

»Wo sind sie hingegangen?« fragte er erneut.

Der Bergmann hieß Tavo; letztes Jahr, als die Mine einen Monat geschlossen war, war er mit einem der klappernden Gärtner verbunden worden, die den Park hinter dem Haus pflegten. Einfältige Erwachsene und intelligente Kinder sind zu einer ganz besonderen Art toleranter Freundschaft fähig. Tavo war schmutzig und dumm; Lorq akzeptierte das. Aber seine Mutter hatte die Beziehung beendet, als er letztes Jahr aus dem Dorf nach Hause kam und erzählte, daß er zugesehen hatte, wie Tavo einen Mann tötete, der sich über die Trinkfestigkeit der Bergleute lustig gemacht hatte.

»Komm, Tavo, sag mir, wo sie hingegangen sind.«

Tavo zuckte die Achseln.

Insekten tanzten vor den beleuchteten Lettern über der Tür des Cafés.

Kreppapier, das noch vom Souveränitätsfest liegengeblieben war, wehte von den Säulen des Vordachs. Das war das Fest der Souveränität der Plejaden, aber die Bergleute feierten es hier draußen, ohne zu wissen, was sie eigentlich feierten, und für Mutter und Vater.

»Weiß er, wo sie hingegangen sind?« fragte Prince.

Tavo trank saure Milch aus einer gesprungenen Tasse und hatte sein Rumglas danebenstehen. Er schlug sich mit der Hand aufs Knie, und Lorq setzte sich nach einem Blick auf Prince und Ruby darauf.

Bruder und Schwester musterten einander unsicher.

»Setzt euch auch«, sagte Lorq. »Auf die Stühle.«

Das taten sie.

Tavo bot Lorq seine saure Milch an. Lorq leerte die Tasse zur Hälfte und schob sie dann Prince hin. »Willst du auch?«

Prince hob die Tasse an den Mund und bemerkte erst

dann den Geruch. »Das trinkst du?« Er rümpfte die Nase und stellte die Tasse wieder hin. Lorq nahm das Rumglas. »Würdest du lieber...?«

Aber Tavo nahm ihm das Glas weg.

»Das ist nichts für dich, kleiner Senhor.«

»Tavo, wo sind meine Eltern?«

»Im Wald bei Alonza.«

»Bring uns zu ihnen.«

Tavo überlegte. »Wir können nicht gehen, wenn ihr kein Geld habt.« Er fuhr Lorq durchs Haar. »He, kleiner Senhor, hast du Geld?«

Lorq nahm die paar Münzen heraus, die er in der Tasche hatte.

»Reicht nicht.«

»Prince, hast du oder Ruby Geld?«

Prince hatte zwei Pfund asg in der Hüfttasche.

»Gib es Tavo.«

»Warum?«

»Damit er uns zu unseren Eltern bringt.«

Tavo griff über den Tisch zu Prince hinüber, nahm das Geld und hob dann die Brauen als er sah, wieviel es war.

»Das will er mir geben?«

»Wenn du uns hinbringst«, sagte Lorq.

Tavo kitzelte Lorq am Bauch. Sie lachten. Tavo faltete einen der Scheine zusammen und schob ihn in die Tasche. Dann bestellte er noch einmal Rum und saure Milch. »Die Milch ist für dich. Für deine Freunde auch?«

»Komm, Tavo. Du hast gesagt, du bringst uns hin.«

»Ruhig«, sagte der Bergmann. »Ich bin am Überlegen, ob wir dort hingehen sollten. Weißt du, ich muß morgen früh wieder ans Kabel.«

Er deutete auf die Steckdose an seinem Handgelenk.

Lorq tat etwas Salz und Pfeffer in die Milch und nippte daran.

»Ich möchte auch probieren«, sagte Ruby.

»Es riecht scheußlich«, sagte Prince. »Du solltest das nicht trinken. Nimmt er uns jetzt mit?«

Tavo winkte dem Besitzer des Cafés. »Sind heut abend viele Leute bei Alonza?«

»Ist schließlich Freitagabend, oder?« sagte der Mann.

»Der Junge will, daß ich ihn hinbringe«, sagte Tavo.

»Du nimmst Von Rays Jungen zu Alonza mit?« Die Frage klang beinahe entrüstet.

»Seine Eltern sind dort.« Tavo zuckte die Achseln. »Der Junge will, daß ich sie hinbringe. Er hat gesagt, ich soll sie hinbringen, weißt du. Und dort machts immerhin mehr Spaß als hier zu sitzen und Rotkäfer zu erschlagen.« Er bückte sich, band seine Sandalen zusammen und hängte sie sich um den Hals. »Komm, kleiner Senhor. Sag dem einarmigen Jungen und dem Mädchen, sie sollen sich anständig benehmen.«

Zum Glück verstand Prince nicht Portugiesisch.

»Was ist denn Alonza?« wollte Ruby wissen. »Ist das vielleicht wie das in Peking, wo Aaron immer die schönen Frauen herholt?«

»Hier gibt es nichts wie in Peking«, sagte Prince. »Unsinn. Die haben nicht einmal etwas wie Paris.«

Tavo griff nach Lorqs Hand. »Bleib dicht bei mir. Sag das deinen Freunden auch.« Tavos Hand war voll Schwielen. Über ihnen gluckste und zischte der Dschungel.

»Ist es weit, Tavo?«

Aber Tavo knuffte Lorq bloß, griff wieder nach seiner Hand und ging weiter.

Als sie den höchsten Punkt des Hügels erreicht hatten, traten sie in eine Lichtung: helles Licht drang unter dem Rand eines Zeltes hervor. Eine Gruppe Männer scherzte und trank mit einer dicken Frau, die herausgekommen war, um Luft zu schnappen. Ihr Gesicht und ihre Schultern waren feucht. Ihre Brüste glänzten unter dem billigen orangefarbenen Kleid. Sie drehte ihre Zöpfe.

»Bleib da«, flüsterte Tavo. Er schob die Kinder zurück.

»He, warum ...«

»Wir müssen hierbleiben«, übersetzte Lorq für Prince, der einen Schritt vorgetreten war.

Prince sah sich um und blieb dann neben Lorq und Ruby stehen.

Tavo hatte sich jetzt zwischen die Männer geschoben und sich die Flasche geschnappt, die von einer Hand zur anderen ging.

»He, Alonza, sind die Senhores Von Ray …?« Er deutete mit dem Daumen auf das Zelt.

»Manchmal kommen sie herauf. Manchmal bringen sie ihre Gäste mit«, sagte Alonza. »Manchmal wollen sie bloß sehen …«

»Also was ist?« sagte Tavo. »Sind sie jetzt hier?«

Sie nahm die Flasche und nickte. Tavo drehte sich um und winkte den Kindern.

Lorq, gefolgt von den jetzt etwas unruhig gewordenen Geschwistern, trat neben ihn. Die Männer redeten mit ihren undeutlichen Stimmen weiter, und manchmal wurden sie von Kreischen und Gelächter aus dem Zelt übertönt. Die Nacht war heiß. Noch dreimal kreiste die Flasche. Auch Lorq und Ruby bekamen etwas ab. Und beim letztenmal schnitt Prince zwar ein Gesicht, trank aber auch.

Schließlich stieß Tavo Lorq an. »Hinein.«

Tavo mußte sich unter der niedrigen Tür ducken. Lorq war der größte von den drei Kindern und berührte das Segeltuch gerade mit dem Kopf.

Eine Laterne hing vom Mittelbalken: grelles Licht vom Dach, grelles Licht auf den Gesichtern, alten Gesichtern. Ein Kopf fiel in die Menge zurück, schrilles Lachen, Flüche. Ein feuchter Mund glänzte, und eine Flasche senkte sich. Lockeres verschwitztes Haar. Jemand schlug eine Glocke an. Lorq spürte die Erregung in seinen Handflächen.

Die Leute begannen sich zu ducken. Tavo kauerte auf dem Boden. Prince und Ruby taten es ihm gleich. Lorq auch. Aber er hielt sich an Tavos feuchtem Kragen fest.

In der Grube stampfte ein Mann in hohen Stiefeln vor und zurück und hieß die Menge sich setzen.

Plötzlich erkannte Lorq auf der anderen Seite hinter

dem Geländer die Frau mit den silbernen Haaren, die er auf der Party gesehen hatte. Sie lehnte sich an die Schulter des senegalesischen Studenten Lusuna. Das Haar klebte ihr an der Stirn wie zusammengedrehte Messer. Der Student hatte sein Hemd geöffnet. Seine Weste war weg.

Wieder zog der Mann in der Grube an der Glockenschnur. Eine Feder war auf seinen schweißglänzenden Arm gefallen und klebte fest. Jetzt schlug er mit der braunen Faust an die Blechwand, um sich Gehör zu verschaffen.

Geld wurde in die Ritzen der Bretterwand gezwängt. Die Wetteinsätze steckten zwischen den Planken. Lorq beugte sich vor. Etwas weiter unten sah er das junge Paar. Der Mann beugte sich über das Mädchen, versuchte ihr etwas zu zeigen.

Der Mann in der Grube stampfte durch das Gewirr von Schuppen und Federn. Seine Stiefel waren bis zu den Knien schwarz. Als die Leute beinahe verstummt waren, ging er zu der Seite der Grube, die Lorq nicht sehen konnte, bückte sich …

Eine Käfigtür flog zurück. Mit einem Schrei sprang der Mann auf den Zaun und klammerte sich daran fest. Die Zuschauer schrien und drängten sich vor.

Lorq sah auf der anderen Seite seinen Vater aufstehen. Sein Gesicht war schweißüberströmt, und das blonde Haar hing ihm in die Stirn. Von Ray schüttelte die Faust zu der Arena hin. Mutter, die Hand am Hals, drückte sich gegen ihn.

Botschafter Selvon versuchte, sich zwischen zwei Bergleuten durchzudrücken.

»Da ist Aaron!« rief Ruby aus.

»Nein!« Das kam von Prince.

Aber jetzt standen so viele Leute, daß Lorq nichts mehr sehen konnte. Tavo stand auf und begann zu schreien, die Leute sollten sich hinsetzen, bis jemand ihm eine Flasche reichte.

Lorq schob sich nach links, um besser sehen zu können

und dann wieder nach rechts. Erregung, von der er nicht wußte, woher sie kam, pochte in seiner Brust.

Der Mann mit den schwarzen Stiefeln stand jetzt auf dem Geländer. Beim Springen war er mit der Schulter an die Laterne gestoßen, so daß die Schatten jetzt über die Zeltwand zuckten. Der Lärm am Rand der Grube explodierte jetzt, verstummte, brüllte aufs neue los. Jemand fuchtelte mit einer Weste in der Luft herum.

Erregt und gleichzeitig fasziniert stand Lorq da. Ihm war von dem Rum und dem Gestank etwas übel. »Komm«, rief er Prince zu. »Gehen wir hinauf, damit wir etwas sehen!«

»Ich glaube, das sollten wir nicht tun«, sagte Ruby.

»Warum nicht!« Prince trat einen Schritt vor, aber er schien verstört.

Lorq bahnte sich vor ihm den Weg.

Und dann packte ihn jemand am Arm und wirbelte ihn herum. »Was hast *du* denn hier verloren?« Von Ray, verärgert und verwirrt, atmete schwer. »Wer hat dir gesagt, daß du diese Kinder hierherbringen darfst?«

Lorq sah sich nach Tavo um. Aber der war verschwunden.

Aaron kam hinter seinem Vater heran. »Ich hab' dir doch gesagt, daß wir jemand bei ihnen hätten lassen sollen. Eure Babysitter sind so altmodisch. Jedes Kind mit einer Spur von Verstand kann einen lahmlegen.«

Von Ray fuhr herum. »Oh, den Kindern fehlt nichts. Aber Lorq weiß ganz genau, daß er abends nicht allein weg darf!«

»Ich bring' sie nach Hause«, sagte Mutter, die inzwischen herangekommen war. »Reg dich nicht auf, Aaron. Denen fehlt nichts. Tut mir wirklich schrecklich leid.« Sie drehte sich zu den Kindern herum. »Was ist denn in euch gefahren, hierherzukommen?«

Die Bergleute starrten jetzt neugierig zu ihnen herüber.

Ruby fing zu weinen an.

»Du meine Güte, was ist denn jetzt los?« Mutter schien

betroffen. »Gar nichts ist los«, sagte Aaron Red. »Sie weiß bloß, was passieren wird, wenn ich nach Hause komme. Die wissen, wenn sie etwas getan haben, was sie nicht dürfen.«

Ruby, die überhaupt nicht daran gedacht hatte, fing jetzt ernsthaft zu weinen an.

»Reden wir doch morgen früh darüber«, sagte Muttter und warf Von Ray einen verzweifelten Blick zu. Aber Vater gab keine Antwort. Rubys Tränen und Lorqs Anwesenheit hatten ihn völlig verwirrt.

»Ja, bring sie nach Hause, Dana.« Er blickte auf und sah, daß die Bergleute sie anstarrten. »Bring sie gleich nach Hause. Komm, Aaron. Mach dir keine Sorgen.«

»Komm jetzt«, sagte Mutter. »Ruby, Prince, gebt mir die Hand. Komm, Lorq, wir gehen ...«

Mutter hatte den Kindern die Hände hingestreckt.

Und Prince griff mit seiner Prothese zu und riß ...

Mutter schrie auf, taumelte nach vorn und schlug mit der freien Hand nach ihm. Finger aus Metall und Plastik klammerten sich an ihr fest.

»Prince!« Aaron griff nach ihm, aber der Junge duckte sich weg, und Mutter ging auf die Knie, stöhnte, fing zu schluchzen an. Vater hielt sie an der Schulter fest. »Dana! Was hat er denn gemacht? Was war denn?«

Mutter schüttelte den Kopf.

Prince prallte gegen Tavo.

»Halt ihn fest!« schrie Vater auf portugiesisch.

Und Aaron brüllte: »Prince!«

Bei diesem Wort gab der Junge jeden Widerstand auf und sackte mit weißem Gesicht in Tavos Arme.

Mutter war wieder aufgestanden, ihr Kopf lag jetzt an Vaters Schulter. »... und einen von meinen weißen Vögeln«, hörte Lorq sie sagen.

»Prince, komm her!« befahl Aaron. Als Prince jetzt kam, waren seine Bewegungen ruckartig wie die eines Roboters.

»So«, sagte Aaron. »Du gehst jetzt mit Dana zum Haus

zurück. Es tut ihr leid, daß sie deine Hand erwähnt hat. Sie wollte dich nicht beleidigen.«

Mutter und Vater sahen Aaron erstaunt an. Aaron Red wandte sich zu ihnen.

Er war ein kleiner Mann. Das einzig Rote an ihm, das Lorq sehen konnte, waren seine Augenwinkel.

»Wißt ihr« — Aaron blickte unendlich müde —, »ich erwähne seine Deformierung nie. Niemals.« Er blickte verstört. »Ich möchte nicht, daß er sich minderwertig vorkommt. Ich lasse nicht zu, daß jemand mit dem Finger auf ihn zeigt. Man darf vor ihm nie darüber sprechen, wißt ihr. Nie.«

Vater wollte etwas sagen, ließ es dann aber bleiben. Mutter sah die beiden Männer und dann ihre Hand an. »Kommt, Kinder«, sagte sie dann.

Später, als sie Prince und Ruby in ihr Zimmer gebracht hatte, kam sie zu Lorq.

»Tut deine Hand immer noch weh, Mama?« fragte er aus seinem Bett.

»Ja. Aber es ist nichts gebrochen, obwohl mich das wundert. Ich werde jetzt den Medorobot einschalten.«

»Sie wollten gehen!« platzte Lorq heraus. »Sie haben gesagt, sie wollten sehen, wo ihr alle hingegangen seid.«

Mutter setzte sich auf seine Bettkante und strich ihm mit der unverletzten Hand über den Kopf. »Und wolltest du es nicht auch sehen? Bloß ein klein wenig?«

»Ja«, sagte er nach einer Weile.

»Das habe ich mir gedacht. Was macht dein Magen? Mir ist egal, was die alle sagen. Ich kann mir trotzdem nicht vorstellen, daß saure Milch für dich gut sein sollte.«

Den Rum hatte sie immer noch nicht erwähnt.

»Schlaf jetzt.« Sie ging zur Tür.

Er erinnerte sich daran, wie sie den Schalter berührte.

Er erinnerte sich, wie der Mond durch das rotierende Dach langsam dunkler wurde.

Lorq brachte Prince Red immer mit dem Kommen und Gehen des Lichts in Verbindung.

Er saß nackt am Swimming-pool auf dem Dach und bereitete sich auf sein Petrologieexamen vor, als die purpurfarbenen Blätter sich bewegten. Der Sturm draußen kam nur als schwaches Summen durch das Kraftfeld, und die Türme von Ark glitzerten leicht verzerrt zu ihm herein.

»Paps!« Lorq schaltete das Lesegerät ab und stand auf. »He, ich bin in fortgeschrittener Mathematik Dritter geworden. Dritter!«

Von Ray, mit einem pelzbesetzten Anorak bekleidet, trat zwischen den Blättern herein. »Und wahrscheinlich nennst du das, was du jetzt tust, lernen. Wäre das nicht leichter in der Bibliothek? Wie du dich nur hier oben bei all den Ablenkungen konzentrieren kannst!«

»Petrologie«, sagte Lorq und hob seinen Recorder hoch. »Dafür brauche ich eigentlich gar nichts zu lernen. Ich hab' schon 'ne Menge Punkte.«

Erst in den letzten Jahren hatte Lorq es gelernt, mit der beständigen Forderung seiner Eltern nach Perfektion zu leben. Und er hatte entdeckt, daß diese Forderungen eher ein Ritual waren und daß es am besten war, sie über sich ergehen zu lassen.

»Oh«, sagte sein Vater. »Das ist schön.« Dann lächelte er. Der Rauhreif in seinem Haar begann zu schmelzen. Er knöpfte seinen Anorak auf. »Immerhin hast du gearbeitet, statt im Bauch von *Caliban* herumzukriechen.«

»Apropos *Caliban,* Paps. Ich habe sie für die New Ark Regatta gemeldet. Kommst du und Mutter, um euch das Finish anzusehen?«

»Wenn wir es schaffen. Du weißt ja, daß Mutter sich in letzter Zeit nicht besonders wohl gefühlt hat. Die letzte Reise war etwas anstrengend, und du machst ihr mit deinen ewigen Rennen Sorgen.«

»Warum? Meine Schularbeit hat nicht darunter gelitten.«

Von Ray zuckte die Achseln. »Sie hält es eben für gefährlich.« Er legte den Anorak über einen Stein. »Wir haben letzten Monat in Trantor von deinem Preis gelesen. Gratuliere. Sie macht sich zwar Sorgen über dich, aber trotzdem war sie stolz wie ein Pfau, als sie all diesen aufgeplusterten Clubfrauen sagen konnte, du wärest ihr Sohn.«

»Ich wollte, du wärest dagewesen.«

»Das wollten wir auch, aber wir konnten die Reise unmöglich um einen Monat verkürzen. Komm, ich muß dir etwas zeigen.«

Die beiden gingen an dem kleinen Flüßchen entlang ins Haus.

»Wir haben diesmal auf der Erde Station gemacht und einen Tag mit Aaron Red verbracht. Ich glaube, du bist ihm vor langer Zeit einmal begegnet. Red Shift Limited?«

»Ja, auf New Brazillia«, sagte Lorq. »Beim Bergwerk.«

»So weit kannst du dich zurückerinnern? Prince war bei ihm. Ein Junge, so alt wie du, vielleicht etwas älter.«

Lorq hatte gelegentlich von Prince gehört, so wie Kinder häufig hören, was die Kinder der Freunde ihrer Eltern machen. Prince hatte in letzter Zeit viermal schnell hintereinander die Schule gewechselt, und das Gerücht, das bis zu den Plejaden durchgedrungen war, besagt, daß es nur dem Reichtum von Red Shift Ltd. zu verdanken sei, daß man das Ganze einen Schulwechsel und nicht etwas Schlimmeres nannte.

»Ich kann mich an ihn erinnern«, sagte Lorq. »Er hatte nur einen Arm.«

»Er trägt jetzt einen schwarzen Handschuh, der bis zur Schulter reicht, und ein juwelenbesetztes Armband darüber. Ein sehr beeindruckender junger Mann. Er sagte, er erinnere sich an dich.«

Lorq löste sich vom Arm seines Vaters und trat auf den weißen Teppich, der im Wintergarten lag. »Was willst du mir zeigen?«

Vater trat an eine der Bildsäulen. Es war eine durchsichtige Säule, etwa eineinhalb Meter dick. Sie reichte bis zum Dach, wo sie in ein Kapitell auslief. »Dana, willst du Lorq zeigen, was du ihm mitgebracht hast?«

»Einen Augenblick.« Die Umrisse seiner Mutter formten sich in der Säule. Sie saß im Schwanensessel. Jetzt nahm sie ein grünes Tuch vom Tisch und faltete es auf der brokatbestickten Decke, die ihren Schoß bedeckte, auseinander.

»Die sind herrlich!» rief Lorq aus. »Wo hast du Heptodynquarz gefunden?«

Die Steine, die im Prinzip aus Silizium bestanden, waren unter geologischen Drücken geformt worden, so daß in jedem etwa kinderfaustgroßen Kristall Licht über die zackigen blauen Kanten floß.

»Ich hab' sie in Cygnus mitgenommen. Wir wohnten dort in der Nähe der explodierten Wüste von Krall. Wir konnten sie vom Hotelfenster aus jenseits der Stadtmauern blitzen sehen. Es war genauso eindrucksvoll, wie es in den Prospekten immer beschrieben wird. Und eines Nachmittags, als dein Vater an einer Konferenz teilnahm, habe ich die Tour gemacht. Als ich sie sah, dachte ich an deine Sammlung und hab' sie dir gekauft.«

»Danke.« Er lächelte der Gestalt in der Säule zu.

Weder er noch sein Vater hatten Mutter in den letzten vier Jahren persönlich gesehen. Sie litt an einer degenerativen geistigen und physischen Krankheit, die es ihr oft unmöglich machte, mit ihrer Umwelt in Verbindung zu treten. So hatte sie sich mit ihren Medizinen, ihren Diagnosecomputern, ihren Kosmetikartikeln, ihrer Gravothermie und ihren Lesemaschinen in ihre eigene Suite im Haus zurückgezogen. Sie — aber noch häufiger einer ihrer Androiden, die auf ihr allgemeines Reaktionsmuster eingestellt waren — tauchten gelegentlich in den Bildsäulen auf und zeigten ihr normales Aussehen und ihre normale Persönlichkeit. In gleicher Weise ›begleitete‹ sie Von Ray per Android und Telerama auf seinen Geschäftsreisen, während sie körperlich in den maskierten Isolierkammern verblieb, die niemand außer ihren Psychotechnikern betreten durfte, die sie einmal im Monat aufsuchten.

»Sie sind herrlich«, wiederholte er und trat näher.

»Ich leg' sie dir heute abend in dein Zimmer.« Sie hob einen mit ihren dunklen Fingern auf und drehte ihn. »Ich finde sie selbst faszinierend, beinahe hypnotisch.«

»Hier.« Von Ray wandte sich einer anderen Säule zu. »Ich will dir noch etwas zeigen. Aaron hat offensichtlich von deinem Interesse für Rennfahrten gehört und wußte auch, daß du viele Erfolge hast.«

Etwas formte sich in der zweiten Säule. »Zwei seiner Ingenieure hatten gerade einen neuen Ionenkuppler entwickelt. Sie sagten uns, er sei für kommerzielle Nutzung zu empfindlich und daher für die Serienfertigung nicht geeignet. Aber Aaron meinte, für kleine Rennschiffe könnte man ihn einsetzen. Ich wollte ihn für dich kaufen, aber davon wollte er nichts hören; er hat ihn mir als Geschenk gegeben.«

»Wirklich?« Lorqs Erregung übertraf sein Staunen. »Wo ist er?«

In der Säule stand eine Kiste am Rande einer Ladeplattform. In der Ferne ragten die Kontrolltürme des Jachthafens von Nea Limani.

»Auf dem Startfeld?« Lorq nahm auf einem Schwebesessel Platz. »Gut! Ich geh' heut abend hin und seh' ihn mir an. Ich muß mir ohnehin noch eine Crew für das Rennen aussuchen.«

»Du suchst dir deine Crew aus Leuten zusammen, die sich am Raumhafen herumtreiben?« Mutter schüttelte den Kopf. »Darüber mache ich mir immer Sorgen.«

»Mom, Leute, die was für Rennen übrighaben, junge Burschen, die sich für Rennschiffe interessieren, Leute, die etwas vom Segeln verstehen, die lungern immer bei den Schiffen herum. Außerdem kenne ich die Hälfte der Leute in Nea Limani ohnehin.«

»Trotzdem wäre mir lieber, wenn du dir deine Crew unter deinen Schulfreunden oder solchen Leuten aussuchen würdest.«

»Was unrecht ist mit Leuten, die so reden?« Er lächelte schwach.

»Das habe ich ja nicht gesagt. Ich meinte nur, du solltest Leute nehmen, die du kennst.«

»Was hast du denn nach dem Rennen mit deinen restlichen Ferien vor?« schaltete sich sein Vater ein.

Lorq zuckte die Achseln. »Soll ich wie letztes Jahr den Vorarbeiter im Bergwerk von São Orini machen?«

Die Brauen seines Vaters lösten sich voneinander und bildeten zwei Bögen. »Nach dem, was mit der Tochter von diesem Bergmann passiert ist ...?« Jetzt wurde seine Stirn wieder glatt. »Willst du *wirklich* dorthin?«

Wieder zuckte Lorq die Achseln.

»Hast du dir irgend etwas überlegt, was du gerne tun würdest?« Das kam von seiner Mutter.

»Ashton Clark wird mir schon etwas schicken. Im Augenblick bin ich damit beschäftigt, mir meine Crew auszuwählen.« Er stand auf. »Mom, nochmals vielen Dank für die Steine. Ich gehe jetzt.«

»Du kommst doch nicht ...«

»Vor Mitternacht.«

»Lorq, noch etwas.«

Er blieb stehen.

»Prince veranstaltet eine Party. Er hat dir eine Einladung geschickt. Sie findet auf der Erde statt. In Paris auf der Ile St. Louis. Aber das ist nur drei Tage nach der Regatta. Du würdest es nicht schaffen ...«

»*Caliban* schafft es in drei Tagen zur Erde.«

»Nein, Lorq! Du wirst doch nicht in diesem winzigen ...«

»Ich bin noch nie in Paris gewesen. Das letzte Mal, als ich auf der Erde war, war ich fünfzehn. Du hast mich mit nach Peking genommen. Dort in Draco segelt es sich leicht.« Er rannte weg und drehte sich dann noch einmal um. »Wenn ich keine Crew finde, kann ich nächste

Woche nicht zur Schule gehen.« Die Tür fiel hinter ihm zu.

Seine Crew bestand aus zwei Burschen, die sich erboten, ihm beim Auspacken des Ionenkupplers zu helfen. Keiner stammte aus der Plejadenföderation.

Brian, ein Junge, ebenso alt wie Lorq, der sich auf der Dracouniversität ein Jahr freigenommen hatte und zu den Äußeren Kolonien geflogen war, arbeitete sich jetzt zurück; er hatte sowohl als Kapitän als auch als Cyborgstekker auf Rennjachten gearbeitet. Aber nur in dem Jachtclub, der zu seiner Schule gehörte. Lorq bewunderte die Art und Weise, wie Brian einfach, ohne sich um Geld zu sorgen, zum anderen Ende der Galaxis aufgebrochen war.

Brian wiederum bestaunte in Lorq einen jener geradezu sagenhaft reichen Leute, die ein eigenes Boot besaßen, einen Mann, dessen Name bis jetzt nur ein abstrakter Begriff in den Sportbändern gewesen war — Lorq Von Ray, einer der jüngsten und spektakulärsten Rennkapitäne.

Dan, der die Crew des kleinen dreikegeligen Rennbootes vervollständigte, war ein Mann um die Vierzig und stammte aus Australien von der Erde. Sie hatten ihn in der Bar kennengelernt, wo er von seinen Abenteuern als Cyborgstecker auf großen Transportfrachtern erzählte. Barfüßig, die an den Knien abgefetzten Hosen mit einer Schnur zusammengebunden, war Dan viel typischer für die Burschen, die auf den geheizten Straßen von Nea Limani herumlungerten, als Brian. Die hohen Windkuppeln brachen die Orkanböen, die immer wieder über das glitzernde Ark von Tong herüberwehten — es war der Monat Iumbra, in dem der neunundzwanzigstündige Tag nur drei Stunden lang Tageslicht bot. Die Mechaniker, Offiziere und Stecker tranken, plauderten und unterhielten sich in den Bars und Saunaclubs, den Meldebüros und den Reparaturgruben über die Rennen.

Brians Reaktion auf den Vorschlag, nach dem Rennen

zur Erde zu fliegen: »Prima. Warum nicht? Ich muß sowieso nach den Ferien nach Draco zurück.«

Und Dan: »Paris? Das ist schrecklich nahe bei Australien, oder? Ich hab' ein Kind und zwei Frauen in Melbourne und bin nicht besonders scharf darauf, daß die mich schnappen. Aber wenn wir nicht zu lange bleiben ...«

Als die Regatta um den Beobachtungssatelliten herumgefegt war, der Ark umkreiste, und in einem Bogen vom inneren Rand der Wolke bis zur Finsteren Toten Schwester und wieder nach Ark zurückgekehrt war, wurde verkündet, daß die *Caliban* Zweiter geworden war.

»Schön. Dann wollen wir hier verschwinden. Zu Princes Party!«

»Sei aber vorsichtig ...«, hallte die Stimme seiner Mutter über den Lautsprecher.

»Sag Aaron schöne Grüße. Und noch einmal meine Gratulation, mein Junge«, sagte Vater. »Und wenn du diesen kupfernen Schmetterling auf dieser verrückten Fahrt kaputtmachst, dann rechne bloß nicht damit, daß ich dir einen neuen kaufe.«

»Wiedersehen, Dad.«

Die *Caliban* stieg zwischen den Schiffen auf, die sich an der Ziellinie der Regatta gesammelt hatten. Fünfzehn Meter hohe Fenster blitzten unter ihnen im Licht der Sterne (und hinter einem davon standen sein Vater und ein Android seiner Mutter am Geländer und blickten dem Schiff nach). Und wenige Augenblicke später rasten sie durch die Äußeren Kolonien auf Sol zu.

Einen Tag nach dem Start verloren sie in einem Wirbelnebel sechs Stunden (»Wenn du ein richtiges Schiff hättest und nicht nur dieses Spielzeug hier«, beklagte Dan sich über das Interkom, »könnte ich uns mit der linken Hand aus diesem Biest rausholen.« Lorq schaltete die Frequenz auf dem Ionenkuppler höher. »Punkt zwei fünf tiefer, Brian. Und dann mit Schwung!«), aber auf der Gezeitendrift nach außen holten sie die verlorene Zeit wieder auf.

Einen Tag später glühte Sol vor ihnen am Himmel und wurde immer größer.

Wie die Acht auf einem mykenischen Schild geformt, dehnte sich *De Blau Spatiodrome* kilometerweit unter den ausgreifenden Kegeln. Frachtschiffe starteten von hier zu dem mächtigen Raumhaufen auf dem zweiten Mond Neptuns. Die fünfhundert Meter langen Passagierliner glitzerten. Die *Caliban,* in der Form einem dreiteiligen Drachen gleichend, fiel in das Jachtbecken. Lorq setzte sich von seiner Konturliege auf, als die Peilstrahlen sie erfaßten.

»Okay, ihr Marionetten. Schneidet eure Schnüre ab.« Einen Augenblick nach der Landung schaltete er die summenden Eingeweide der *Caliban* ab. Ganze Batterien von Lichtern verloschen rings um ihn.

Brian hopste in die Steuerkanzel und band seine linke Sandale fest. Dan, unrasiert, die Weste offen, schlurfte aus seiner Projektorkammer herein. »Schätze, wir haben's geschafft, Captain.« Er bückte sich, um andächtig in den Zehen zu bohren. »Was für 'ne Party is' das denn, die ihr Jungs besucht?«

Lorq drückte einen Knopf, und der Boden senkte sich unter ihnen, und die Matte rollte sich ein, bis die untere Kante der Bodenplatte die Runway berührte. »Weiß ich auch nicht genau«, erklärte Lorq. »Ich schätze, das werden wir erfahren, wenn wir dort sind.«

»*Oohhh* nein«, machte Dan, als sie den Raumhafen betraten. »Ich mag diesen Societykram nicht.«

Sie verließen den Schatten des Schiffes. »Sucht mir eine Bar und holt mich dort wieder ab, wenn ihr zurückkommt.«

»Wenn ihr beiden nicht mitkommen wollt«, sagte Lorq und sah sich um, »dann gehen wir irgendwo etwas essen, und ihr könnt hierbleiben.«

»Ich ... wollte eigentlich schon mit.« Brian schien enttäuscht. »Das wird wahrscheinlich meine einzige Chance bleiben, jemals zu einer Party zu gehen, die Prince Red gibt.«

Lorq sah Brian an. Der stämmige braunhaarige Junge mit den kaffeefarbenen Augen hatte seine abgewetzte Arbeitsweste gegen eine frisch gebügelte mit glitzernden Blumen vertauscht. Lorq fing erst langsam an zu begreifen, wie sehr dieser Junge, der quer durchs Universum gereist war, von dem Reichtum beeindruckt war — sichtbarem wie unsichtbarem Reichtum —, der von einem Neunzehnjährigen ausging, der seine eigene Rennjacht flog und einfach zum Spaß Parties in Paris besuchte.

Lorq war überhaupt nicht auf den Gedanken gekommen, seine Weste zu wechseln. »Dann kommst du eben mit«, sagte er. »Dan holen wir auf dem Rückweg ab.«

»Betrinkt euch nur nicht so, daß ihr mich nicht mehr an Bord tragen könnt.«

Lorq und Dan lachten.

Brian starrte zu den anderen Jachten im Becken hinüber. »Hey! Hast du jemals auf einer dreikegeligen Zephyr gearbeitet?« Er berührte Lorq am Arm und zeigte auf ein elegantes, goldfarbenes Schiff. »Ich wette, die ist Klasse.«

»Spricht in den unteren Frequenzen ziemlich langsam an.« Lorq drehte sich wieder zu Dan herum. »Und daß ihr mir ja pünktlich zum Start morgen wieder an Bord seid. Ich hab' keine Lust, überall nach euch zu suchen.«

»Wo ich so nahe bei Australien bin? Keine Sorge, Captain. Übrigens, es macht dir doch nichts aus, wenn ich etwa 'ne Dame mit an Bord bringe?« Er grinste Lorq zu und kniff dann ein Auge zu.

»Sag mal«, wollte Brian wissen. »Wie pflegen sich denn diese Boris-27er? Unser Schulclub wollte einen Tausch mit einem anderen Club organisieren, der eine zehnjährige Boris hat. Bloß daß die noch Geld ausbezahlt haben wollten.«

»Solang sie nichts mit von Bord nimmt, was sie nicht schon mitgebracht hat«, meinte Lorq zu Dan gewandt.

Dann wandte er sich wieder Brian zu. »Ich war nie auf einer Boris, die älter als drei Jahre war. Ein Freund von mir hatte vor ein paar Jahren einmal eine. Sie war nicht übel, aber kein Vergleich mit der *Caliban.*«

Sie verließen das Landefeld und gingen die Treppen zur Straße hinunter und passierten dabei den Schatten der Säule mit der sich windenden Schlange.

Paris war mehr oder weniger eine horizontale Stadt geblieben. Die einzigen Gebilde, die den Horizont durchbrachen, waren der Eiffelturm zu ihrer Linken und die hochgetürmten Hallen: siebzig Stockwerke Markt hinter durchsichtigen Scheiben — die zentrale Lebensmittelversorgung für die dreiundzwanzig Millionen Bewohner der Stadt.

Sie kamen in die *Rue des Astronauts,* an den Markisen der Restaurants und Hotels vorbei. Dan kratzte sich am Bauch und strich sich dann das lange Haar aus der Stirn. »Wo besäuft man sich denn hier, wenn man ein armer Cyborgstecker ist?« Plötzlich deutete er eine kleine Straße hinunter. »Dort!«

Am Ende der L-förmigen Straße gab es ein kleines Café mit zersprungenen Fenstern, *Le Sidéral.* Die Tür schloß sich gerade hinter zwei Frauen.

»Klasse«, stöhnte Dan und rannte auf das Lokal zu.

»Manchmal beneide ich solche Leute«, sagte Brian leise zu Lorq. Der sah ihn überrascht an.

»Dir ist das gleichgültig«, fuhr Brian fort, »ich meine, wenn er eine Frau aufs Schiff bringt?«

Lorq zuckte die Achseln. »Ich würde auch eine mitbringen.«

»Oh. Du mußt es bei den Mädchen leicht haben, besonders mit einem Rennboot.«

»Ja, ich denke, das hilft.«

Brian biß auf seinen Daumennagel und nickte. »Das wäre nett. Manchmal glaube ich, die Mädchen haben einfach vergessen, daß es mich gibt. Das würden sie wahrscheinlich auch, wenn ich eine Jacht hätte.« Er lachte.

»Hast du je ... ein Mädchen auf dein Schiff mitgenommen?«

Lorq schwieg einen Augenblick. Dann sagte er: »Ich habe drei Kinder.«

Jetzt sah Brian ihn überrascht an.

»Einen Jungen und zwei Mädchen. Ihre Mütter leben auf einer kleinen Welt in den Äußeren Kolonien, New Brazillia.«

»Oh, du meinst, du ...«

Lorq umfaßte seine linke Schulter mit der rechten Hand und die rechte mit der linken.

»Wir führen ein sehr verschiedenes Leben, denke ich«, sagte Brian langsam, »du und ich.«

»Das hatte ich auch gedacht.« Und dann grinste Lorq.

Brians Lächeln war jetzt etwas unsicher.

»He, ihr da, wartet mal!« ertönte es hinter ihnen. »Augenblick!« Sie wandten sich um.

»Lorq? Lorq Von Ray?«

Der schwarze Handschuh, den Lorqs Vater beschrieben hatte, war jetzt aus Silber. Und das Armband hoch am Bizeps war mit Diamanten besetzt.

»Prince?«

Weste, Hosen und Stiefel waren auch aus Silber. »Beinahe hätte ich dich verfehlt!« Das knochige Gesicht unter dem schwarzen Haar belebte sich. »Ich hatte veranlaßt, daß der Raumhafen mich anruft, als man dir auf Neptun den Start freigab. 'ne Rennjacht, was? Habt euch schön Zeit gelassen. Oh, ehe ich es vergesse, Aaron hat gesagt, ich soll dir Grüße an deine Tante Cyana bestellen. Sie hat letzten Monat ein Weekend bei uns verbracht, am Strand auf Chobe's World.«

»Danke. Ich werd's ihr bestellen, wenn ich sie sehe«, sagte Lorq. »Wenn sie letzten Monat bei euch war, seht ihr sie öfter als ich. Sie ist nicht mehr oft auf Ark.«

»Cyana ...«, begann Brian. »... Morgan?« schloß er dann voll Staunen. Aber Prince war bereits fortgefahren.

»Schau.« Er legte Lorq beide Hände auf die Schultern

(Lorq versuchte, den Druckunterschied zwischen der behandschuhten und der nicht behandschuhten Hand festzustellen), »ich muß vor der Party noch zum Mt. Kenyuna und zurück. Ich hab' alle möglichen Transportmittel eingesetzt, um die Leute von überall herbeizubringen. Aaron ist nicht sehr hilfsbereit. Er will nichts mit der Party zu tun haben; er hat das Gefühl, sie sei mir über den Kopf gewachsen. Ich muß zugeben, daß ich an einigen Orten seinen Namen benutzt habe, um mir Dinge zu verschaffen, die ich sonst nicht gekriegt hätte. Aber jetzt ist er irgendwo im Wegasystem. Fliegst du mich schnell zum Himalaya?«

»Meinetwegen.« Lorq wollte schon vorschlagen, daß Prince gemeinsam mit Brian ans Kabel ging, aber Prince konnte das mit seinem Arm vielleicht gar nicht.

»He, Dan!« rief er die Straße hinunter. »Du arbeitest noch.« Der Australier hatte gerade die Tür geöffnet. Jetzt drehte er sich um, schüttelte den Kopf und kam zurück.

»Was holen wir denn?« fragte Lorq, als sie zum Flughafen zurückgingen.

»Das sag' ich dir unterwegs.«

Als sie das Tor (und die Dracosäule mit der Schlange, die sich im Sonnenlicht um sie wand) passierten, versuchte Brian Konversation zu machen. »Das ist ja ein mächtiger Laden«, sagte er zu Prince.

»Es werden eine Menge Leute auf der Ile sein. Ich möchte, daß alle sehen können, wo ich bin.«

»Ist dieser Handschuh auf der Erde jetzt Mode?«

Lorqs Magen verkrampfte sich. Er blickte schnell zwischen den beiden jungen Leuten hin und her.

»Solche Dinge«, fuhr Brian fort, »kommen immer erst einen Monat, nachdem sie auf der Erde keiner mehr trägt, nach Centauri. Und außerdem bin ich schon zehn Monate lang nicht mehr in Draco gewesen.«

Prince sah seinen Arm an und drehte seine Hand um.

Zwielicht überflutete den Himmel.

Und dann flackerten die Lichter am Gitter auf: Licht

blitzte in den Falten des Handschuhs. »Mein persönlicher Stil.« Er blickte zu Brian auf. »Ich habe keinen rechten Arm. Das« — seine silbernen Finger ballten sich zur Faust — »ist Metall und Plastik und kleine Motörchen.« Er lachte scharf. »Aber ich komme damit zurecht — genausogut wie mit einer richtigen.«

»Oh.« Brians Stimme zitterte verlegen. »Das hab' ich nicht gewußt.«

Prince lachte. »Manchmal vergesse ich es auch beinahe. Manchmal. Wo steht euer Schiff?«

»Dort.« Lorq zeigte es ihm und war sich plötzlich der Dutzend Jahre bewußt, die zwischen seinem ersten Zusammentreffen mit Prince und heute vergangen waren.

»Alles eingesteckt?«

»Du zahlst mich, Captain«, hallte Dans Stimme. »Eingesteckt und fertig.«

»Fertig, Captain«, von Brian.

»Untere Kegel öffnen ...«

Prince saß hinter Lorq, eine Hand auf Lorqs Schulter (die echte). »Alle kommen zu meiner Party. Ihr seid heute abend eingetroffen, aber manche Leute sind schon seit einer Woche da. Hundert habe ich eingeladen, aber wenigstens dreihundert kommen.«

Als das Trägheitsfeld sie erfaßte, sank *De Blau* unter ihnen weg, und die schon untergegangene Sonne ging im Westen wieder auf und hüllte die Welt in feurigen Schein. »Che-Ong hat eine völlig ausgeflippte Clique von irgendwo draußen am Rande von Draco mitgebracht ...«

Brians Stimme hallte über den Lautsprecher. »Che-Ong? Meinst du den Psychorama-Star?«

»Das Studio hat ihr eine Woche Urlaub gegeben. Also hat sie beschlossen, zu meiner Party zu kommen. Und vorgestern hat sie sich in den Kopf gesetzt, bergsteigen zu gehen und ist nach Nepal geflogen.«

Die Sonne zog über ihnen vorbei. Wenn man zwischen zwei Orten auf einem Planeten reiste, mußte man starten und am richtigen Ort wieder herunterkommen. In einem Kegelprojektorfahrzeug mußte man starten, den Planeten drei- oder viermal umkreisen und im Gleitflug wieder herunterkommen. Es dauerte genauso sieben oder acht Minuten, um von einer Seite der Stadt zur anderen zu kommen, wie man brauchte, um zur anderen Seite der Welt zu gelangen.

»Che hat mich heute nachmittag angerufen, daß sie drei Viertel des Weges den Mt. Kenyuna hinauf festhingen. Unter ihnen ist Sturm, also können sie die Rettungsstation in Katmandu nicht erreichen, sonst könnte ein Hubschrauber aufsteigen und sie holen. Jedenfalls habe ich ihr versprochen, ich würde mir was einfallen lassen.«

»Und wie, zum Teufel, sollen wir sie vom Berg wegholen?«

»*Du* fliegst auf fünf Meter an der Felswand und bleibst in der Luft stehen. Dann werde *ich* hinunterklettern und sie raufholen.«

»Fünf Meter!« Die verschwommene Welt wurde unter ihnen langsamer. »Willst du lebend zu deiner Party?«

»Hast du diesen Ionenkuppler, den Aaron dir geschickt hat?«

»Wir haben ihn eingebaut.«

»Es heißt, er sei für diese Art von Manöver empfindlich genug. Und außerdem bist du ein erstklassiger Rennkapitän. Ja oder nein?«

»Ich will's versuchen«, sagte Lorq vorsichtig. »Ich bin ein größerer Narr als du.« Dann lachte er. »Wir werden es versuchen, Prince.« Fels und Schnee glitten unter ihnen dahin. Lorq tastete die Lorankoordinaten des Berges ein, die Prince ihnen gegeben hatte. Dann griff Prince über Lorqs Arm hinweg und drehte am Radio ...

Eine Mädchenstimme hallte plötzlich in der Kabine:

»... o dort! Schau. Glaubst du, das sind sie? Prince! Prince, Liebster, kommst du uns retten? Wir hängen hier und fühlen uns elend. Prince ...?« Hinter ihrer Stimme klang Musik. Andere Stimmen plapperten dazwischen.

»Festhalten, Che«, sagte Prince ins Mikro. »Ich hab' dir doch gesagt, daß wir uns was einfallen lassen.« Er wandte sich Lorq zu. »Dort! Es sollte unmittelbar unter uns sein.«

Lorq drehte am Frequenzfilter, bis *Caliban* die Gravitationssenke des Berges selbst hinunterglitt. Die Bergspitzen ragten vor ihnen auf, ausgemeißelt und blitzend.

»Oh, schaut doch! Hab' ich euch nicht gesagt, daß Prince uns hier nicht verschmachten läßt?«

Und im Hintergrund:

»Oh, Cecil, ich kann den Schritt nicht ...«

»Mach doch die Musik lauter ...«

»Prince«, schrie Che, »beeil dich! Es fängt schon wieder an zu schneien.«

»Komm, Süße, wir wollen tanzen!«

»Ich hab' euch doch gesagt, daß wir zu dicht an der Klippe sind!«

Unter Lorqs Füßen auf dem Bodenschirm glitzerten Eis, Kies und Felsbrocken im Mondlicht, als die *Caliban* sich tiefer senkte.

»Wie viele sind es denn?« fragte Lorq. »So groß ist dieses Schiff nicht ...«

»Dann müssen sie eben zusammenrücken.«

Auf der eisigen Felsleiste, die über den Schirm glitt, saßen einige auf einem grünen Poncho, umgeben von Weinflaschen, Käse und Picknickkörben. Einige tanzten. Ein paar saßen auf Segeltuchstühlen herum. Einer war etwas höher geklettert und starrte dem Schiff entgegen.

»Che«, sagte Prince. »Wir sind da. Packt alles zusammen. Wir können nicht den ganzen Tag warten.«

»Großer Gott! Das seid ihr *tatsächlich!* Kommt, jetzt geht's los. Ja, das ist Prince!«

Auf dem Felsvorsprung herrschte plötzlich ein wirres Durcheinander. Die jungen Leute begannen herumzurennen, Dinge aufzuheben, sie in Rucksäcke zu stopfen; zwei Leute falteten den Poncho zusammen. »Edgar! Wirf das nicht weg! Es ist achtundvierziger, und hier gibt es keinen wirklich alten Wein. Ja, Hillary, du kannst einen anderen Sender suchen. *Nein!* Die Heizung sollst du lieber noch nicht ausschalten! Natürlich tanze ich mit dir, Liebster. Nur nicht so dicht am Rand. Augenblick. Prince? Prince ...!«

»Che!« rief Prince, während Lorq das Schiff noch näher an den Felsen drängte.

»Habt ihr ein Seil dort unten?« Er legte die Hand übers Mikro. »Hast du sie in *Mayhams Töchter* gesehen, als sie die verrückte sechzehnjährige Tochter dieses Botanikers spielte?«

Lorq nickte.

»Das war nicht gespielt.« Er nahm die Hand vom Mikro. »Che! Seil! Habt ihr Seil?«

»Massenhaft! Edgar, wo ist das Seil? Aber an irgend etwas sind wir doch raufgeklettert! Das ist es! Was soll ich jetzt machen?«

»Alle halben Meter einen großen Knoten hineinbinden. Wie weit sind wir über euch?«

»Zwölf Meter? Zehn Meter? Edgar! Cecil! José! Ihr habt ihn gehört! Knoten sollt ihr binden!«

Lorq blickte auf den Bodenschirm und sah zu, wie der Schatten der Jacht über die Berge glitt; dann ließ er das Boot noch tiefer sinken.

»Lorq, öffne die Luke im Antriebsraum, wenn wir ...«

»Wir stehen jetzt fünf Meter über ihnen«, rief Lorq über die Schulter. »Das wär's, Prince!« Er griff nach vorn. »Jetzt ist sie offen.«

»Prima!«

Prince schob sich durch die Bodenluke in den Maschinenraum. Kalte Luft peitschte Lorqs Rücken. Dan und Brian hielten das Schiff stetig im Wind. Auf dem Bodenschirm sah Lorq, wie einer der Jungen das Seil zum Schiff emporwarf. Prince stand jetzt in der offenen Luke, um es mit seinem silbernen Handschuh zu fangen. Sie mußten es dreimal versuchen. Dann hallte Princes Stimme über den Wind zurück.

»Okay! Jetzt hab' ich's festgebunden. Kommt herauf!«

Und einer nach dem anderen kletterten sie an dem Seil in die Höhe.

»So. Vorsicht ...«

»Mann, ist das kalt dort draußen! Wenn man an dem Wärmefeld vorbei ist ...«

»Hab' dich schon. Komm rein ...«

»Ich hab' nicht mehr gedacht, daß wir es schaffen würden. He, wollt ihr Châteauneuf du Pape achtundvierzig? Che sagt, man kann ...«

Stimmen füllten den Maschinenraum. Und dann:

»Prince! Wahnsinnig nett von dir, mich zu retten! Wirst du auch türkische Musik aus dem neunzehnten Jahrhundert bei deiner Party haben? Wir haben keine lokalen Stationen bekommen, aber ein Bildschirmprogramm aus Neuseeland. Toll! Edgar hat einen neuen Schritt erfunden. José, komm rein. Ich will dich Prince Red vorstellen. Der schmeißt die Party, und sein Vater hat noch viel mehr Millionen als deiner. Macht jetzt die Tür zu und schaut, daß ihr aus dem Maschinenraum rauskommt. All diese Maschinen und Dinger. Ich bin das nicht.«

»Komm rein, Che und geh dem Captain auf die Nerven. Kennst du Lorq Von Ray?«

»Was, der Junge, der all die Rennen gewinnt? Puh, der hat ja noch mehr Geld als du ...«

»Schscht!« sagte Prince mit Bühnenstimme, als sie dann in die Kabine kamen. »Ich will nicht, daß er das erfährt.«

Lorq zog das Schiff vom Berg weg und wandte sich dann um.

»Du *mußt* der sein, der diese Preise gewonnen hat: du bist so hübsch!«

Che-Ong trug einen völlig durchsichtigen Kälteanzug.

»Hast du sie mit diesem Schiff gewonnen?«

Sie sah sich in der Kabine um. Ihr Atem ging immer noch schwer von der Anstrengung des Kletterns. Rotgeschminkte Brustwarzen drückten sich bei jedem Atemzug gegen die Plastikhülle ihres Anzugs.

»Herrlich. Ich bin schon tagelang nicht mehr auf einer Jacht gewesen.«

Und hinter ihr drängten sich die anderen:

»Will keiner diesen achtundvierziger ...«

»Ich krieg' hier keine Musik rein. Warum ist hier keine Musik?«

»Cecil, hast du kein Goldpulver mehr ...«

»Wir stehen über der Ionosphäre, du Dummchen, und die elektronischen Wellen werden nicht mehr reflektiert. Außerdem fliegen wir zu ...«

Jetzt wandte sich Che-Ong ihnen allen zu. »O Cecil, wo ist denn jetzt dieses herrliche Goldpulver? Prince, Lorq, das müßt ihr probieren. Cecil ist der Sohn eines Bürgermeisters — Gouverneuer ...«

»... auf einer von diesen winzigen Welten, von denen wir die ganze Zeit hören, sehr weit von hier. Er hat dieses Goldpulver, das sammelt man dort in Felsspalten. Oh, schaut nur, er hat immer noch massenhaft davon!«

Die Welt begann unter ihnen zu kreiseln.

»Siehst du, Prince, man atmet es einfach ein, so. Ahhh! Man sieht da die herrlichsten Farben in allem, was man ansieht, und in allem, was man hört, sind die unglaublichsten Geräusche, und dann fängt das Bewußtsein an, sich im Kreise zu drehen, und fügt überall die tollsten Eindrücke dazwischen, die es gar nicht gibt. Da, Lorq ...«

»Aufpassen!« lachte Prince. »Der muß uns noch nach Paris zurückfliegen!«

»Oh!« rief Che aus, »das macht ihm ganz bestimmt nichts aus. Wir kommen nur ein wenig schneller hin, sonst gar nichts.«

Hinter ihnen sagten die anderen:

»Wo soll denn diese gottverdammte Party sein?«

»Ile St-Louis. Das ist in Paris.«

»Wo ...?«

»Paris, Baby, Paris. Wir haben eine Party in ...«

In der Mitte des vierten Jahrhunderts zog der byzantinische Kaiser Julian, des gesellschaftlichen Wirbels der Cité von Paris müde (dessen Bevölkerung, die damals weniger als tausend betrug, vorwiegend in Fellhütten wohnte, die sich um einen aus Holz und Steinen gebauten Tempel drängten, der der Großen Mutter geheiligt war), über das Wasser auf die kleinere Insel.

In der ersten Hälfte des zwanzigsten Jahrhunderts etablierte die Königin einer weltweiten Kosmetikfirma, um dem Gehabe des rechten Ufers und den bohemienhaften Exzessen des linken zu entkommen, hier in Paris ein Refugium, dessen Wände von Kunstschätzen gesäumt waren (während auf der anderen Seite des Flusses an die Stelle des hölzernen Tempels eine doppeltürmige Kathedrale getreten war).

Am Ende des einunddreißigsten Jahrhunderts war ihre Prachtstraße mit Lichtern behängt und die Seitengassen angefüllt mit Musik, Menagerien, Verkaufs- und Spielbuden, während ein Feuerwerk durch die Nacht dröhnte. Und auf der Ile St-Louis wurde Prince Reds Party gefeiert.

»Hierher! Hier herüber!«

Sie drängten sich über die Brücke. Unter ihnen glitzerte die schwarze Seine. Blätter trieben im Wind von den steinernen Balustraden. Hinter den mächtigen Bäumen im Park der Cité ragte, von Scheinwerfern bestrahlt, das mächtige Steingebilde von Notre Dame in den Himmel.

»Keiner darf meine Insel ohne Maske betreten!« schrie Prince.

Und als sie die Mitte der Brücke erreichten, schwang er sich auf das Geländer, hielt sich an einer Stange fest, und winkte mit seiner silbernen Hand. »Ihr seid auf einer Party! Ihr seid auf Princes Party! Und jeder trägt eine Maske!« Blaues und rotes Feuerwerk glühte hinter ihm am Himmel und tauchte sein knochiges Gesicht in gespenstisches Licht.

»Klasse!« quietschte Che-Ong und rannte zum Geländer. »Aber wenn ich eine Maske trage, erkennt mich doch keiner, Prince! Das Studio hat gesagt, ich darf nur hierherkommen, wenn es Publicity gibt!«

Er sprang, packte ihren durchsichtigen Anzug und führte sie die Treppe hinunter. Und dort grinsten auf Gestellen Hunderte von vollköpfigen Masken.

»Aber für dich hab' ich eine ganz besondere, Che!«

Er zog einen einen halben Meter großen durchsichtigen Rattenkopf heran, dessen Ohren mit weißem Pelz besetzt waren und an dessen Schnurrbarthaaren Juwelen funkelten.

»Klasse!« quietschte Che, als Prince ihr das Gebilde über den Kopf stülpte.

Durch die durchsichtige Grimasse der Maske sah man ihr eigenes zartgeschnittenes grünäugiges Gesicht, das sich vor Lachen verzog.

»Das ist eine für dich!«

Ein säbelzähniger Pantherkopf für Cecil; ein Adler mit fluoreszierenden Federn für Edgar; und Josés dunkles Haar verschwand unter einem Echsenkopf.

Ein Löwe für Dan, der unter Protest mitgekommen war, weil alle darauf bestanden (obwohl sie ihn gleich nachher vergaßen) und ein Greif für Brian (den alle bis jetzt ignoriert hatten, obwohl er bereitwillig mitgekommen war).

»Und du!« Prince wandte sich Lorq zu. »Für dich hab' ich auch eine Spezialmaske!«

Lachend griff er sich einen Piratenkopf mit Augenbinde, Bandana, Narbenwange und einem Dolch in den freigelegten Zähnen. Sie glitt leicht über Lorqs Kopf. Er sah durch Augenlöcher im Hinterkopf. Prince klatschte ihm auf den Rücken. »Ein Pirat. Das ist für Von Ray!« rief er, als Lorq über das Kopfsteinpflaster davonging.

Und von oben warfen Mädchen in gepuderten hochaufragenden Frisuren aus dem dreiundzwanzigsten Jahrhundert Konfetti von einem Balkon. Ein Mann quälte sich mit einem Bären die Straße herauf. Dann hüllte die Menge Lorq ein.

»Champagner! Ist das nicht Klasse!« Die durchsichtige

Plastikratte hatte den Greifen in der geblumten Weste am Weintisch entdeckt. »Macht das keinen Spaß? Mir gefällt das!«

»Sicher«, antwortete Brian. »Aber ich war noch nie auf einer solchen Party gewesen. Leute wie Lorq, Prince, du — von Leuten wie euch habe ich bisher nur gehört. Man kann sich nur schwer vorstellen, daß es euch wirklich gibt.«

»Ehrlich gesagt, ich hatte gelegentlich das gleiche Problem. Es ist gut, dich hier zu haben, um mich daran zu erinnern. Und jetzt erzähl uns ...«

Lorq schob sich zur nächsten Gruppe weiter.

»... und auf dem Boot von Port Said nach Istanbul war dieser Fischer von den Plejaden, der die herrlichsten Dinge auf einer Sensorsynyx spielte.«

»... und dann mußten wir quer durch den Iran trampen, weil die Mono nicht funktionierte. Ich hab' wirklich das Gefühl, daß es mit der Erde langsam zu Ende geht ...«

»... herrliche Party. Wirklich Klasse ...«

Die sehr Jungen, dachte Lorq, die sehr Reichen; und dann fragte er sich, wo der Unterschied zwischen diesen beiden Begriffen lag.

Barfuß, mit einem Strick um die Hüften, lehnte der Löwe an einer Tür, sah zu. »Wie geht's, Captain?«

Lorq nickte Dan zu, ging weiter.

Jetzt drang Musik in seine hohle Maske, wo sein Kopf im Klang seines eigenen Atems ruhte. Auf einer Plattform spielte ein Mann auf einer Harfe eine Pavane von Byrd. Und auf einer Plattform auf der anderen Straßenseite gaben zwei Jungen und zwei Mädchen in der modischen Tracht des zwanzigsten Jahrhunderts eine Neuschöpfung der antiphonen Musik der Mommas und Poppas wieder. Jetzt bog Lorq in eine Seitenstraße und war schnell von einer Menge umgeben, die ihn weitertrug, bis er vor einer hochgetürmten Vielzahl elektronischer Instrumente stand, die die zuckenden Schweigephrasen des *Tohubohus* wiedergaben. Die Gäste in ihren aufgedunsenen

Plastik- und Papiermascheeköpfen reagierten auf die Nostalgie zehn Jahre alter populärer Musik und lösten sich zu zweien und dreien, zu fünfen und zu sieben aus der Menge, um zu tanzen. Ein Schwanenkopf schwebte zu seiner Rechten an ihm vorbei. Und links schwankte ein Froschgesicht über goldbestickten Schultern. Und als er weiterging, drangen jene kakophonen Klänge, die er über dem Himalaya aus den Lautsprechern der *Caliban* gehört hatte, an sein Ohr.

Sie rannten quer durch die Tanzenden. »Er hat es getan! Ist Prince nicht ein Schatz?« Sie schrien und hüpften. »Er hat diese alte türkische Musik!«

Hüfte und Brüste und Schultern glänzten unter den Plastikhäuten (das Material hatte Poren, die sich im warmen Wetter öffneten, so daß die durchsichtigen Kostüme kühl wie Seide waren). Che-Ong wirbelte im Kreis und hielt sich die pelzverbrämten Ohren.

»Hinunter alle! Hinunter auf alle viere! Wir werden euch jetzt unseren neuen Schritt zeigen! Einfach so: schwingt den ...«

Lorq machte in der explodierenden Nacht kehrt, etwas müde, etwas erregt. Er überquerte die Straße und lehnte sich in der Nähe eines der Scheinwerfer, die die Gebäude auf der Ile beschienen, an eine Steinwand. Auf der anderen Seite gingen Leute spazieren, zu zweit oder allein, starrten das Feuerwerk an oder begafften einfach neugierig das muntere Treiben.

Hinter ihm lachte ein Mädchen ...

... Kopf eines Paradiesvogels, blaue Federn um rote Augen, roter Schnabel, roter Kamm ...

Sie löste sich aus der Menge, lehnte sich gegen die niedrige Wand. Dann stützte sie sich mit der Hüfte auf den Stein. Mit langen Armen (ihre Nägel waren purpurrot) entfernte sie ihre Maske. Und als sie sie auf die Mauer legte, fuhr die Brise in ihr schwarzes Haar, ließ es auf ihre Schultern fallen, spielte damit.

Er sah weg. Er sah wieder hin. Er runzelte die Stirn.

Es gibt zwei Arten von Schönheit: bei der einen entsprechen die Gesichtszüge und die Körperformen einem Durchschnitt, der niemanden beleidigt: das war die Schönheit von Fotomodellen und Schauspielerinnen; das war die Schönheit von Che-Ong. Und zum zweiten gab es dies: ihre Augen waren blaue Jadestücke, ihre Wangenknochen standen hoch über dem weißen Hohl ihres breiten Gesichts. Ihre schmale gerade Nase verbreiterte sich unten (sie atmete den Wind ein — und wie er sie so beobachtete, verspürte er den Geruch des Flusses, den Geruch der Nacht von Paris, den Winter); im Gesicht einer so jungen Frau waren die Züge zu streng. Dennoch wußte er, daß er nicht wegsehen konnte, daß er sich immer an sie erinnern würde, sobald sie einmal weggegangen war. Sie sah ihn an: »Lorq Von Ray?«

Seine Stirn furchte sich unter seiner Maske.

Sie beugte sich vor, über das Pflaster hinaus, das den Fluß säumte. »Alle sind so weit weg.« Sie deutete mit dem Kopf auf die Leute am Kai ...

Lorq nahm seine Maske ab und legte den Piratenkopf neben ihren Vogel.

Wieder sah sie ihn an. »So siehst du also aus. Du bist hübsch.«

»Woher wußtest du, wer ich bin?« Er erwartete, daß sie etwas über die Bilder sagte, die Bilder, die ihn gelegentlich in den illustrierten Magazinen der Galaxis zeigten, wenn er wieder einmal ein Rennen gewonnen hatte.

»Deine Maske. Daher wußte ich es.«

»Wirklich?« Er lächelte. »Das verstehe ich nicht.«

Ihre Brauen hoben sich. Ein paar Sekunden spielte Lachen um ihre Lippen, sanftes, zartes Lachen, und war dann wieder weggewischt.

»Du, wer bist du?« fragte Lorq.

»Ich bin Ruby Red.«

Sie war immer noch dünn. Irgendwo hatte ein kleines Mädchen über ihm im Maul eines Drachen gestanden ...

Jetzt lachte Lorq. »Was war da an meiner Maske, das mich verraten hat?«

»Prince feixt schon darüber, daß du sie tragen würdest, seit er dich durch deinen Vater eingeladen hat. Und obwohl er wußte, daß die Chance deines Kommens sehr gering war. Sag, ist es Höflichkeit, die dich veranlaßt, ihm dieses Vergnügen zu bereiten, bei diesen schmutzigen Possen mitzuspielen?«

»Jeder trägt eine. Ich hielt das für eine nette Idee.«

»Ach so.« Aber ihre Stimme klang nicht so beiläufig wie die Bemerkung. »Mein Bruder sagt, wir hätten uns vor langer Zeit kennengelernt.« Und dann wurde die Stimme wieder gleichgültig. »Ich ... ich hätte dich nicht erkannt, aber jetzt erinnere ich mich an dich. Prince auch. Er war sieben. Das bedeutet, daß ich fünf war.«

»Was hast du das letzte Dutzend Jahre gemacht?«

»Ich bin mit Anstand älter geworden, während du das *enfant terrible* auf den Rennstrecken der Plejaden warst und mit dem Reichtum deiner Eltern geprahlt hast.«

»Schau!« Er deutete zu den Leuten hinüber, die vom gegenüberliegenden Ufer herüberstarrten. Einige glaubten offenbar, daß er winke und winkten zurück.

Ruby lachte und winkte auch. »Ob die wohl ahnen, daß wir etwas ganz Besonderes sind? Ich komme mir wenigstens heute abend ganz besonders vor.« Sie hob das Gesicht mit geschlossenen Augen. Blaues Feuerwerk leuchtete auf ihren Lidern.

»Diese Leute — sie sind viel zu weit weg, um zu sehen, wie schön du bist.«

Sie sah ihn erneut an.

»Das stimmt. Du bist ...«

»Wir sind ...«

»... sehr schön.«

»Findest du nicht, daß es gefährlich ist, das zu deiner Gastgeberin zu sagen, Captain Von Ray?«

»Findest du nicht, daß es gefährlich war, das zu deinem Gast zu sagen?«

»Aber wir sind doch etwas Besonderes, junger Captain. Wenn wir wollen, dürfen wir mit der Gefahr spie ...«

Die Straßenbeleuchtung über ihnen verlosch.

Aus einer Nebenstraße hallte ein Schrei; jetzt verloschen auch die Ketten mit bunten Lichtern. Als Lorq sich vom Ufer abwandte, griff Ruby nach seiner Schulter.

Auf der Insel flackerten die Lichter und Fenster zweimal auf. Jemand schrie. Dann flammte die Beleuchtung wieder auf, und das Gelächter kehrte zurück.

»Mein Bruder!« Ruby schüttelte den Kopf. »Jeder hat ihm gesagt, daß er Stromschwierigkeiten haben würde, aber er mußte die ganze Insel elektrisch beleuchten. Er fand, elektrisches Licht wäre romantischer als die üblichen Fluoreszenzröhren, die gestern hier waren — und die morgen nach städtischer Vorschrift wieder installiert werden müssen. Du hättest miterleben sollen, wie er sich abgemüht hat, einen alten Dynamo zu finden. Ein tolles, sechshundert Jahre altes Museumsstück, das einen ganzen Raum füllt. Ich fürchte, Prince ist ein unverbesserlicher Romantiker ...«

Lorq legte seine Hand über die ihre.

Sie sah hin und nahm die Hand weg. »Ich muß jetzt gehen. Ich habe versprochen, daß ich ihm helfe.« An ihrem Lächeln war nichts Glückliches. »Trag die Maske, die Prince dir gegeben hat, nicht mehr.« Sie nahm den Paradiesvogel von der Mauer. »Nur weil er dich beleidigen will, heißt das noch lange nicht, daß du diese Beleidigung vor allen hier zeigen mußt.«

Lorq blickte verwirrt auf den Piratenkopf. Rote Augen glitzerten ihn zwischen blauen Federn an. »Außerdem« — ihre Stimme war jetzt verzerrt — »du bist zu hübsch, um dich hinter etwas so Gemeinem und Häßlichem zu verstecken.«

Damit überquerte sie die Straße, verschwand in der Menge.

Er blickte den Bürgersteig hinauf und hinunter und wollte nicht dort sein.

Und dann folgte er ihr, drängte sich in dieselbe Menge hinein und begriff erst nach einer Weile, daß er ihr folgte.

Sie war schön.

Doch nicht das war die Wonne, nicht das war die Erregung, die von der Party ausging.

Das war ihr Gesicht und die Art und Weise, wie es sich zu ihren Worten formte.

Das war das Hohle in ihm, das jetzt so offenkundig war, weil es noch vor Augenblicken, während einiger banaler Worte, so voll von ihrem Gesicht, von ihrer Stimme gewesen war.

»... Das Ärgerliche mit all dem ist nur, daß darunter keine kulturelle Solidarität liegt.« (Lorq blickte zur Seite, wo der Greif zu ernsthaft lauschenden Affen, Ottern und Ameisenbären sprach.) »Da war so viel Bewegung von Welt zu Welt, daß wir gar keine echte Kunst mehr haben, nur noch eine pseudointerplanetarische ...«

Unter der Tür, auf dem Boden, lagen ein Löwenkopf und der eines Frosches. Und dahinter, in der Finsternis, drückte Dan das Mädchen mit den goldbestickten Schultern an sich.

Und ein Stück weiter unten an der Straße lief Ruby gerade an ein paar Treppenstufen hinter einem schmiedeeisernen Gitter vorbei.

»Ruby!« Er rannte weiter ...

»Hey, du ...«

»Vorsichtig. Paß doch auf ...«

»Langsam ...«

Rannte um ein Treppengeländer herum und hinter ihr her die Treppe hinauf. »Ruby Red!« Durch eine Tür. »Ruby ...?«

Üppige Vorhänge zwischen dünnen Spiegeln schnitten das Echo seiner Stimme ab. Die Tür bei dem Marmortisch stand offen. Also überquerte er das Foyer, öffnete sie.

Sie drehte sich in wirbelndem Licht.

Unter dem Boden fluteten Farben, flackerten an den schweren schwarzen Kristallbeinen von Möbeln im Stil der Vegarepublik. Ohne Schatten trat sie zurück. »Lorq! Was suchst *du* hier?«

Sie hatte gerade ihre Vogelmaske auf eines der kreisförmigen Regale gelegt, die in verschiedenen Höhen durch den Raum schwebten.

»Ich wollte mich mit dir noch etwas unterhalten.«

Ihre Brauen lagen wie dunkle Bögen über ihren Augen. »Es tut mir leid. Prince hat eine Pantomime geplant, auf dem Floß, das um Mitternacht an der Insel vorbeizieht. Ich muß mich umziehen.«

Eines der Regale war auf ihn zugetrieben. Ehe es auf seine Körpertemperatur reagieren und wegschweben konnte, nahm Lorq eine Likörflasche von dem Glasbrett. »Hast du es eilig?« Er hob die Flasche. »Ich möchte herausfinden, wer du bist, was du tust, was du denkst. Und ich will dir von mir berichten.«

»Tut mir leid.« Sie wandte sich dem Spirallift zu, der sie zum Balkon tragen sollte.

Sein Lachen ließ sie innehalten. Sie wandte sich um.

»Ruby?«

Und er eilte auf sie zu, legte seine Hände auf das glatte Tuch, das über ihren Schultern lag. Seine Finger schlossen sich um ihre Arme. »Ruby Red.« Der Klang seiner Stimme ließ sie sein Gesicht suchen. »Geh mit mir hier weg. Wir können in eine andere Stadt gehen, auf eine andere Welt, unter eine andere Sonne. Langweilen dich denn die Konstellationen von hier aus nicht? Ich kenne eine Welt, wo die Konstellationen Namen tragen wie Wilde Sau, Großer Luchs, Auge des Vahradim.«

Sie nahm zwei Gläser von einem vorüberschwebenden Brett. »Bist du high? Und wovon?« Dann lächelte sie. »Aber was es auch ist, es steht dir gut.«

»Kommst du?«

»Nein.«

»Warum nicht?« Er goß schäumenden Bernsteinwein in winzige Gläser.

»Zuerst«, sie reichte ihm das Glas, als er die Flasche auf

ein anderes Brett stellte, »weil es schrecklich ungezogen ist — ich weiß nicht, wie ihr das in Ark macht —, wenn die Gastgeberin vor Mitternacht ihre Party im Stich läßt.«

»Dann eben nach Mitternacht.«

»Zweitens«, sie nippte an dem Likör und rümpfte die Nase. »Prince hat diese Party seit Monaten geplant, und ich möchte ihn nicht verärgern, indem ich mich nicht wie versprochen zeige.« Lorq berührte ihre Wange mit dem Finger. »Drittens«, ihre Augen bohrten sich in die seinen, »ich bin die Tochter von Aaron Red, und du bist der rothaarige, hochgewachsene hübsche Sohn« — sie wandte ihren Kopf ab — »eines blonden Diebes!«

Kalte Luft an seinen Fingerspitzen, wo soeben noch ihr warmer Arm gewesen war.

Er legte die Hand an ihr Gesicht, seine Finger griffen in ihr Haar. Sie wandte sich von ihm ab, betrat den Spirallift, stieg in die Höhe. Und dann fügte sie hinzu: »Und besonders viel Stolz scheinst du nicht zu haben, wenn du zuläßt, daß Prince sich so über dich lustig macht.«

Lorq sprang auf den Lift, als die Spriale sich zu ihm drehte. Sie tat überrascht. »Was soll das Gerede von Dieben, Piraterei und Beleidigungen?« Ärger, nicht über sie, sondern über die Verwirrung, die sie gestiftet hatte. »Ich verstehe das nicht, und ich weiß auch gar nicht, ob ich es verstehen will. Ich weiß nicht, wie es auf der Erde ist, aber auf Ark macht man sich nicht über seine Gäste lustig.«

Ruby blickte in ihr Glas, in seine Augen und wieder in ihr Glas. »Es tut mir leid.« Jetzt wieder seine Augen. »Geh hinaus, Lorq. Prince kommt in ein paar Minuten. Ich hätte überhaupt nicht mit dir sprechen sollen ...«

»Warum?« Der Raum drehte sich, fiel. »Mit wem du reden sollst und mit wem nicht ... ich weiß nicht, was das alles soll, aber du redest gerade, als wären wir kleine Spießbürger.« Wieder lachte er, ein dumpfes Geräusch in seiner Brust, das seine Schultern schüttelte. »Du bist Ruby Red?« Er griff nach ihren Schultern und zog sie zu sich. Einen Augenblick starrten ihn ihre blauen Augen überrascht an. »Und du nimmst all das Gerede der Spießbürger ernst?«

»Lorq, du solltest ...«

»Ich bin Lorq Von Ray. Und du bist Ruby, Ruby, Ruby Red!« Der Lift hatte sie bereits am ersten Balkon vorbeigetragen.

»Du mußt mit mir kommen! Willst du mit mir über die Grenze von Draco hinausfliegen, Ruby? Willst du nach Ark kommen, wo du und dein Bruder nie gewesen seid? Oder nach São Orini? Dort steht ein Haus, an das du dich erinnern würdest, dort draußen am Rand der Milchstraße.«

Sie hatten den zweiten Balkon erreicht, drehten sich dem dritten zu. »Wir spielten hinter dem Bambus auf den Zungen der Steinechsen ...«

Sie schrie auf, schrie, weil Glas die Decke des Lifts traf und über ihnen zersplitterte, in Scherben auf sie herabregnete.

»Prince!« Sie stieß Lorq zurück und starrte in die Tiefe.

»Laß sie in Frieden!« Sein silberner Handschuh riß ein weiteres Glasbrett aus dem Induktionsfeld, das es im Raum schweben ließ, und warf es nach ihnen. »Verdammt, du ...« Seine Stimme erstickte. *»Verschwinde!«*

Die zweite Scheibe pfiff an ihnen vorbei und zerklirrte am Balkon. Lorq fegte die Splitter weg.

Prince rannte auf die Treppe zu. Lorq sprang aus dem Lift, rannte über den mit Teppichen belegten Balkon, bis er die gleiche Treppe erreicht hatte — Ruby hinter ihm — und eilte hinunter.

Sie trafen sich auf dem ersten Balkon. Prince packte beide Geländerseiten, er keuchte vor Wut.

»Prince, was zum Teufel, ist denn ...«

Prince stürzte sich auf ihn. Sein silberner Handschuh klirrte an der Stelle, wo Lorq gestanden hatte, gegen das Geländer. Die Messingstange verbog sich, das Metall riß. »Dieb! Mörder!« zischte Prince. »Scheusal ...«

»Wovon redest ...«

»... Drecksgezücht. Wenn du meine ...« Wieder schlug sein Arm zu.

»*Nein* Prince!« (Das war Ruby.) Lorq flankte über den Balkon und ließ sich vier Meter hinunterfallen. Er landete, fiel auf Hände und Knie in einen Tümpel von Rot, das ins Gelb verblaßte.

»Lorq!« (Wieder Ruby.)

Er warf sich herum, sah Ruby am Geländer, die Hände am Mund — und dann flankte auch Prince hinüber, war in der Luft, stürzte auf ihn zu.

Prince traf die Stelle, wo gerade noch Lorqs Kopf gewesen war, mit seiner silbernen Faust.

Crack!

Lorq taumelte zurück, kam zum Stehen und versuchte Atem zu holen. Prince war immer noch auf allen vieren. Der Glasboden war unter seiner Hand zersplittert.

»Du ...«, begann Lorq. Die Worte überhaspelten sich unter seinem schweren Atem. »Du und Ruby, seid ihr verrückt ...?«

Prince erhob sich jetzt auf die Knie. Wut und Schmerz verzerrten sein Gesicht. Seine Lippen zitterten über kleinen Zähnen, seine Lider über türkisfarbenen Augen. »Du Clown, du Schwein, du kommst zur Erde und wagst es, *deine Hände* an meine ...«

»Prince, bitte«, hallte ihre Stimme über ihnen. Angst.

Prince rappelte sich hoch, schnappte sich ein anderes schwebendes Brett, warf es, brüllte.

Lorq schrie auf, als es seinen Arm traf und hinter ihm gegen die Tür schmetterte.

Kühlere Luft wehte herein, als die Tür aufflog. Gelächter hallte von der Straße.

»Dich kriege ich; ich werd' dich fassen, und« — er sprang Lorq an — »du wirst es bereuen!«

Lorq wirbelte herum, sprang über das nächste Geländer und prallte gegen die Menge. Sie schrien auf, als er sich durch sie hindurcharbeitete. Hände schlugen in sein Gesicht, krallten nach ihm, versuchten seine Schultern festzuhalten. Das Schreien — und das Gelächter — wurde immer lauter. Prince war hinter ihm.

»Wer ist das ...«

»He, Vorsicht ...«

»Die prügeln sich! Das ist doch Prince ...«

»Haltet sie fest! Haltet sie fest! Was ...«

Lorq hatte jetzt die Menge durchquert und taumelte gegen die Balustrade. Einen Augenblick sah er die dahinströmende Seine und die nassen Felsen unter sich. Er trat einen Schritt zurück, drehte sich um.

»Laßt mich looos!« heulte Princes Stimme über die Menge. »Laßt meine Hand los! Meine *Hand,* laßt meine Hand los!«

Die Erinnerung kam, ließ ihn zittern. Was vorher Verwirrung gewesen war, war jetzt Angst.

Neben ihm führten steinerne Stufen zum Fluß hinunter. Er floh in die Tiefe, hörte andere hinter sich, als er die unterste Treppenstufe erreicht hatte. Dann strahlte grelles Licht in seine Augen. Lorq schüttelte den Kopf. Licht über dem feuchten Pflaster, die moosbedeckte Steinmauer neben ihm — jemand hatte einen Scheinwerfer aufgebaut. »Laßt meine« — er hörte Princes Stimme, die alle anderen übertönte, »ich muß ihn *haben!*« Prince rannte die Treppe hinunter. Er spähte mit zusammengekniffenen Augen über den Fluß.

Seine Weste war an der Schulter aufgerissen. Er hatte den langen Handschuh bei der Prügelei verloren.

Lorq schob sich zurück.

Prince hob den Arm:

Kupfergeflecht und Juwelen und schwarze Knochen aus Metall; Motoren summten.

Lorq tat einen weiteren Schritt.

Und Prince sprang.

Lorq duckte sich zur Mauer; die beiden jungen Leute umkreisten einander.

Die Gäste drängten sich ans Geländer. Füchse und Echsen, Adler und Insektenköpfe drängten gegeneinander, um besser sehen zu können. Jemand taumelte gegen den Scheinwerfer, und die Galerie im Wasser zitterte.

»Dieb!« Princes schmale Brust schien wie in einem Schraubstock festgequetscht. »Pirat!« Eine Rakete flammte über ihm. »Du bist Dreck, Lorq Von Ray. Du bist weniger als ...«

Und jetzt sprang Lorq vor.

Blinde Wut hatte ihn jetzt erfaßt. Eine Faust traf Prince am Kopf, die andere bohrte sich ihm in die Magengrube. Sein ganzer Stolz, seine Wut, seine Verwirrung bäumten sich jetzt in ihm auf, drängten ihn, vor all den Zuschauern zu kämpfen. Er schlug erneut zu, wußte nicht, wo er hintraf.

Princes Armprothese fuhr hoch.

Sie traf ihn unter dem Kinn, zerfetzte seine Haut, schabte den Knochen auf, fuhr hoch, zerriß seine Lippe, seine Wange und seine Stirn. Fett und Muskeln rissen.

Lorq schrie mit blutigem Mund und stürzte.

»Prince!« Ruby stand jetzt auf der Mauer. Ihr rotes Kleid und ihr schwarzes Haar wehten hinter ihr im Flußwind. »Prince, *nicht!*«

Stöhnend trat Prince zurück, noch weiter zurück. Lorq lag mit dem Gesicht nach unten, ein Arm im Wasser. Unter seinem Kopf rötete sein Blut den Stein.

Prince machte auf dem Absatz kehrt und ging auf die Treppe zu. Jemand richtete den Scheinwerfer neu ein. Die Leute, die vom anderen Seineufer aus zusahen, waren plötzlich hell erleuchtet. Und dann ruckte das Licht in die Höhe und fixierte das Gebäude.

Jemand kam die Treppe herunter, trat vor Prince. Und dann drehte er sich um. Ein Rattengesicht. Jemand legte die Hand auf die durchsichtige Plastikschulter und führte sie weg.

Musik aus einem Dutzend Epochen hallte über die Insel.

Und Lorqs Kopf lag neben dem Wasser. Der Fluß sog an seinem Arm.

Ein Löwe kletterte die Wand herunter, stieg barfuß über die Steine. Ein Greif ging neben ihm auf die Knie.

Dan zog seinen falschen Kopf herunter und warf ihn gegen die Treppen. Der Kopf des Greifen folgte hinterher.

Dan drehte Lorq zur Seite.

Brian hielt den Atem an und keuchte dann: »Der hat ihn ganz schön zugerichtet. Dan, wir müssen die Polizei holen. So etwas können die doch nicht machen!«

Dan hob die zottigen Brauen. »Warum, zum Teufel, glaubst du eigentlich, daß sie das nicht können? Ich habe für Dreckskerle gearbeitet, die noch viel weniger Geld hatten als Red Shift und die 'ne ganze Menge mehr konnten.«

Lorq stöhnte.

»Eine Medi-Einheit ...«, sagte Brian. »Wo kriegt man hier so etwas?«

»Er ist nicht tot. Wir schaffen ihn aufs Schiff. Und wenn er zu sich kommt, dann laß ich mich auszahlen und verschwinde von diesem verdammten Planeten!« Er blickte über den Fluß, von den Doppeltüren von Notre Dame bis zum gegenüberliegenden Ufer. »Die Erde ist einfach nicht groß genug für mich und Australien zusammen. Mir reicht das jetzt.« Er schob einen Arm unter Lorqs Knie, den anderen unter seine Schultern und stand auf.

»Wirst du ihn tragen?«

»Weißt du, wie wir ihn sonst zurückschaffen?« Dan wandte sich der Treppe zu.

»Aber es muß doch ...« Brian folgte ihm. »Wir müssen ...«

Etwas zischte über das Wasser. Brian sah sich um.

Der Ausleger eines Gleitbootes kratzte am Ufer. »Wohin bringt ihr Captain Von Ray?«

Ruby, die am Steuer saß, trug jetzt einen dunklen Umhang.

»Zu seiner Jacht zurück«, sagte Dan. »Scheint, daß er hier nicht willkommen ist.«

»Tragt ihn aufs Boot.«

»Ich glaube nicht, daß wir ihn auf dieser Welt irgend jemand überlassen sollten.«

»Ihr seid seine Mannschaft?«

»Stimmt«, nickte Brian. »Wolltest du ihn zu einem Arzt bringen?«

»Ich wollte ihn zum Raumhafen schaffen. Ihr solltet die Erde so bald wie möglich verlassen.«

»Soll mir recht sein«, sagte Dan.

»Legt ihn dort hinten hin. Unter dem Sitz ist ein Medi-Kit. Seht zu, ob ihr die Blutung zum Stillstand bringen könnt.«

Brian trat auf den schwankenden Gleiter und suchte unter dem Sitz zwischen den Lumpen und Ketten herum, bis er die Plastikbox gefunden hatte. Als Dan an Bord kam, tauchte der Skimmer wieder ein. Ruby nahm jetzt das Kontrollkabel und steckte es sich in ihr Handgelenk. Zischend setzte das Boot sich in Bewegung, stieg über seine Bugwelle und raste davon. Der Pont St-Michel, der Pont Neuf und der Pont des Arts senkten ihre Schatten über das Boot. An den Ufern glitzerte das nächtliche Paris.

Minuten später ragten neben ihnen die eisernen Streben des Eiffelturms auf, von Scheinwerfern aus der Nacht herausgepickt. Zur Rechten, über den schrägen Steinen der Uferbewehrung und hinter den Sykamoren schlenderten die letzten Spaziergänger unter den Laternen in der *Allée de Cygnes* dahin.

»All right«, sagte sein Vater. »Ich will es dir sagen.«

»Ich glaube, er sollte diese Narbe ...«, sprach das Bild seiner Mutter aus der Säule. »Jetzt ist es schon drei Tage her. Und je länger ...«

»Wenn er herumlaufen will und aussehen, als hätte er ein Erdbeben im Kopf, so ist das seine Sache«, sagte Vater. »Aber jetzt will ich seine Frage beantworten.« Er wandte sich Lorq zu. »Aber dazu« — er ging zur Wand und blickte über die Stadt hinaus — »muß ich dir eine Geschichtslektion geben. Und zwar nicht die Art von Geschichte, die du in Causby gelernt hast.«

Auf Ark herrschte Hochsommer.

Der Wind fegte die lachsfarbenen Wolken über den Himmel. Und wenn eine Bö zu stark war, dann zogen sich in der dem Wind zugewandten Mauer die blauen Adern der Blenden zusammen und öffneten sich wieder, wenn die Winde mit Windstärke zehn vorübergezogen waren.

Lorq lehnte sich gegen den Sessel und wartete.

»Was erscheint dir in der heutigen Gesellschaft als das Wichtigste?«

Lorq überlegte eine Weile und meinte dann: »Das Fehlen einer soliden kulturellen ...«

»Vergiß es. Vergiß den Unsinn, den die Leute einander erzählen, wenn sie das Gefühl haben, etwas Profundes sagen zu müssen. Du bist ein junger Mann, der eines Tages eines der größten Vermögen in der Galaxis kontrollieren muß. Wenn ich dir eine Frage stelle, möchte ich, daß du bei der Antwort daran denkst, wer du bist. Dies ist eine Gesellschaft, wo praktisch jedes Produkt zur Hälfte auf einer Welt gewachsen sein kann und zur anderen auf einer tausend Lichtjahre entfernten bearbeitet wird. Auf der Erde machen siebzehn der Hunderte von möglichen Elementen neunzig Prozent des Planeten aus. Und bei jeder beliebigen anderen Welt findest du, daß ein anderes Dutzend neunzig bis neunundneunzig Prozent ausmachen. Es gibt in den einhundertsiebzehn Sonnensystemen, aus denen Draco besteht, zweihundertfünfundsechzig bewohnte Welten und Satelliten. Hier in der Föderation haben wir drei Viertel der Bevölkerung von Draco über dreihundertzwölf Welten verteilt. Die zweiundvierzig bewohnten Welten der Äußeren Kolonien ...«

»Transportwesen«, sagte Lorq. »Verbindungen von einer Welt zur anderen. Ist es das, was du meinst?«

Sein Vater lehnte sich gegen den steinernen Tisch. »Die Transportkosten sind es, die ich meine. Lorq, seit langer Zeit war der größte Faktor in den Transportkosten Illyrion, die einzige Methode, um genügend Energie zu beschaffen, um die Schiffe zwischen den Welten, zwischen den Sternen anzutreiben. Als mein Großvater so alt war wie du, wurde Illyrion künstlich hergestellt, und zwar jeweils ein paar Milliarden Atome unter astronomischen Kosten. Und etwa damals wurde entdeckt, daß es eine Reihe von Sternen gab, jüngere Sterne, viel weiter vom galaktischen Mittelpunkt entfernt, deren Planeten immer noch winzige Mengen natürlichen Illyrions besaßen. Und erst seit etwa der Zeit deiner Geburt waren auf diesen Planeten, die man heute die Äußeren Kolonien nennt, Bergwerksoperationen in größerem Umfang möglich.«

»Lorq weiß das«, sagte seine Mutter. »Ich glaube, er sollte ...«

»Weißt du, weshalb die Plejadenföderation eine politisch völlig von Draco unabhängige Einheit ist? Weißt du, weshalb die Äußeren Kolonien in Kürze von Draco und den Plejaden unabhängig sein werden?«

Lorq starrte zu Boden. »Du stellst mir Fragen, gibst aber keine Antwort auf die meinen, Dad.«

Sein Vater atmete tief. »Das versuche ich ja. Ehe die Plejaden überhaupt besiedelt wurden, verbreitete sich die Menschheit auf Initiative der nationalen Regierungen der Erde innerhalb Dracos, der nationalen Regierungen oder großen Firmen, solchen, die man mit Red Shift vergleichen kann, Firmen und Regierungen, die sich die Anfangskosten solcher Transporte leisten konnten. Die neuen Kolonien wurden von der Erde aus unterstützt, betrieben und auch besessen. Sie wurden ein Teil der Erde, und die Erde wurde zum Mittelpunkt von Draco. Zu dieser Zeit befaßten sich die ersten Ingenieure der Red Shift Ltd. mit der Herstellung von Raumschiffen mit empfindlicheren Frequenzbereichen, die auch in den vergleichsweise ›staubigen‹ Regionen des Weltraums operieren konnten, wie zum Beispiel den freischwebenden interstellaren Nebeln und auch in den Regionen dichter Sternpopulationen, wie den Plejaden, wo die Konzentration solcher interstellarer Materie sicher viel höher war. Dein Urgroßvater war sich, als damals die Erforschung der Plejaden begann, dieser Probleme, die ich dir gerade zu schildern versuche, sehr bewußt: die Transportkosten sind der wichtigste Faktor unserer Gesellschaft. Und innerhalb der Plejaden selbst sind die Transportkosten wesentlich niedriger als in Draco.«

Lorq runzelte die Stirn. »Du meinst, die Abstände ...«

»Der zentrale Bereich der Plejaden durchmißt nur dreißig Lichtjahre und ist fünfundachtzig Lichtjahre lang. Etwa dreihundert Sonnen sind in diesen Raum gepackt, wobei viele kaum ein Lichtjahr voneinander entfernt sind. Die Sonnen von Draco sind über einen ganzen Spiralarm der Galaxis verteilt, von einem Ende zum anderen beinahe sechzehntausend Lichtjahre. Der Kostenunterschied ist ganz beträchtlich, wenn man nur die winzigen Distanzen innerhalb der Plejadenwolke zurücklegen muß, verglichen mit der mächtigen Ausdehnung Dracos. Aus diesem Grund kamen ganz andere Leute in die Plejaden: kleine Geschäftsleute, die hier einen Profit witterten; Kolonistengruppen, selbst private Bürger — reiche Privatbürger, aber jedenfalls privat. Dein Urgroßvater kam mit drei Handelsschiffen voll Kram hier an, vorfabrizierte Unterkünfte für heißes und kaltes Wetter, gebrauchtes Bergwerksgerät für eine ganze Reihe von Klimazonen. Für die meisten seiner Waren hatte er sogar Geld bekommen, wenn er sie bloß aus Draco entfernte. Zwei der Schiffe waren übrigens gestohlen. Er hatte auch zwei Atomkanonen beschafft. Und so reiste er von einer Siedlung zur anderen und bot seine Waren an. Und jeder kaufte von ihm.«

»Er zwang sie wohl mit seinen Kanonen, von ihm zu kaufen?«

»Nein. Er bot ihnen sogar einen Sonderdienst an, der es ihnen leichter machte, seinen Kram zu kaufen. Weißt du, die Tatsache, daß die Transportkosten niedriger waren, hatte die Regierungen und die großen Firmen nicht daran gehindert, den Versuch zu machen, sich hier einzunisten. Jedes Schiff, das unter irgendeiner nationalen Flagge oder der Flagge einer großmächtigen Firma aus Draco kam, jeder Vertreter irgendeines Monopols von Draco, der versuchte, sich hier breitzumachen — Großvater jagte sie alle in die Luft.«

»Hat er sie auch ausgeraubt?« fragte Lorq. »Hat er die Reste an sich genommen?«

»Das hat er mir nie gesagt. Ich wußte nur, daß er eine Vision hatte — eine selbstsüchtige, habgierige, egozentrische Vision, die er mit allen Kräften und auf Kosten eines jeden anderen förderte. Während der Jahre, in denen die Plejaden sich etablierten, ließ er nicht zu, daß sie ein Abklatsch von Draco wurden. Er sah in der Unabhängigkeit der Plejaden eine Chance, der mächtigste Mann in einer politischen Einheit zu werden, die eines Tages mit Draco in Wettbewerb treten würde. Ehe mein Vater so alt war wie du, hatte Urgroßvater das erreicht.«

»Ich begreife immer noch nicht, was das mit Red Shift zu tun hat.«

»Red Shift war eine der mächtigen Gesellschaften, die sich besonders anstrengten, sich in den Plejaden breitzumachen. Sie versuchten, Anspruch auf die Thoriumbergwerke zu erheben, die jetzt vom Vater deines Schulfreundes, Dr. Setsumi, betrieben werden. Sie versuchten, auf Circle IV Plastikmoose zu ernten. Und jedesmal beschoß sie Opa. Red Shift *ist* Transport, und wenn die Transportkosten in Relation zur Zahl der hergestellten Schiffe sinken, hat Red Shift das Gefühl, daß man ihr den Hals zudrückt.«

»Und aus diesem Grund kann Prince Red uns Piraten nennen?«

»Ein paarmal schickte Aaron Red der Erste — Princes Vater ist der Dritte — einen seiner besonders hitzköpfigen Neffen hierher, um die Expedition in den Plejaden zu leiten. Drei waren es, glaube ich. Sie sind nie zurückgekehrt. Selbst zu Zeiten meines Vaters war das noch eine sehr persönliche Fehde. Natürlich gab es Gegenmaßnahmen, und zwar auch noch lange nachdem die Plejaden ihre Unabhängigkeit erklärt hatten. Als ich so alt war wie du, hatte ich mich darum zu bemühen, diese Fehde zu beenden. Mein Vater stiftete Harvard auf der Erde eine Menge Geld, baute ihnen ein Labor und schickte mich dann auf die Schule. Ich heiratete deine Mutter, ein Mädchen von der Erde, und habe mich lange mit Aaron — Princes Vater — unterhalten. Das war nicht besonders schwierig, da die Souveränität der Plejaden seit einer Generation feststand und Red Shift schon lange aufgehört hatte, uns zu belästigen — wir waren zu stark geworden. Dir gegenüber hatte ich das bisher nie erwähnt, weil ich es nicht mehr für nötig hielt.«

»Dann ist Prince also einfach verrückt und wärmt einen alten Streit auf, den du und Aaron vor unserer Geburt bereits beigelegt hattet.«

»Über Princes Geisteszustand kann ich nichts sagen. Aber du darfst eines nicht vergessen: was ist der wichtigste Faktor, der heute die Transportkosten beeinflußt?«

»Die Illyrionbergwerke in den Äußeren Kolonien.«

»Da haben wir wieder eine Hand, die sich um Red Shifts Kehle gelegt hat«, sagte sein Vater. »Verstehst du?«

»Es ist natürlich wesentlich billiger, Illyrion im Bergwerk abzubauen, als es herzustellen.«

»Selbst wenn es bedeutet, daß man Millionen und Abermillionen Leute dazu braucht. Selbst wenn drei Dutzend miteinander im Wettbewerb stehende Firmen, sowohl aus Draco als auch aus dem Raum der Plejaden, überall in den Äußeren Kolonien Bergwerke eröffnet haben. Was fällt dir denn in der Organisation der Äußeren Kolonien im Vergleich zu Draco und den Plejaden auf?«

»Nun, vergleichsweise haben die alles Illyrion, das sie brauchen.«

»Ja. Aber auch das ist wichtig: Draco ist ein Produkt der Reichen der Erde. Die Plejaden dagegen wurden von einer eher der Mittelklasse angehörenden Schicht besiedelt. Und die Äußeren Kolonien sind zwar von der besitzenden Klasse sowohl der Plejaden als auch Dracos gegründet worden, aber ihre Bevölkerung stammt aus den untersten ökonomischen Schichten der Galaxis. Die Kombination kultureller Unterschiede — und es ist mir gleichgültig, was dir deine Sozialkundelehrer in Causby sagen — und die Unterschiede in den Transportkosten sind es, die letzten Endes zur Souveränität der Äußeren Kolonien führen werden. Und plötzlich schlägt Red Shift wieder auf jeden ein, der nach Illyrion zu greifen wagt.« Er deutete auf seinen Sohn. »Du hast es auch verspürt.«

»Aber wir haben nur eine einzige Illyrionmine. Unser Geld stammt aus ein paar Dutzend verschiedenen Branchen überall in den Plejaden, sogar ein paar in Draco — das Bergwerk auf São Orini ist eine Kleinigkeit verglichen ...«

»Richtig. Aber hast du je über die Branchen nachgedacht, in denen wir *nicht* tätig sind?«

»Was meinst du damit, Dad?«

»Wir haben nur sehr wenig Geld in der Nahrungsmittel- oder Unterkünfteproduktion investiert. Wir beschäftigen uns mit Computern, kleinen technischen Baugruppen. Wir stellen die Gehäuse für Illyrionbatterien her, Steckdosen, Kabel, und dazu kommen unsere Bergwerksinteressen. Als ich das letztemal Aaron sah, auf der letzten Reise, sagte ich — natürlich im Spaß — zu ihm: ›Weißt du, wenn der Preis von Illyrion auf die Hälfte sinken würde, könnte ich in einem Jahr Raumschiffe um *weniger* als die Hälfte deines Preises herstellen.‹ Und weißt du, was er dann zu mir — natürlich auch im Spaß — gesagt hat?«

Lorq schüttelte den Kopf.

»Das habe ich seit zehn Jahren gewußt.«

Das Bild seiner Mutter stellte die Tasse ab. »Ich glaube, er muß sich zuerst sein Gesicht herrichten lassen. Lorq, seit dich dieser Australier nach Hause gebracht hat, sind jetzt drei Tage vergangen. Diese Narbe wird einfach ...«

»Dana«, sagte sein Vater. »Lorq, kannst du dir vorstellen, wie man den Illyrionpreis um die Hälfte senken könnte?«

Lorq runzelte die Stirn. »Warum?«

»Ich habe ausgerechnet, daß die Äußeren Kolonien bei der augenblicklichen Expansion die Illyrionkosten etwa um ein Viertel werden senken können. Und in diesem Zeitraum wird Red Shift versuchen, uns zu vernichten.« Er hielt inne. »Zuerst die Von Rays und schließlich die ganze Plejadenföderation. Und die einzige Möglichkeit, am Leben zu bleiben, besteht darin, sie vorher zu vernichten. Und das schaffen wir nur, wenn es uns gelingt, den Illyrionpreis zu halbieren und diese Schiffe zu bauen — ehe er auf drei Viertel sinkt.« Sein Vater verschränkte die Arme. »Ich wollte dich nicht in diese Sache hineinziehen, Lorq. Ich habe erwartet, daß die ganze Sache zu meinen Lebzeiten ein Ende finden würde. Aber Prince hat es, indem er dich schlug, auf sich genommen, sozusagen den ersten Schuß abzufeuern. Also ist es nur fair, dir auch zu sagen, was hier vor sich geht.«

Lorq blickte auf seine Hände. Nach einer Weile sagte er: »Ich werde zurückschlagen.«

»Nein«, sagte seine Mutter. »So macht man das nicht, Lorq. Du darfst dich nicht an Prince rächen. Du darfst einfach nicht ...«

»Das werde ich auch nicht.« Er stand auf und ging an den Vorhang. »Mom, Dad, ich gehe aus.«

»Lorq«, sagte sein Vater und löste die verschränkten Arme. »Ich wollte dich nicht beunruhigen. Ich wollte nur, daß du weißt ...«

Lorq schob die Brokatvorhänge auseinander. »Ich gehe zur *Caliban* hinunter. Wiedersehen.« Der Vorhang schlug hinter ihm zusammen.

»Lorq ...«

Sein Name war Lorq Von Ray, und er wohnte im Extol Park 12 in Ark, der Hauptstadt der Plejadenföderation. Er schritt neben dem Laufband der Straße einher. Hinter den Windschutzscheiben sah er die Wintergärten der Stadt blühen. Leute sahen ihn an. Das kam von seiner Narbe. Er dachte über Illyrion nach. Die Leute musterten ihn, sahen dann aber weg, wenn sie bemerkten, daß er sie ebenfalls ansah. Hier, im Mittelpunkt der Plejaden, war er selbst ein Mittelpunkt, ein Brennpunkt. Er hatte einmal auszurechnen versucht, wieviel Geld seine Familie einnahm. Er war der Brennpunkt von Milliarden. Von fünf Leuten auf der Straße — das hatten ihm die Buchhalter seines Vaters gesagt — bezog einer direkt oder indirekt sein Gehalt von Von Ray. Und Red Shift schickte sich gerade an, dem ganzen Gebilde, das da Von Ray war, den Krieg zu erklären, jenem Gebilde, in dessen Brennpunkt er als der Von-Ray-Erbe stand. In São Orini rannten echsenähnliche Geschöpfe mit einer Mähne aus weißen Federn durch die Dschungel und zischten. Die Arbeiter in den Bergwerken fingen sie, hungerten sie aus und hetzten sie dann in der Grube aufeinander, um Wetten auf sie abzuschließen. Wie viele Millionen Jahre lag es zurück, daß die Vorfahren jener ein Meter langen Echsen mächtige hundert hohe Meter Bestien gewesen waren, die von der intelligenten Rasse angebetet wurden, die damals New Brazillia bewohnt hatte. Die Fundamente ihrer Tempel hatten sie mit lebensgroßen Köpfen aus Stein geschmückt, die diese Bestien zeigten. Aber die Rasse — jene Rasse war nicht mehr. Und die Nachkommen der Götter jener Rasse, von der Evolution ins Zwergenhafte verzerrt, wurden heute von betrunkenen Bergleuten in den Gruben verspottet, wenn sie kreischend und beißend aufeinander losgingen. Und er war Lorq Von Ray. Und irgendwie mußte der Illyrionpreis auf die Hälfte gesenkt werden. Man konnte den Markt mit dem Zeug überschwemmen. Aber wo konnte man sich diese wahrscheinlich seltenste Substanz im ganzen Universum holen? Man konnte nicht einfach in den Mittelpunkt einer Sonne fliegen und es dort aus dem Schmelzofen holen, wo alle Substanzen der Galaxis aus der rohen Kernmaterie geschmolzen wurden. Er sah sein Spiegelbild in einer der vielen Spiegelsäulen und trat vor der Abzweigung nach Nea Limani vom Band. Er musterte seine Züge, die vollen Lippen, die gelben Augen. Aber wo die Narbe den roten Haaransatz berührte, fiel ihm etwas auf. Das neue Haar, das dort wuchs, war von der gleichen Farbe wie das seines Vaters, weich und gelb wie eine Flamme.

Wo konnte man so viel Illyrion holen (er wandte sich von der Spiegelsäule ab)? Wo?

»Mich fragst du, Captain?« Dan hob sein Glas. »Wenn ich das wüßte, würde ich mich nicht auf diesem Raumhafen rumtreiben.« Er führte das Glas an die Lippen und leerte es zur Hälfte. »Danke für den Drink.« Dann fuhr er sich mit dem Handgelenk über den Mund, über die Stoppeln und den Bierschaum. »Wann läßt du dir denn dein Gesicht zusammenflicken ...?«

Aber Lorq hörte ihn nicht. Er stand auf die Stuhllehne gestützt da und blickte durch die Decke. Die Raumhafenbeleuchtung ließ nur die hundert hellsten Sterne erkennen. Und an der Decke schloß sich die kaleidoskopische Windblende. Und mitten zwischen den blauen, purpurnen und zinnoberroten Lichtern war ein Stern.

»Sag, Captain, wenn du auf den Balkon willst ...«

In der oberen Etage der Bar, man konnte sie durch das weite Wasser sehen, mischten sich die Offiziere von den Frachtern und die Crews der Passagierschiffe mit den Sportlern und diskutierten die Strömungen und Zustände im Kosmos. Auf der unteren Etage drängten sich Mechaniker und Cyborgstecker. In der Ecke wurde Karten gespielt.

»Ich brauche einen Job, Captain. Daß du mich in der Hinterkammer der *Caliban* schlafen läßt und mich jeden Abend betrunken machst, hilft mir nichts. Ich muß dich alleine lassen.«

Aber Lorq hörte gar nicht hin. Wieder pfiff eine Windbö über das Dach, und die Iris schloß sich. »Hast du dir je überlegt, Dan«, sinnierte Lorq, »daß jede Sonne ein riesiger Schmelzofen ist, in dem die Welten eines mächtigen

Reiches geschmolzen werden? Jedes Element, das man sich denken kann, entsteht aus ihrer Kernmaterie. Der dort zum Beispiel« — er deutete auf das durchsichtige Dach — »oder jeder beliebige andere: Gold schmilzt dort jetzt und Radium, Stickstoff, Antimon, in Mengen, die riesig sind — größer als Ark, größer als die Erde. Und Illyrion gibt es dort auch, Dan.« Er lachte. »Angenommen, man könnte irgendwie in einen dieser Sterne hineingreifen und das herausschöpfen, was ich brauche.« Wieder lachte er. »Angenommen, wir könnten am Rand eines Sternes stehen, der zur Nova geworden ist, und darauf warten, daß das, was wir wollen, herausgeschleudert wird und es auffangen, wenn es brennend vorbeifliegt — aber Novä sind Implosionen, nicht Explosionen, oder, Dan?« Er stieß den Mann an. Bier schwappte über den Rand seines Glases.

»Ich war einmal in einer Nova, Captain.« Dan leckte sich den Handrücken.

»Wirklich?« Lorq stützte sich schwer auf die Sitzlehne. Der Stern an der Decke flatterte.

»Mein Schiff wurde von einer Nova eingefangen — muß so an die zehn Jahre zurückliegen.«

»Da wirst *du* aber froh sein, daß du nicht in dem Schiff warst.«

»Das war ich doch. Wir sind auch wieder entkommen.«

Lorq sah Dan an.

Der saß etwas eingesunken da, die knochigen Ellbogen auf die Knie gestützt. Seine Hände hielten das Bierglas umfaßt.

»Ihr seid entkommen?«

»Hm.« Dan blickte kurz auf. »Wir fielen hinein und sind wieder herausgekommen.«

Lorq blickte verwundert auf. »He, Captain! Du siehst ja aus, daß einem Angst werden kann!«

Fünfmal hatte Lorq jetzt sein Gesicht in einem Spiegel gemustert, in der Erwartung, einen bestimmten Ausdruck zu sehen, aber jedesmal hatte er festgestellt, daß die Narbe es völlig verzerrt hatte.

»Was ist geschehen, Dan?«

Der Australier sah sein Glas an. Es enthielt nur noch Schaumreste. Lorq drückte die Bestellplatte an der Armlehne. Zwei Gläser mit Schaumkronen schoben sich auf sie zu.

»Das habe ich gebraucht, Captain.« Dan griff mit dem Fuß zu. »Eines für dich. Da. Und eines für mich.«

Lorq nahm einen Schluck und streckte die Beine aus. Sein Gesicht war jetzt völlig ausdruckslos.

»Kennst du das Alkane-Institut?« Dan mußte etwas lauter sprechen, um den Lärm in der Bar zu übertönen. In der Ecke hatten jetzt zwei Mechaniker auf dem Trampolin zu ringen angefangen. »Auf Vorpis in Draco gibt es dieses große Museum mit Laboratorien und solchem Zeug, und die studieren solche Sachen wie Novä.«

»Meine Tante ist dort Kurator.« Lorqs Stimme war leise.

»So? Jedenfalls schicken die Leute aus, wenn sie hören, daß irgendwo ein Stern anfängt, Dummheiten zu machen ...«

»Schau! Sie jetzt gewinnt!«

»Nein! Er ihren Arm zieht!«

»He, Von Ray. Du glaubst, der Mann oder die Frau gewinnen wird?« Eine Gruppe Offiziere war die Rampe heruntergekommen und beobachtete den Kampf. Einer schlug Lorq auf die Schulter und hob dann die Hand. Er hielt eine zehn Pfund asg-Münze in der Hand. »Ich heute abend eine Wette mache.«

Lorq schob die Hand weg.

»Lorq, ich zwei zu eins auf diese Frau wette ...«

»Morgen dein Geld ich nehmen«, sagte Lorq. »Jetzt geht.«

Der junge Offizier sah seine Begleiter vielsagend an und schüttelte den Kopf.

Aber Lorq wartete darauf, daß Dan fortfuhr.

Dan riß sich von den Ringern los. »Es scheint, daß ein Frachter in eine Flutwelle geriet und an den Spektrallinien irgendeines ein paar Solar entfernten Sterns etwas Komisches bemerkte. Sterne sind hauptsächlich Wasserstoff, das stimmt schon, aber er hatte eine Menge schwere Elemente in den Oberflächengasen; und das ist irgendwie komisch. Als man sie schließlich wiederfand, machten sie der kartographischen Gesellschaft des Alkane-Instituts Meldung, und die kamen auf die Idee, dort könnte eine Nova am Entstehen sein. Da die Zusammensetzung eines Sternes sich bei einer Nova nicht ändert, kann man die Entwicklung nicht aus der Ferne beobachten, mit Spektralanalyse oder dergleichen. Also schickte Alkane ein Team aus, um den Stern zu beobachten. Die haben in den letzten fünfzig Jahren etwa zwanzig oder dreißig davon studiert. Sie haben ferngesteuerte Stationen in eine Kreisbahn um den Stern gebracht, so dicht daran wie Merkur um Sol kreist; sie schicken TV-Bilder der Sternoberfläche. Natürlich verbrennen die Stationen in der gleichen Sekunde, in der der Stern losgeht. Etwa eine Lichtwoche entfernt sind die ersten bemannten Stationen; und die werden sofort aufgegeben, und das Personal fliegt zu weiter entfernten Stationen, sobald die Nova anfängt. Ich war jedenfalls auf einem Schiff, das einer dieser bemannten Stationen Lebensmittel bringen sollte. Du weißt ja, wie lange es dauert, bis die Sonne von ihrer normalen Helligkeit auf maximale Größenordnung geht, zwanzig- oder dreißigtausendmal heller — das sind bloß zwei oder drei Stunden.«

Lorq nickte.

»Die können immer noch nicht genau sagen, wann eine Nova, die sie beobachtet haben, losgehen wird. Ich verstehe das auch nicht genau, aber jedenfalls ging die Sonne, die wir anflogen, genau in dem Moment los, in dem wir unsere Endstation erreichten. Vielleicht hat das den Raum selbst verzerrt, oder unsere Instrumente funktionierten nicht. Jedenfalls flogen wir über die Station hinaus und genau in die Sonne hinein. Und das während der ersten Stunde ihrer Implosion.« Dan nahm einen Schluck.

»All right«, sagte Lorq. »Die Hitze hätte euch atomisieren müssen, ehe ihr auch nur so nahe an die Sonne herangekommen wart, wie Pluto von Sol entfernt ist. Die Gravitationsflut hätte euch in Stücke reißen müssen. Und die Strahlung, der das Schiff ausgesetzt war, hätte zuerst jede organische Verbindung im Schiff in Stücke reißen und dann jedes Atom zu ionisiertem Wasserstoff spalten müssen ...«

»Captain, mir fallen noch ein Dutzend andere Dinge ein. Die Ionisationsfrequenzen hätten ...« Dan hielt inne. »Aber alles das passierte nicht. Unser Schiff wurde wie durch einen Trichter direkt durch den Mittelpunkt der Sonne gezogen — und auf der anderen Seite wieder hinausgeschleudert. Wir wurden sicher in etwa zwei Lichtwochen Entfernung abgeladen. Als der Kapitän erkannte, was vorging, zog er sofort den Kopf ein und schaltete unsere sämtlichen Sensoren ab. Wir fielen also blind. Eine Stunde später schielte er hinaus und war sehr überrascht festzustellen, daß es uns immer noch gab — so einfach war das. Aber die Instrumente zeichneten unsere Flugbahn auf. Wir waren geradewegs durch die Nova geflogen.« Dan leerte sein Glas und sah Lorq von der Seite an. »Captain, jetzt schaust du wieder ganz gefährlich aus.«

»Und welche Erklärung gibt es dafür?«

Dan zuckte die Achseln. »Als Alkane uns zwischen die Finger bekam, haben die sich eine ganze Menge ausgedacht. Da gibt es zum Beispiel diese Blasen, die auf der Oberfläche jeder Sonne explodieren, Blasen, die zwei- oder dreimal so groß wie ein mittlerer Planet sind. In ihnen herrscht eine Temperatur von nur achthundert oder tausend Grad. Ein Schiff könnte vielleicht solche Temperaturen überstehen. Vielleicht hat uns eine dieser Blasen eingefangen und durch die Sonne getragen. Und jemand anders meinte, daß vielleicht die Energiefrequenzen einer Nova alle in einer Richtung polarisiert sind und irgend etwas die Energie des Schiffes in eine andere Richtung polarisiert hat, so daß Schiff und Nova einander sozusagen durchdrangen, ohne sich zu berühren. Aber die wahrscheinlichste Version war die: wenn Zeit und Raum solchen mächtigen Spannungen ausgesetzt sind, wie man sie in einer Nova hat, funktionieren die Gesetze, die die Physik und die physikalischen Ereignisse regieren, einfach nicht mehr.« Dan zuckte erneut die Achseln. »Die sind sich nie ganz einig geworden.

»Schau! Schau, jetzt er sie unten hat!«

»Eins, zwei — nein, sie reißt sich los ...«

»Nein! Er sie hat! Er sie hat!«

Auf dem Trampolin taumelte der grinsende Mechaniker über seine Gegnerin. Man hatte ihm bereits ein halbes Dutzend Drinks gebracht. Die Sitte verlangte, daß er davon so viele wie möglich trank, und daß der Verlierer den Rest trank. Weitere Offiziere waren jetzt gekommen, um ihm zu gratulieren und Wetten auf das nächste Match abzuschließen.

»Ich frage mich nur ...« Lorq runzelte die Stirn.

»Captain, ich weiß, daß du nichts dafür kannst, aber du solltest *wirklich* nicht so schauen.«

»Ich möchte wissen, ob es im Alkane irgendwelche Aufzeichnungen über diese Reise gibt, Dan.«

»Ich schätze schon. Wie gesagt, es ist etwa zehn Jahre her ...«

Aber Lorq blickte zur Decke. Die Iris hatte sich unter dem Wind, der Arks Nächte durchheulte, geschlossen. Der Stern war nicht mehr zu sehen.

Lorq barg sein Gesicht in den Händen. Da war eine Idee, die ihn plagte. Er konnte sie nicht loswerden. Sie quälte ihn. Dan wollte etwas sagen. Und dann schüttelte er den Kopf und trat zur Seite, und sein stoppeliges Gesicht wirkte verwundert.

Sein Name war Lorq Von Ray. Er mußte es immer wieder wiederholen, und die Wiederholung verschaffte ihm Sicherheit — denn soeben hatte eine Idee ihn aufgerüttelt. Er blickte auf, völlig benommen. Ein Schleier war vor ihm zerrissen, so wie Princes Hand sein Gesicht aufgerissen hatte. Er preßte die Augen ganz fest zusammen, um das Bild der Sterne in ihnen zu löschen, und sein Name ...

»Ja, Captain Von Ray?«

»Seitenkegel einziehen.«

Maus zog sie ein.

»Wir erreichen jetzt die stetige Strömung. Seitenkegel ganz einziehen. Lynceos und Idas, bleibt an euren Kegeln und übernehmt die erste Wache. Ihr anderen könnt euch eine Weile ausruhen.«

Lorqs Stimme dröhnte durch das Schiff.

Maus wandte sich von der zinnoberroten Flut ab, in denen die angesengten Sterne hingen, kniff die Augen zusammen und erkannte wieder seine Umgebung.

Olga blinzelte.

Maus setzte sich auf, um die Stecker zu lösen.

»Wir sehen uns im Gemeinschaftsraum«, fuhr der Kapitän fort. »Maus, bring deine ...«

□□ 4 □□

Maus zog den Ledersack unter der Couch hervor und schwang ihn sich über die Schulter.

»... Sensorsyrynx mit.«

Die Tür glitt zurück, und Maus stand drei Treppenstufen über dem blauen Teppich des Gemeinschaftsraumes der *Roc:*

Eine Wendeltreppe schlängelte sich im Schatten hinunter: Metallzungen, die sich unter den Lichtern an der Decke wanden, schickten blitzende Reflexe über die Wände.

Katin hatte sich bereits vor das Drei-D-Schach gesetzt und stellte die Figuren auf. Der letzte Turm klickte in der Ecke, und sein Sessel, ein Klumpen verformbaren Glyzerins, paßte sich seinen Körperformen an.

»All right, wer spielt die erste Partie mit mir?«

Captain Von Ray stand oben auf der Wendeltreppe.

»Captain?« Katin hob den Kopf. »Maus? Wer will als erster spielen?«

Tyÿ kam durch den Türbogen herein und betrat die Rampe, die den Pool überspannte, der ein Drittel des Raumes füllte.

Eine Brise.

Die Oberfläche des Wassers kräuselte sich.

Dunkles schwebte herein.

»Runter!« Das war Sebastian.

Sein Arm ruckte, und die Vögel wurden von stählernen Leinen heruntergezogen. Wie Lumpen senkten sie sich um ihn.

»Sebastian? Tyÿ? Spielt ihr?« Katin wandte sich der Rampe zu. »Früher war das einmal eine Leidenschaft für mich, aber jetzt kann ich es auch ohne Schach ertragen.« Er blickte die Treppe hoch, nahm den Turm wieder vom

Brett und musterte das Stück Kristall mit seinem schwarzen Kern. »Sag, Captain, sind das echte Stücke?«

Von Ray hatte inzwischen die letzte Stufe erreicht und hob seine roten Brauen. »Nein.«

Katin grinste. »Oh.«

»Was ist das?« Maus blickte Katin über die Schulter. »Ich hab' noch nie solche Figuren gesehen.«

»Komischer Stil für Schachfiguren«, meinte Katin. »Wegarepublik. Aber bei Möbeln und in der Architektur sieht man diesen Stil oft.«

»Wo ist die Wegarepublik?« Maus nahm einen Bauern: im Inneren des Kristalls war ein Sonnensystem zu sehen, ein Juwel in der Mitte und ein Kreis, der es umgab.

»Heute gibt es das nicht mehr. Das bezieht sich auf einen Aufstand im achtundzwanzigsten Jahrhundert, als Wega von Draco abfallen wollte. Gescheitert. Die Kunst und die Architektur jener Periode sind von unseren ästhetisch angehauchten Intellektuellen übernommen worden. Wahrscheinlich war an der ganzen Sache etwas Heroisches. Jedenfalls haben sich die Leute redlich bemüht, etwas Ursprüngliches zu schaffen — ein letztes Sich-Aufbäumen für kulturelle Autonomie und all das.« Er nahm eine andere Figur. »Ich mag den Stil immer noch. Sie haben drei gute Musiker und einen unglaublichen Dichter hervorgebracht. Aber nur einer der Musiker hatte etwas mit dem Aufstand zu tun. Nur wissen das die meisten Leute nicht.«

»Wirklich?« fragte Maus. »Schön, ich spiel' mit dir.«

Er ging um das Schachbrett herum und nahm auf dem grünen Glyzerin Platz. »Was willst du, Schwarz oder Gelb?«

Von Ray griff über Maus' Schulter hinweg nach dem Kontrollbrett, das sich an der Armlehne des Stuhles hervorgeschoben hatte, und drückte einen Mikroschalter.

Die Lichter im Brett verloschen.

»He, was ...?« Die Flüsterstimme von Maus verstummte beleidigt. »Nimm deine Syrynx, Maus.« Lorq schritt auf den gelben Fliesen zu dem Stein. »Wenn ich dir sagte, daß du eine Nova machen sollst, Mann, was würdest du tun?« Er nahm auf dem Felsbrocken Platz.

»Ich weiß nicht. Was meinst du?« Maus nahm das Instrument aus dem Sack. Sein Daumen glitt über den Steg. Seine Finger liebkosten die Induktionsplatte.

»Dann sage ich es jetzt. Mach eine Nova.«

Maus hielt inne. »Nun gut«, sagte er dann, und seine Hand zuckte. Ein Blitz, dann rollender Donner, Farben sprangen sie an, wirbelten in einer Kugel, die immer kleiner wurde, verschwanden.

»Runter!« sagte Sebastian. »Runter, sage ich ...«

Lorq lachte. »Nicht schlecht. Komm her, nein, bring deine Höllenharfe.« Er schob sich auf dem Stein zur Seite, um ihm Platz zu machen. »Zeig mir, wie sie funktioniert.«

»Ich soll dir zeigen, wie man Syrynx spielt?«

»Ja.«

Es gibt einen Ausdruck, den man außen am Gesicht sieht, und es gibt einen Ausdruck in seinem Inneren, und der läßt nur die Lippen und die Lider zittern. »Ich lasse gewöhnlich keinen mit meiner Axt spielen.« Lippen und Lider zuckten.

»Zeig es mir.«

Maus' Mund wurde schmal. »Gib mir deine Hand«, sagte er. Und als er die Finger des Kapitäns über den Sattel des Bildresonanzbretts legte, glühte vor ihnen blaues Licht. »Jetzt schau her.« Maus deutete auf die Vorderseite der Syrynx. »Diese drei winzigen Linsen haben Hologrammgitter hinter sich. Ihr Bennpunkt ist dort, wo das blaue Licht ist. Sie liefern dir ein dreidimensionales Bild. Helligkeit und Intensität steuert man hier. Schieb deine Hand vor.«

Das Licht nahm zu ...

»Und jetzt zurück.«

... und wurde dunkel.

»Wie macht man ein Bild?«

»Ich hab' ein Jahr gebraucht, um es zu lernen, Captain.

Diese Saiten bestimmen den Ton. Jede Saite ist eine andere Note; es sind auch Töne von verschiedener Struktur. Man ändert die Art, indem man die Finger vor oder zurück bewegt. So ...« Er schlug einen Akkord aus Bässen und menschlichen Stimmen an, die dann in unangenehmen Untertönen verklangen. »Willst du die Bude verstänkern? Hier. Mit diesem Knopf kontrolliert man die Intensität des Bildes. Und man kann das Ganze schärfer abstimmen ...«

»Nimm einmal an, Maus, es gäbe da ein Mädchengesicht, das ich wiedererschaffen wollte; den Klang ihrer Stimme, wenn sie meinen Namen spricht, und ihren Geruch. Und jetzt habe ich deine Syrynx in der Hand.« Er nahm Maus das Instrument weg. »Was sollte ich tun?«

»Üben. Captain, schau, ich mag es wirklich nicht, wenn andere Leute an meiner Axt rumfingern ...«

Er griff danach.

Lorq nahm sie ihm weg. Dann lachte er. »Da.«

Maus nahm die Syrynx und ging zum Schachbrett zurück. Er öffnete den Sack und schob das Instrument hinein.

»Üben«, wiederholte Lorq. »Ich habe keine Zeit. Nicht, wenn ich Prince Red zuvorkommen soll und ihm das Illyrion wegschnappen, he?«

»Captain Von Ray?«

Lorq blickte auf. »Willst du uns sagen, was gespielt wird?«

»Was wollt ihr wissen?«

Katins Hand hing über dem Schalter, der das Schachbrett wieder aktivieren würde. »Wohin geht die Reise? Wie sollen wir ans Ziel gelangen? Und weshalb?«

Lorq überlegte eine Weile und stand dann auf. »Was fragst du mich, Katin?«

Das Schachbrett flackerte auf und hüllte Katins Gesicht in grünlichen Schein. »Du treibst ein Spiel gegen Red Shift Ltd. Was sind die Regeln? Und was ist der Preis?«

Lorq schüttelte den Kopf. »Versuch's noch mal.«

»Gut. Wie bekommen wir das Illyrion?«

»Ja, wie wir es bekommen?« Tyÿs weiche Stimme ließ sie sich umsehen. Am Fuß der Brücke, neben Sebastian, hatte sie ihre Karten gemischt. Jetzt hielt sie inne. »In die flammende Sonne stürzen?« Sie schüttelte den Kopf. »Wie, Captain?«

Lorqs Hände umfaßten seine Knie. »Lynceos? Idas?«

Zwei vergoldete Rahmen hingen an gegenüberliegenden Wänden. In dem einen, unmittelbar über Maus' Kopf, lag Idas im Licht seines Computers. Im anderen Rahmen konnte man den von seinen Kabeln umgebenen Lynceos erkennen.

»Hört zu, während ihr uns segelt.«

»Ja, Captain«, murmelte Idas, so wie man vielleicht im Schlaf spricht.

Lorq stand auf und verschränkte die Arme. »Es ist eine ganze Anzahl Jahre her, seit ich diese Frage zum erstenmal stellen mußte. Der Mann, der mir damals die Antwort darauf gab, war Dan.«

»Der blinde Dan?« — Maus.

»Dan, der in die Lava sprang?« — Katin.

Lorq nickte. »Statt diesem schwerfälligen Frachter« — er blickte zu der hohen, finsteren Decke auf, über die Nachbildungen von Sternen huschten, um sie daran zu erinnern, daß sie umgeben von Farnen und Felsgebilden und Tümpeln zwischen den Welten dahinjagten — »hatte ich damals ein Rennboot. Dan hing am Kabel. Eines Nachts in Paris blieb ich zu lange auf einer Party, und Dan brachte mich nach Hause, nach Ark. Er flog mich die ganze Strecke allein. Mein anderer Stecker, ein junger Student, bekam es mit der Angst zu tun und rannte weg.« Er schüttelte den Kopf. »Macht auch nichts. Aber da war ich. Wie konnte ich genügend Illyrion bekommen, um Red Shift zu vernichten, ehe sie uns vernichteten? Wie viele Leute würden das wissen wollen? Ich erwähnte es eines Abends Dan gegenüber, als wir im Jachthafen in einer Bar saßen. Es aus einer Sonne holen? Er schob den Daumen in den Gürtel und blickte zur Decke, wo sich gerade die Windiris öffnete, und sagte: ›Ich war einmal in einer Nova gefangen.‹« Lorq sah sich um. »Da habe ich ihm zugehört.«

»Was ist ihm denn passiert?« fragte Maus.

»Wie kommt es, daß er überlebt hat und in die nächste hineingeraten konnte? Das will ich wissen.« Katin stellte den Turm auf das Brett zurück und flegelte sich in das Glyzerin. »Komm schon, wo war denn Dan während des ganzen Feuerwerks?«

»Er war auf einem Schiff, das gerade die Forschungsstationen des Alkane-Instituts mit Nachschub belieferte, als der Stern hochging.«

Maus blickte zu Tyÿ und Sebastian, die auf der Rampe saßen und zuhörten. Tyÿ mischte wieder ihre Karten.

»Nach tausend Jahren der Forschung, aus der Ferne und aus der Nähe, ist es eigentlich traurig, wieviel wir über das, was bei solchen stellaren Katastrophen vor sich geht, nicht wissen. Der Stern bleibt derselbe, nur seine Materie wird zerrissen, in einem Prozeß, der immer noch nicht ganz begriffen wird. Es könnte ein Effekt harmonischer Gezeitenschwingungen sein. Oder vielleicht sogar ein dummer Streich von Maxwells Dämon. Die längsten Aufbauzeiten, die man beobachtet hat, betrugen eineinhalb Jahre, aber man hat die Sterne immer erst erwischt, wenn es zu spät war. Im Falle einer Supernova — und in unserer Galaxis sind nur zwei bekannt, eine im dreizehnten Jahrhundert in der Cassiopeia und ein unbekannter Stern im vierundzwanzigsten, und keinen von beiden konnte man aus der Nähe beobachten — dauert die Explosion etwa zwei Tage; bei einer Supernova nimmt die Helligkeit um einen Faktor von ein paar hunderttausend zu. Die Licht- und Radiostörung, die von einer Supernova ausgeht, ist größer als das Licht aller Sterne in der Galaxis zusammengenommen. Alkane hat andere Galaxien entdeckt, einfach bloß, weil es in ihnen eine Supernova gegeben hat, weil die fast völlige Vernichtung eines einzigen

Sterns die ganze Galaxis von ein paar Milliarden Sternen sichtbar gemacht hat.«

Tyÿs Karten flogen von einer Hand in die andere.

»Was Dan passiert ist?« fragte Sebastian und zog seine Tiere näher zu sich.

»Sein Schiff schoß über die Marke und wurde durch das Zentrum der Sonne gerissen, in der ersten Stunde der Implosion — und auf der anderen Seite wieder hinausgedrückt.« Gelbe Augen fixierten Katin. Es war schwer, aus Lorqs zerrissenen Zügen seine Emotionen zu lesen.

Katin, der es gewohnt war, Feinheiten zu erkennen, zog die Schulter ein und versuchte, in den Sessel zu versinken.

»Sie hatten nur ein paar Sekunden Zeit. Der Kapitän konnte gerade noch die Sensoren abschalten.«

»Sie blind geflogen?« fragte Sebastian.

Lorq nickte.

»Das war eine Nova, die Dan erlebt hatte, ehe er dich kennenlernte; die erste«, bestätigte Katin.

»Richtig.«

»Und was ist in der zweiten passiert?«

»Noch etwas, das bei der ersten passiert ist. Ich bin dann zum Alkane-Institut gegangen und habe mir die ganze Geschichte angesehen. Die ganze Schiffshülle war sozusagen mit Narben übersät, vom Bombardement der lose herumfliegenden Materiestücke, die es trafen, als sie im Zentrum der Nova waren. Aber die einzige Art von Materie, die sich vom Kern der Nova lösen und in die Schutzhülle um das Schiff treiben konnte, mußte Materie aus dem Kern der Sonne gewesen sein. Sie mußte aus Elementen mit ungeheuer großen Kernen bestehen; Kernen, wenigstens drei- oder viermal so groß wie der Urankern.«

»Du meinst, das Schiff war von Illyrionmeteoren bombardiert worden?«

»Und dann gab es eine *zweite* Nova«, fuhr Lorq fort und sah Katin an. »Unsere Expedition wurde unter Wahrung strengster Geheimhaltung organisiert, und nachdem mit Hilfe meiner Tante vom Alkane-Institut eine neue Nova aufgefunden worden war — natürlich ohne daß jemand erfuhr, weshalb wir dorthin fliegen wollten —, nachdem also diese Expedition unterwegs war, versuchte ich die ursprünglichen Umstände dieses ersten Unfalls, als Dans Schiff damals in die Sonne gefallen war, so nahe wie möglich wiederherzustellen, indem ich das ganze Manöver blind flog; ich gab der Mannschaft Befehl, die Sensoren abzuschalten. Dan entschied gegen meinen eindeutigen Befehl, daß er das sehen wollte, was er beim letzten Mal nicht gesehen hatte.« Lorq stand auf und wandte seiner Mannschaft den Rücken. »Wir befanden uns nicht einmal in einer Gegend, wo dem Schiff physische Gefahr drohte. Und plötzlich spürte ich, wie einer der Steuerkegel des Schiffes leer ausschlug. Dann hörte ich Dan schreien.« Er drehte sich zu ihnen herum. »Wir zogen uns zurück, schleppten uns mit halber Kraft nach Draco zurück und ließen uns von den Gezeiten nach Sol tragen. Schließlich landeten wir auf Trion. Vor zwei Monaten hoben wir die Geheimhaltung auf.«

»Geheimhaltung?«

Wieder das verzerrte Lächeln auf Lorqs Gesicht. »Jetzt nicht mehr. Ich kam nach Triton in Draco, statt in den Plejaden Unterschlupf zu finden. Ich entließ meine ganze Mannschaft mit der Anweisung, möglichst vielen Leuten alles zu erzählen, was sie wußten. Ich ließ diesen Verrückten im Hafen herumtaumeln und alles ausplaudern, bis Hölle[3] ihn verschluckte. Ich wartete. Und ich wartete, bis das kam, worauf ich gewartet hatte. Und dann warb ich euch an. Ich sagte euch, was ich vorhatte. Wem habt ihr es erzählt? Wie viele haben mit angehört, wie ich es sagte?«

»Worauf hast du gewartet?«

»Eine Nachricht von Prince.«

»Und hast du sie bekommen?«

»Ja.«

»Und was besagte sie?«

»Ist das wichtig?« Lorq lachte. »Ich hab' sie noch gar nicht abgespielt.«

»Warum nicht?« fragte Maus. »Willst du nicht wissen, was er dir zu sagen hat?«

»Ich weiß, was ich tue. Das genügt. Wir werden zum Alkane-Institut zurückkehren und eine andere ... Nova ausfindig machen. Meine Mathematiker haben mir zwei Dutzend Theorien geliefert, die vielleicht das Phänomen erklären, das uns in die Sonne eindringen läßt. Und in jeder dieser Theorien wird prophezeit, daß der Effekt am Ende jener ersten paar Stunden umgekehrt wird, in denen die Helligkeit des Sternes ihren Spitzenwert erreicht hat.«

»Wie lange eine Nova braucht, zu sterben?« fragte Sebastian.

»Ein paar Wochen, vielleicht zwei Monate. Bei einer Supernova kann es bis zu zwei Jahre dauern, bis sie wieder verblaßt.«

»Die Nachricht«, sagte Maus. »Du willst nicht sehen, was Prince dir mitteilt?«

»Willst *du* es wissen?«

Katin lehnte sich plötzlich schwer auf das Schachbrett. »Ja.«

Lorq lachte. »Na schön.« Er schritt durch den Raum. Wieder drückte er einen Schalter.

In dem größten Rahmen an der hohen Wand verblaßte die Lichtphantasie in einem zwei Meter durchmessenden Oval aus vergoldeten Blättern.

»So, das hast du also all die Jahre getan!« sagte Prince.

Maus starrte die hohen Wangen des anderen an, und seine Kinnladen bissen sich zusammen; seine Augen hoben sich, musterten Prince, sein dünnes Haar. Maus' Stirn furchte sich. Er schob sich im Sessel nach vorne, und seine Finger formten unwillkürlich, als hätte er eine Syrynx in den Händen, die schmale Nase und die tiefen blauen Löcher seiner Augen.

Katins Augen weiteten sich.

»Ich weiß nicht, was du erreichen willst. Es ist mir auch egal, aber ...«

»Das Prince ist?« wisperte Tyÿ.

»... du wirst scheitern. Glaub es mir.« Prince lächelte.

»Nein. Ich weiß nicht einmal, wohin du fliegst, aber paß auf. Ich werde vor dir dort sein. Und dann« — er hob seine schwarzbehandschuhte Hand — »werden wir sehen.« Er hob die Hand, bis sie den Bildschirm füllte, und dann schnippten seine Finger; das Klirren von Glas ...

Tyÿ schrie auf.

Prince hatte die Linse der Kamera zerschlagen.

Maus sah Tyÿ an; sie hatte die Karten fallen lassen.

Die Flügel zerrten an der Leine; der Wind wehte Tyÿs Karten auf den Teppich.

»Da«, sagte Katin. »Ich hol' sie!« Er beugte sich vor, und seine langen Arme tasteten über den Boden. Lorq hatte wieder zu lachen begonnen.

Maus hob eine der Karten auf. Beschichtetes Metall, dreidimensional, eine Sonne, die über einem schwarzen Meer flammte. Zwei nackte Jungen am Ufer, der eine hellhäutig, der andere dunkel, hielten sich an den Händen. Der dunkle blickte zur Sonne, sein Gesicht erstaunt und leuchtend. Und der andere musterte ihre Schatten im Sand.

Lorqs Lachen hallte durch die Messe. »Prince hat die Herausforderung angenommen.« Er schlug klatschend auf den Stein. »Gut! Sehr gut! Hm, und du glaubst, wir werden uns unter der flammenden Sonne treffen?«

Seine Hand ruckte hoch, ballte sich zu einer Faust. »Ich spüre deine Klaue. Gut! Sehr gut!«

Maus hob die Karte schnell auf. Sein Blick wanderte zwischen dem Kapitän und dem Bildschirm hin und her, wo die flimmernden Farben das Bild des Gesichts und der Hand ersetzt hatten. (Und dort, an gegenüberliegenden Wänden waren schwach Idas und der bleiche Lynceos in ihren kleineren Rahmen zu sehen.) Wieder fiel sein Blick auf die zwei Jungen unter der ausbrechenden Sonne.

Und dabei bohrten sich seine linken Zehen in den Teppich, während seine rechte Hand die Stiefelsohle umfaßt hielt; die Furcht tastete hinter seinen Schenkeln, verfing sich in den Nerven an seinem Rückgrat. Plötzlich schob er die Karte in seinen Syrynxsack. Seine Finger verharrten unter dem Leder, wurden schweißnaß. Ungesehen war das Bild noch beängstigender. Er zog die Hand heraus und wischte sie sich an der Hüfte ab und sah sich dann um, ob ihn jemand beobachtet hatte.

Katin sah sich die Karten an, die er aufgehoben hatte. »Damit hast du also gespielt, Tyÿ? Dem Tarot?« Er blickte auf. »Du bist ein Zigeuner, Maus. Ich wette, du hast die schon einmal gesehen.« Er hielt Maus die Karten hin.

Der nickte bloß, ohne hinzusehen, und versuchte, seine Hand daran zu hindern, wieder nach seiner Hüfte zu greifen. (Hinter dem Feuer hatte eine üppige Frau gesessen — in einem schmutzigen Rock aus bedrucktem Stoff —, und die schnurrbärtigen Männer saßen unter dem Felsüberhang um sie herum und sahen zu, wie die Karten in ihren fetten Händen blitzten und immer wieder blitzten. Aber das war ...)

»Komm, du sie mir geben.« Tyÿ streckte die Hand hin.

»Darf ich mir das ganze Spiel ansehen?« fragte Katin.

Ihre grauen Augen weiteten sich. »Nein.« Ihre Stimme klang überrascht.

»Es ... es tut mir leid«, begann Katin verwirrt. »Ich wollte nicht ...«

Tyÿ nahm die Karten.

»Du ... kannst Karten lesen?«

Sie nickte bloß.

»Das Tarot ist in der ganzen Föderation verbreitet«, sagte Lorq. »Haben deine Karten irgend etwas zu Princes Botschaft zu sagen?« Als er sich herumwandte, blitzten seine Augen wie Gold. »Vielleicht deine Karten etwas über Prince und mich sagen können?«

Maus war überrascht, wie leicht der Kapitän in die Sprechweise der Plejaden verfiel.

Lorq stand auf. »Was die Karten über diesen Flug in die Nacht sagen?«

Sebastian blickte unter seinen dicken blonden Brauen hervor und zog seine dunklen Schemen näher an sich heran.

»Ich ihre Muster sehen will. Ja. Wohin Prince und ich bei den Karten fallen?«

Wenn sie las, würde er Gelegenheit bekommen, mehr von den Karten zu sehen. Katin grinste. »Ja, Tyÿ. Lies uns über Captains Expedition. Wie gut kann sie lesen, Sebastian?«

»Tyÿ niemals irrt.«

»Du nur ein paar Sekunden Princes Gesicht gesehen hast. Im Gesicht die Linien des Schicksals eines Menschen aufgezeichnet sind.« Lorq stützte die Fäuste in die Hüften. »Aus dieser Narbe in meinem du sagen kannst mein Schicksal?«

»Nein, Captain ...« Ihr Blick fiel auf ihre Hände. Die Karten sahen für die immer noch reglosen Finger viel zu groß aus. »Ich die Karten nur anordne und lese.«

»Ich habe seit ich auf der Schule war niemand das Tarot lesen sehen.« Katin sah wieder Maus an. »In meinem Philosophieseminar war ein Bursche von den Plejaden, der sich mit den Karten auskannte. Eine Zeitlang kannte ich mich, glaube ich, im *Buch des Toth* recht gut aus, wie man sie im siebzehnten Jahrhundert fälschlicherweise bezeichnete. Ich würde eher sagen« — er wartete auf Tyÿs Bestätigung — »das Buch *des Gral?*«

Keine Reaktion.

»Komm. Leg mir die Karten, Tyÿ.«

Lorq stemmte die Fäuste in die Hüften.

Tyÿs Finger lagen auf den goldenen Blättern. Ihr Blick wanderte zwischen Katin und Lorq hin und her.

»Nun gut«, sagte sie dann.

»Maus«, rief Katin, »komm und sieh dir das an. Sag uns dann, was du von der Vorstellung hältst.«

Maus stand im Licht des Spieltisches auf. »He ...!«

Seine tote Stimme ließ sie aufblicken.

»*Ihr* glaubt an das?«

Katin hob die Brauen.

»*Mich* nennt ihr abergläubisch, weil ich in den Fluß spucke? Und jetzt wollt ihr mit Karten die Zukunft lesen! *Ahhh!*«

Aber das war nicht genau der Laut, den er von sich gab. Jedenfalls drückte er deutlich Ekel aus. Sein goldener Ohrring blitzte.

Katin furchte die Stirn.

Und Tyÿs Hand hielt die Karten.

»Maus, die Karten sagen eigentlich nichts voraus. Sie liefern nur einen Kommentar zur augenblicklichen Lage ...«

»Karten können keine Kommentare liefern! Sie sind aus Metall und Plastik. Sie wissen nicht ...«

»Maus, die achtundsiebzig Karten des Tarot liefern Symbole und mythologische Bilder, die in fünfundvierzig Jahrhunderten menschlicher Geschichte immer wiedergekehrt sind. Jemand, der diese Symbole begreift, kann einen Dialog über eine gegebene Situation zusammenstellen. Das hat nichts mit Aberglauben zu tun. Das *Buch der Wandlungen,* selbst die *chaldäische Astrologie* werden zu reinem Aberglauben, wenn man sie mißbraucht, wenn man sie dazu benutzt, Anweisungen von ihnen zu beziehen, statt Leitlinien und Vorschläge.«

Wieder gab Maus einen angeekelten Laut von sich.

»Wirklich, Maus! Es ist völlig logisch; du tust ja gerade wie jemand, der vor tausend Jahren gelebt hat.«

»Hey, Captain?« Maus trat näher und spähte über Lorqs Schulter, warf einen verstohlenen Blick auf die Karten, die Tyÿ im Schoß hielt. »An das Zeug glaubst du?« Seine Hand fiel auf Katins Arm, als könnte er sie damit, indem er ihn festhielt, zur Ruhe bringen.

Tigeraugen unter rostigen Brauen verrieten Agonie; Lorq grinste. »Tyÿ, mir die Karten lese!«

Sie schlug das Kartenpaket auf und schob die Karten von einer Hand in die andere, so daß er die Bilder sehen konnte.

»Captain, du eine auswählen.«

Lorq kauerte nieder, um besser sehen zu können. Plötzlich sah er eine. »Das sieht wie der *Kosmos* aus.« Er deutete mit dem Finger auf die Karte. »In diesem Wettrennen das Universum der Preis ist.« Er blickte zu Maus und Katin auf. »Glaubt ihr, ich sollte mir den *Kosmos* nehmen, um mit dem Lesen anzufangen?«

Maus verzog bloß seine Lippen.

»Nur zu«, sagte Katin.

Lorq zog die Karte:

Morgennebel über Birken; und auf der Lichtung eine nackte Gestalt, die in Schwaden tanzte.

»Ah«, sagte Katin, »der Tanzende Zwitter, die Vereinigung aller männlichen und weiblichen Prinzipien.« Er zupfte sich am Ohrläppchen. »Wißt ihr, etwa dreihundert Jahre lang, das hat etwa um achtzehnhundertneunzig angefangen, gleich, nachdem die Weltraumfahrt erfunden wurde, gab es ein sehr christianisiertes Tarotspiel, das ein Freund von William Butler Yeats entworfen hat und das so populär wurde, daß es beinahe die echten Bilder verdrängt hätte.«

Als Lorq die Karte zu sich heranzog, blitzten Bilder von Tieren in dem mystischen Hain auf. Maus' Hand verkrampfte sich um Katins Arm. Er sah ihn fragend an.

»Die Tiere der Apokalypse«, antwortete Katin. Er deutete über die Schulter des Kapitäns auf die vier Ecken des Hain: »Stier, Löwe, Adler. Und dieses komische kleine affenartige Geschöpf dort hinten ist der Zwerggott Bess, ursprünglich aus Ägypten und Anatolien stammend, Beschützer der kreißenden Frauen, der Schrecken der Bösen, ein großzügiger und gleichzeitig schrecklicher Gott. Es gibt eine ziemlich berühmte Statue von ihm: fett, klein, grinsend, mit langen Zähnen, sich mit einer Löwin paarend.«

»Yeah«, wisperte Maus. »Die Statue habe ich gesehen.«

»Wirklich? Wo?«

»Irgendein Museum.« Er zuckte die Achseln. »In Istanbul, denke ich. Ein Tourist hat mich hingeführt, als ich ein kleiner Junge war.«

»Ah«, machte Katin. »Ich hab' nur dreidimensionale Hologramme gesehen.«

»Nur daß es kein Zwerg ist. Es ist« — Maus' Stimme stockte, als er zu Katin aufblickte — »vielleicht zweimal so groß wie du.« Seine Pupillen rollten im Banne der Erinnerung und zeigten das geäderte Weiß des Augapfels.

»Captain Von Ray, du das Tarot gut kennst?« fragte Sebastian.

»Ich hab' mir vielleicht ein halbes Dutzend Mal die Karten schlagen lassen«, erklärte Lorq. »Meine Mutter mochte es nicht, wenn ich an den kleinen Tischen der Kartenschläger stehenblieb. Einmal, als ich fünf oder sechs war, habe ich mich verlaufen. Und da ließ ich mir meine Zukunft lesen.« Er lachte. »Als ich nach Hause kam und es meiner Mutter sagte, wurde sie sehr böse und sagte, ich dürfe es nie wieder tun.«

»Sie wußte, daß es Unfug war!« flüsterte Maus.

»Was hatten die Karten gesagt?« fragte Katin.

»Etwas von einem Tod in meiner Familie.«

»Ist jemand gestorben?«

Lorqs Augen verengten sich. »Etwa einen Monat darauf wurde mein Onkel getötet.«

»Aber gut du die Karten nicht kennst?« fragte Sebastian aufs neue.

»Nur die Namen von ein paar — die *Sonne,* der *Mond,* der *Gehenkte.* Aber ich ihre Bedeutungen nie studiert habe.«

»Ah.« Sebastian nickte. »Die erste gezogene Karte immer du selbst bist. Aber der *Kosmos* ist eine Karte der großen Arkana. Ein menschliches Wesen sie nicht vertreten kann. Kann nicht ziehen.«

Lorq runzelte die Stirn.

Verwirrung wirkte an ihm wie Wut. Sebastian, der den Ausdruck falsch deutete, hielt inne.

»So«, fuhr Katin fort. »Was er sagen möchte, ist, daß in einem Tarotspiel sechsundfünfzig Karten der Kleinen Arkana sind — ebenso wie die zweiundfünfzig Spielkarten, nur mit Pagen, Rittern, Damen und Königinnen als Hofkarten. Diese befassen sich mit den gewöhnlichen menschlichen Affären; Liebe, Tod, Steuern — solchen Dingen. Und dann gibt es zweiundzwanzig andere Karten: Die Große Arkana mit Karten wie dem *Narr* — und dem *Gehenkten.* Sie stehen für erstrangige kosmische Wesen. Man kann keine von ihnen auswählen, um sich selbst zu repräsentieren.«

Lorq sah die Karten ein paar Sekunden an. »Warum nicht?« Er musterte Katin. Sein Gesicht war jetzt völlig ausdruckslos. »Ich mag diese Karte. Tyÿ sagte, ich sollte eine wählen, und das habe ich getan.«

Sebastian hob die Hand. »Aber ...«

Tyÿs schmale Finger umfaßten die haarigen Knöchel ihres Begleiters. »Er hat gewählt«, sagte sie. Das metallische Blau ihrer Augen blitzte von Sebastian zu dem Kapitän, zu der Karte. »Dort sie hinlege.« Sie zeigte ihm, wo er die Karte ablegen sollte. »Der Kapitän, welche Karte er will, wählen kann.«

Lorq legte die Karte auf den Teppich, den Kopf des Tänzers sich selbst zugewandt, die Füße auf Tyÿ deutend.

»Der *Kosmos* umgedreht«, murmelte Katin.

Tyÿ blickte auf. »Umgedreht für dich, aufrecht für mich.« Ihre Stimme klang scharf. »Captain, die erste Karte, die du auswählst, sagt nichts voraus«, meinte Katin. »In Wirklichkeit entfernt die erste Karte, die du nimmst, alle Möglichkeiten, für die sie steht, aus dem, was man dir lesen kann.«

»Was vertritt sie?« fragte Lorq.

»Hier vereinen sich Mann und Weib«, sagte Tyÿ. »Das Schwert und der Kelch, der Stab und die Schale vereinen sich. Vollendung und sicheren Erfolg bedeutet sie; den kosmischen Zustand glücklichen Bewußtseins stellt sie dar. Sieg.«

»Und das alles ist aus meiner Zukunft herausgeschnitten?« Lorqs Gesicht wirkte wieder gequält. »Schön! Was für ein Rennen wäre es auch, wenn ich wissen würde, daß ich gewinnen werde?«

»Umgedreht bedeutet die Karte Sturheit, Verbohrtheit in eine Sache«, fügte Katin hinzu. »Die Weigerung zu lernen ...«

Plötzlich schob Tyÿ die Karten zusammen. Sie hielt sie Katin hin. »Du weiterlesen willst, Katin?«

»Was? ... Ich ... Hör zu, tut mir leid. Ich wollte. Außerdem kenne ich bloß etwa ein Dutzend Karten.« Seine Ohren röteten sich. »Ich bin jetzt ruhig.«

Eine Schwinge fegte über den Boden.

Sebastian stand auf und zog seine Tiere weg. Eines flatterte ihm auf die Schulter. Eine Brise, und Maus' Haare kitzelten ihn an der Stirn.

Alle standen jetzt, mit Ausnahme von Lorq und Tyÿ, die auf dem Boden kauerten und auf den tanzenden Zwitter starrten.

Wieder mischte Tyÿ die Karten und spreizte sie dann in der Hand, diesmal mit den Bildern nach unten. »Wähl eine aus.«

Breite Finger mit dicken Nägeln krallten sich um die Karte, zogen:

Ein Arbeiter stand vor einer mächtigen Steinmauer, in seinem Handgelenk steckte ein Steinschneider. Die Maschine schnitt gerade den dritten fünfzackigen Stern in den Querbalken. Grelles Sonnenlicht fiel auf den Arbeiter und die Gebäudefront.

»Die Fünfzackdrei. Diese Karte deckt dich.«

Maus blickte auf den Unterarm des Kapitäns. Die ovale Steckdose war zwischen den Doppelsehnen an seinem Handgelenk kaum zu sehen.

Maus betastete seine eigene Dose. Der Plastikeinsatz durchmaß zwei Zentimeter: beide Steckdosen, die seine und die des Kapitäns, waren gleich groß.

Der Kapitän legte die Fünfzackdrei auf den *Kosmos.*

»Wähle noch eine Karte.«

Diesmal zeigte die Karte einen jungen, schwarzhaarigen, mit einer Brokatweste und Lederstiefeln bekleideten Mann, der sich auf ein Schwert stützte, auf dessen Heft eine juwelenbesetzte silberne Echse abgebildet war. Die Gestalt stand im Schatten einer Felswand. Maus konnte nicht erkennen, ob es sich um einen Jungen oder ein Mädchen handelte.

»Der Schwertpage. Diese Karte dich kreuzt.«

Lorq legte die Karte quer über die Fünfzackdrei.

»Wähle noch einmal.«

Eine Szene am Meerufer mit klarem Himmel, an dem Vögel flogen. Eine Hand, die sich aus Nebelschwaden erhob, hielt einen fünfzackigen Stern.

»Das Fünfzackas.« Tyÿ deutete auf die Karten, und Lorq legte sie hin. »Diese Karte unter dir liegt. Wähle.«

Ein großer blonder Mann stand auf einem Plattenweg in einem Garten. Er blickte auf, hob die linke Hand. Ein roter Vogel wollte sich gerade auf sein Handgelenk setzen. Auf den Steinen waren neun Sterne abgezeichnet.

»Die Fünfzackneun.« Sie deutete auf den Boden. »Diese Karte hinter dir liegt.«

Lorq legte die Karte hin.

»Wähle.«

Wieder die Oberseite nach unten:

Zwischen Sturmwolken brannte ein violettfarbener Himmel. Der Blitz hatte die Spitze eines steinernen Turms entzündet. Zwei Männer waren von der oberen Brüstung gesprungen, einer trug prunkvolle Kleidung. Man konnte sogar seine juwelenbesetzten Ringe und die goldenen Quasten seiner Sandalen sehen. Der andere trug eine gewöhnliche Arbeitsweste, er war barfüßig, bärtig.

»Der *Turm,* umgedreht!« flüsterte Katin. »Mhm. Ich weiß, was« — und dann hielt er inne, weil Tyÿ und Sebastian hinsahen.

»Der *Turm,* umgedreht.« Tyÿ wies auf die Karten. »Die über dir liegt.«

Lorq legte die Karte ab und zog dann eine siebente.

»Die Schwertzwei, umgedreht.«

Er legte die nächste Karte um.

Eine Frau mit einer Augenbinde saß auf einem Stuhl vor dem Ozean und hielt zwei überkreuzte Schwerter vor ihren Brüsten.

»Die vor dir liegt.«

Mit drei Karten in der Mitte, die von vier umgeben waren, bildeten die ersten sieben Karten ein Kreuz.

»Wieder wähle.«

Lorq zog eine Karte.

»Der Schwertkönig. Hier sie lege.«

Der König wanderte links neben das Kreuz.

»Und noch einmal.«

»Die Zauberstäbedrei, umgedreht.«

Sie wanderte unter den König.

»Der *Teufel*« — Katin blickte auf die Hand von Maus. Die Finger verkrampften sich, und der kleine Nagel bohrte sich in Katins Arm.

»... umgedreht.«

Die Finger lockerten sich; Katin blickte zu Tyÿ zurück.

»Hier lege.« Der umgedrehte *Teufel* wanderte unter die Zauberstäbe. »Und wähle.«

»Die Schwertdame. Diese letzte Karte hierher lege.«

Neben dem Kreuz lag jetzt eine waagerechte Reihe von vier Karten. Tyÿ schob das Kartenpaket zusammen.

Sie stützte das Kinn auf die Finger. Dann beugte sie sich über die blitzenden Bilder, und ihr eisenfarbenes Haar fiel ihr über die Schultern.

»Siehst du Prince in den Karten?« fragte Lorq. »Siehst du mich und die Sonne, die ich jage?«

»Dich ich sehe und Prince. Auch eine Frau, irgendwie mit Prince verwandt, eine dunkle Frau ...«

»Schwarzes Haar, aber blaue Augen?« fragte Lorq. »Princes Augen sind blau.«

Tyÿ nickte. »Sie auch ich sehe.«

»Das ist Ruby.«

»Die Karten hauptsächlich Schwerter und Fünfzack sind. Viel Geld ich sehe. Und viel Kampf ringsum.«

»Bei sieben Tonnen Illyrion?« murmelte Maus. »Du brauchst keine Karten zu lesen, um ...«

»Sch ...« Das war Katin.

»Der einzig positive Einfluß von den Großen Arkana der *Teufel* ist. Eine Karte der Gewalt, der Revolution, des Kampfes. Aber auch die Geburt spirituellen Verstehens sie bezeichnet. Fünfzacke am Anfang waren. Das Karten für Geld und Reichtum sind. Dann Schwerter; Karten von Macht und Konflikt. Aber keine Schalen — die Symbole der Gefühle und insbesondere der Liebe. Schlecht.« Sie hob die Karten in der Mitte: den *Kosmos,* die Fünfzackdrei, den Schwertpagen.

»Und jetzt ...« Tyÿ hielt inne. Die vier Männer hielten den Atem an. »Du dich selbst als Welt siehst. Die Karte, die dich deckt, von Adel, von Aristokratie spricht. Und auch von einer besonderen Fähigkeit, die du besitzt ...«

»Du sagtest doch, du seiest einmal Rennkapitän gewesen, oder?« fragte Katin.

»Daß du mit materiellem Wachstum dich befaßt, diese Karte enthüllt. Aber der Schwertpage liegt über dem kurzen Weg.«

»Ist das Prince?«

Tyÿ schüttelte den Kopf. »Eine jüngere Person ist es. Jemand, der jetzt schon dir nahe ist. Jemand du kennst. Ein dunkler, sehr junger Mann vielleicht ...«

Katin war der erste, der Maus ansah.

»... der irgendwie zwischen dich und deine flammende Sonne treten wird.«

Jetzt blickte Lorq über seine Schulter zurück. »He. Hört ...«

Maus sah die anderen an. »Was werdet ihr jetzt tun? Mich beim ersten Halt feuern wegen dieser dummen Karten? Du glaubst wohl, ich will dir etwas Böses?«

»Selbst wenn dich er entlassen«, sagte Tyÿ und blickte auf, »es nichts ändern würde.«

Der Kapitän schlug Maus auf die Schulter. »Keine Sorge, Maus.«

»Wenn du nicht an die Karten glaubst, Captain, was verschwendest du dann deine Zeit und hörst dir ...« Er hielt inne, weil Tyÿ die Karten hingelegt hatte.

»In deiner unmittelbaren Vergangenheit«, fuhr Tyÿ fort, »das Fünfzackas liegt, wieder viel Geld, aber für einen bestimmten Zweck.«

»Muß 'ne Stange Geld gekostet haben, diese Expedition auszurüsten«, meinte Katin.

»In der fernen Vergangenheit die Fünfzackneun liegt. Wieder eine Karte des Reichtums. Du an Erfolg gewöhnt bist. Die besten Dinge du genossen hast. Aber in deiner unmittelbaren Zukunft liegt der *Turm* umgedreht. Im allgemeinen das bedeutet ...«

»... gehe direkt ins Gefängnis. Gehe nicht über Start. Ziehe nicht« — Katins Augen glühten, als Tyÿ ihn anstarrte —, »nicht zweihundert Pfund asg ein.« Er hustete.

»Einkerkerung dieser Karte bedeutet, ein großes Haus zerbricht.«

»Die Von Rays?«

»Wessen Haus ich nicht gesagt habe.«

Lorq lachte.

»Dahinter die Schwertzwei liegt. Vor unnatürlicher Leidenschaft dich hüte, Captain.«

»Was soll *das* jetzt heißen?« flüsterte Maus.

Aber Tyÿs Aufmerksamkeit hatte bereits das Kreuz aus sieben Karten verlassen und sich der Viererreihe zugewandt.

»Am Haupt deiner Bemühungen der Schwertkönig sitzt.«

»Ist das mein Freund Prince?«

»Ja. Auf dein Leben er Einwirkung haben kann. Er ein starker Mann ist und leicht dich zur Weisheit führen kann; aber auch zu deinem Tod.« Und dann blickte sie auf, und ihr Gesicht wirkte besorgt, ernst. »Und auch unser aller Leben ... Er ...«

Als sie nicht fortfuhr, fragte Lorq: »Was ist, Tyÿ?« Seine Stimme hatte sich bereits beruhigt, war tiefer geworden.

»Unter ihm ...«

»Was war das, Tyÿ?«

»... liegt die Zauberstabdrei umgedreht. Hüte dich vor Hilfe, die man dir anbietet. Der beste Schutz gegen Enttäuschung ist Erwartung. Und das Fundament davon ist der Teufel. Aber umgedreht. Du das spirituelle Begreifen, wovon ich sprach, empfangen wirst. In der ...«

»Hey.« Maus blickte zu Katin auf. »Was hat sie gesehen?«

»Sch ...«

»... kommenden Auseinandersetzung wird das Äußerliche von den Dingen abfallen. Und das, was sich darunter bewegt, wird immer seltsamer scheinen. Und durch den Schwertkönig werden die Mauern der Wirklichkeit sich zurückziehen und hinter ihnen die Schwertdame du entdecken wirst.«

»Ist das ... Ruby? Sag es mir, Tyÿ: siehst du die Sonne?«

»Dein Schatten in der Nacht liegt. Sterne am Himmel ich sehe. Aber immer noch keine Sonne ...«

»Nein!« Das war Maus. »Das ist alles Unsinn. Nichts, Captain!« Sein Nagel bohrte sich in Katins Arm, und der riß ihn weg. »Sie kann dir nichts aus diesen Karten lesen!« Plötzlich ruckte er zur Seite. Sein Fuß mit dem Stiefel trat nach Sebastians Vögeln. Sie flatterten hoch, zerrten an ihren Ketten.

»He, Maus. Was soll ...«

Sein nackter Fuß wischte über die Karten.

»He!«

Sebastian zog seine flatternden Schatten zurück. »Kommt, euch beruhigt!« Seine Hand liebkoste ihre Köpfe, und sein Daumen strich über ihre dunklen Ohren.

Aber Maus war bereits die Rampe hinaufgeeilt, quer über den Pool geschritten. Sein Sack schlug bei jedem Schritt gegen seine Hüfte, bis er verschwunden war.

»Ich geh' ihm nach, Captain.« Katin rannte die Rampe hinauf. Und als die schwarzen Schwingen sich neben Sebastians Sandalen zu Boden senkten, stand Lorq auf.

Tyÿ kniete noch und sammelte ihre Karten ein.

»Euch beide an die Kegel ich setze. Lynceos und Idas löse ich ab.« So wie Fröhlichkeit in seinem Gesicht wie Schmerz wirkte, erschien Besorgnis als Grinsen. »Ihr auf eure Kabinen geht.«

Lorq nahm Tyÿs Arm. »Für das, was du in den Karten gelesen hast, Tyÿ, ich dir danke.«

Sebastian nahm ihre Hand dem Kapitän weg.

»Nochmals ich dir danke.«

Im Korridor, der zur Brücke der *Roc* führte, huschten projizierte Sterne über die schwarze Wand. Maus saß an die blaue Wand gelehnt mit überschlagenen Beinen auf dem Boden, den Sack im Schoß. Seine Hand formte in dem Leder Gebilde. Er starrte die kreisenden Lichter an.

Katin, die Hände hinter dem Rücken verschränkt, kam heran. »Was, zum Teufel, ist mit dir los?« fragte er freundlich.

Maus blickte auf, und seine Augen erfaßten einen Stern, der hinter Katins Ohr aufstieg.

»Du machst dir das Leben wirklich schwer.«

Der Stern beschrieb einen Bogen und verschwand im Boden.

»Und, übrigens, was war das für eine Karte, die du in deinen Sack gesteckt hast?«

Maus sah Katin an. Er riß die Augen auf.

»Ich habe gute Augen.« Katin lehnte sich an die sternenübersäte Wand. »Das ist nicht gerade die beste Methode, sich bei unserem Captain einzuschmeicheln. Du hast ein paar komische Ideen, Maus — zugegeben, faszinierend sind sie. Wenn jemand mir gesagt hätte, daß ich heute im einunddreißigsten Jahrhundert in der gleichen Crew mit jemand arbeiten würde, der echt an die Tarotkarten glaubte, hätte ich ihn wahrscheinlich ausgelacht. Kommst du wirklich von der Erde?«

»Ja, ich komme von der Erde.«

Katin biß sich auf einen Knöchel. »Wenn man einmal so richtig darüber nachdenkt, dann muß man zweifeln, ob solche fossilienhaften Ideen von irgendwo anders als der Erde kommen können. Sobald man es mit Leuten aus der Zeit der großen Sternwanderungen zu tun hat, sind das ja Kulturen, die genügend hoch entwickelt sind, um Dinge wie das Tarot zu verstehen. Mich würde gar nichts wundern, wenn es in irgendeiner mongolischen Wüstenstadt noch jemand gäbe, der immer noch glaubt, die Erde schwimme in einer Schüssel auf dem Rücken eines Elefanten, der auf einer Schlange steht, die sich auf einer im Meer der Unendlichkeit schwimmenden Schildkröte eingeringelt hat. In gewisser Weise bin ich froh, daß ich nicht dort geboren bin, so faszinierend dieser Planet auch ist. Aber er hat schon ein paar grandiose Neurotiker hervorgebracht. In Harvard gab es da einen ...« Er hielt inne und sah wieder Maus an. »Du bist ein komischer Kauz. Da fliegst du in einem Sternenfrachter, einem Produkt der Technik des einunddreißigsten Jahrhunderts, und hast gleichzeitig den Kopf voll versteinerter Ideen, die tausend Jahre überholt sind. Zeigst du mir, was du geklaut hast?«

Maus fuhr mit der Hand in den Sack und zog die Karte heraus. Er sah sie an, vorne und hinten, bis Katin sie ihm wegnahm.

»Erinnerst du dich, wer gesagt hat, daß du nicht an die Tarotkarten glauben sollst?« Katin sah die Karte an.

»Das war meine ...« Maus nahm den Sack und drückte ihn. »Diese Frau. Damals als ich ein kleiner Junge war, fünf oder sechs ...«

»War sie auch eine Zigeunerin?«

»Ja. Sie hat sich um mich gekümmert. Sie hatte auch Karten wie Tyÿ. Bloß nicht Drei-D. Und sie waren alt, uralt. Als wir in Frankreich und Italien herumreisten, legte sie den Leuten die Karten. Sie wußte genau Bescheid, was die Bilder bedeuteten und alles das. Und sie sagte es mir. Sie sagte, ganz gleich, was die anderen sagten, es sei alles Schwindel. Es hätte gar nichts zu bedeuten. Sie sagte, die Tarotkarten wären das Geschenk der Zigeuner an die anderen Menschen.«

»Das stimmt. Wahrscheinlich haben sie Zigeuner im elften oder zwölften Jahrhundert aus dem Osten in den Westen gebracht. Und sie haben die nächsten fünfhundert Jahre mitgeholfen, sie in Europa zu verbreiten.«

»Das hat sie mir auch gesagt, daß die Karten zuerst den Zigeunern gehörten. Die Zigeuner wußten, daß sie nur Schwindel sind. Wußten, daß man ihnen nie glauben darf.«

Katin lächelte. »Eine sehr romantische Vorstellung. Mir selbst sagt sie zu. Die Vorstellung, all jene Symbole, wie sie in fünftausend Jahren der Mythologie überkommen sind, seien im Wesen bedeutungslos und hätten überhaupt keine Beziehung zum Bewußtsein und den Handlungen des Menschen, läßt in mir eine kleine Glocke des Nihilismus anschlagen. Unglücklicherweise weiß ich zuviel über diese Symbole, als daß ich mich ihr anschließen könnte. Trotzdem interessiert mich, was du zu sagen hast. Diese Frau, bei der du als Kind gelebt hast, konnte also Tarotkarten lesen und bestand dennoch darauf, daß sie falsch wären?«

»Yeah.« Er ließ den Sack los. »Nur ...«

»Nur was?« fragte Katin, als Maus nicht fortfuhr.

»Nur war da eine Nacht, kurz vor dem Ende. Es waren nur Zigeuner da. Wir warteten in einer Höhle. Wir hatten alle Angst, weil wir wußten, daß etwas geschehen würde. Sie flüsterten alle, und wenn wir Kinder uns sehen ließen, verstummten sie. Und in dieser Nacht las sie die Karten — nur ganz anders, nicht, als ob sie nicht daran glaubte. Und sie saßen alle um das Feuer in der Dunkelheit und hörten zu, wie sie aus den Karten las. Und am nächsten Morgen weckte mich jemand ganz früh, als die Sonne noch nicht aufgegangen war. Alle zogen weiter. Ich ging nicht mit

Moma, der Frau, die die Karten las. Ich habe keinen von ihnen je wiedergesehen. Die, mit denen ich zog, verschwanden bald. Und ich war plötzlich ganz allein in der Türkei.« Maus fuhr unter dem Leder über den Steg seiner Syrynx. »Aber in jener Nacht, als sie im Licht des Lagerfeuers Karten las, daran erinnere ich mich, hatte ich schrecklich Angst. Alle hatten Angst, weißt du. Und sie wollten mir nicht sagen, weshalb. Aber sie hatten solche Angst, daß sie die Karten fragten — obwohl sie wußten, daß alles Lüge war.«

»Ich denke, wenn die Lage wirklich ernst wird, benutzen die Leute ihren Verstand und geben ihren Aberglauben lange genug auf, um ihren Hals zu retten.« Katin runzelte die Stirn. »Was glaubst du, daß es war?«

Maus zuckte die Achseln. »Vielleicht waren die Leute hinter uns her. Du weißt ja, wie es mit Zigeunern ist. Alle glauben, daß Zigeuner stehlen. Das haben wir auch getan. Vielleicht wollten sie uns verjagen. Auf der Erde mag keiner Zigeuner. Das ist, weil wir nicht arbeiten.«

»Du arbeitest hart genug, Maus. Deshalb zerbreche ich mir auch den Kopf, daß du dich mit Tyÿ angelegt hast. Du verdirbst dir deinen guten Namen.«

»Ich war nicht mehr bei den Zigeunern, seit ich sieben oder acht war. Außerdem habe ich meine Stecker. Ich hab' sie allerdings erst bekommen, als ich auf der Cooper-Astronautik-Akademie in Melbourne war.«

»Wirklich? Dann mußt du wenigstens fünfzehn oder sechzehn gewesen sein. Das ist wirklich spät. Auf Luna haben wir unsere Stecker schon mit drei oder vier bekommen, damit wir in der Schule die Lernmaschinen bedienen konnten.« Katin runzelte die Stirn. »Willst du etwa sagen, daß da eine ganze Gruppe erwachsener Männer und Frauen und Kinder von Stadt zu Stadt und von Land zu Land reiste — auf der Erde, *ohne* Stecker?«

»Yeah. Ich glaube, so war es.«

»Aber ohne Stecker gibt's nicht viel Arbeit, die man tun kann.«

»Sicher nicht.«

»Kein Wunder, daß man euch Zigeuner gejagt hat. Eine Gruppe Erwachsener, die ohne Anschlußmöglichkeit herumläuft!« Er schüttelte den Kopf. »Aber warum hast du dir keine besorgt?«

»So ist das bei den Zigeunern. Wir hatten nie welche. Wir wollten auch keine. Ich hab' sie mir bloß anbringen lassen, weil ich allein war und — nun, ich dachte eben, es sei leichter.« Maus ließ die Arme herunterhängen, »aber das war immer noch kein Grund, uns aus der Stadt zu verjagen, wenn wir uns niedergelassen hatten. Einmal, daran erinnere ich mich, hatten sie zwei Zigeuner und brachten sie um. Sie schlugen auf sie ein, bis sie halbtot waren, und dann schnitten sie ihnen die Arme ab und hängten sie mit den Köpfen nach unten an Bäumen auf, bis sie verblutet waren ...«

»Maus!« Katins Gesicht verzerrte sich.

»Ich war damals bloß ein Kind, aber ich erinnere mich. Vielleicht war es das, was Moma schließlich veranlaßte, die Karten zu fragen, was wir tun sollten, wenn sie auch nicht daran glaubte. Vielleicht haben wir uns deshalb getrennt.«

»Nur in Draco«, sagte Katin. »Nur auf der Erde.«

Das dunkle Gesicht wandte sich ihm zu. »Warum, Katin? Komm schon, sag es mir, warum haben sie uns das angetan.« Aber da war kein Fragezeichen am Ende des Satzes. Nur heisere Empörung.

»Weil die Menschen dumm sind und engstirnig und vor allem Angst haben, was anders ist.« Katin schloß die Augen. »Deshalb ziehe ich Monde vor. Selbst auf einem großen ist es schwierig, so viele Leute zusammenzubekommen, daß so etwas passiert.« Seine Augen öffneten sich. »Maus, denk einmal über folgendes nach: Captain Von Ray hat Stecker. Er ist einer der reichsten Männer im Universum. Und ebenso hat jeder Bergarbeiter, jeder Straßenpfleger, jeder Barkeeper und jeder Regierungsangestellte einen oder du. In der Plejadenföderation oder in den Äußeren Kolonien ist das ein Phänomen, das durch alle Kulturen geht; das gehört zu einer Denkweise, in der alle Maschinen als ein direkter Ausläufer des Menschen betrachtet werden, einer Denkweise, die seit Ashton Clark von allen sozialen Schichten akzeptiert worden ist. Bis zu diesem Gespräch hätte ich gesagt, daß es auf der Erde ebenso sei. Bis du mich daran erinnert hast, daß es auf der seltsamen Welt unserer Vorfahren einigen kulturellen Anachronismen gelungen ist, sich bis zum heutigen Tage zu halten. Aber die Tatsache, daß eine Gruppe von nicht mit Steckern ausgestatteten Zigeunern verarmt, bemüht, Arbeit zu finden, wo es keine gibt, nach einer Methode wahrzusagen, die sie überhaupt nicht mehr begreifen, während der Rest des Universums das Verständnis erworben hat, das die Vorfahren eben dieser Zigeuner eben vor fünfzehnhundert Jahren besaßen — gesetzlose Eunuchen, die in eine Stadt einziehen, hätten für einen gewöhnlichen mit Steckern versehenen Arbeiter nicht beunruhigender sein können. Eunuchen? Wenn man sich mit einer großen Maschine verbindet, nennt man das einstöpseln; wahrscheinlich würdest du mir nicht glauben, wo dieser Ausdruck herkam. Nein, ich verstehe nicht, weshalb das geschehen ist. Aber ein wenig ist mir klar, weshalb.« Er schüttelte den Kopf. »Die Erde ist seltsam. Ich bin vier Jahre dort zur Schule gegangen und hatte gerade zu lernen begonnen, wieviel ich nicht verstand. Diejenigen von uns, die nicht dort zur Welt gekommen waren, werden wahrscheinlich nie ganz begreifen können. Selbst im übrigen Draco führen wir ein viel einfacheres Leben, glaube ich.« Katin sah die Karte an, die er in der Hand hielt. »Kennst du den Namen dieser Karte, die du gestohlen hast?«

Maus nickte. »Die *Sonne.*«

»Du weißt ganz genau, wenn du herumläufst und Karten klaust, können die natürlich nicht im Spiel auftauchen. Unser Captain war ganz erpicht darauf, die da zu sehen.«

»Ich weiß.« Er griff nach seinem Sack. »Die Karten sprachen ja schon davon, daß ich zwischen den Captain und seine Sonne treten würde, und ich hatte gerade die Karte aus dem Spiel genommen.« Maus schüttelte den Kopf.

Katin hob die Karte auf. »Warum gibst du sie nicht zurück? Bei der Gelegenheit könntest du dich entschuldigen, daß du dich so schlecht benommen hast.«

Maus blickte eine halbe Minute lang zu Boden. Dann stand er auf, nahm die Karte und ging in den Korridor.

Katin blickte ihm nach. Dann verschränkte er die Arme über der Brust und ließ den Kopf sinken, um nachzudenken. Und seine Gedanken flogen zu den Monden zurück, an die er sich erinnerte.

Katin saß brütend in der Halle, schließlich schloß er die Augen. Etwas zupfte an seiner Hüfte. Er schlug die Augen auf. »Hey ...«

Lynceos (mit Idas als Schatten auf seiner Schulter) war hinzugekommen und zog jetzt den Recorder an der Kette aus seiner Tasche. Er hielt die mit Juwelen besetzte Kassette in die Höhe. »Was ...«

»... tut dieses Ding?« beendete Idas den Satz.

»Würdest du mir das bitte zurückgeben?« Katins Verstimmung gründete in ihrer Unterbrechung seiner Gedanken. Sie baute auf ihrer Anmaßung auf.

»Wir haben dich im Hafen schon damit herumspielen sehen.« Idas nahm das Gerät aus den weißen Fingern seines Bruders ...

»Schau ...«, begann Katin.

... und reichte es Katin zurück.

»Danke!« Er setzte dazu an, es in die Tasche zurückzuschieben.

»Zeig uns, wie es funktioniert ...«

»... und wozu du es benutzt?«

Katin stockte in seiner Bewegung und drehte dann den Recorder in der Hand. »Das ist nur ein Matrixrecorder, in den ich Notizen diktieren und sie festhalten kann. Ich benutze ihn dazu, einen Roman zu schreiben.«

Idas sagte: »Hey, ich weiß, was das ...«

»... ich auch. Warum willst du ...«

»... muß einen daraus machen ...«

»... warum machst du nicht einfach ein Psychorama ...«

»... ist so viel einfacher. Kommen wir ...«

»... darin vor?«

Katin ertappte sich dabei, wie er vier Dinge gleichzeitig sagen wollte. Dann lachte er. »Hört mal zu, ihr aufgeplusterten Salz- und Pfefferstreuer. Ich kann nicht so denken!« Er überlegte einen Augenblick. »Ich weiß nicht, warum ich einen schreiben will. Sicher wäre es einfacher, ein Psychorama zu machen, wenn ich die Geräte dazu hätte und das Geld und die Verbindung zu einem Psychoramastudio. Aber das ist es nicht, was ich möchte. Und ich habe keine Ahnung, ob ihr ›darin vorkommt‹ oder nicht. Ich habe noch nicht einmal angefangen, über das Thema nachzudenken. Ich mache mir immer noch Notizen über die Form.« Sie runzelten die Stirn. »Über die Struktur, die Ästhetik des Ganzen. Man kann sich nicht einfach hinsetzen und schreiben, wißt ihr. Man muß nachdenken. Der Roman war einmal eine Kunstform. Ich muß diese Kunstform ganz neu erfinden, ehe ich einen schreiben kann. Jedenfalls den, den ich schreiben möchte.«

»Oh«, sagte Lynceos.

»Ihr wißt sicher, was ein Roman ...«

»... natürlich weiß ich das. Hast du *Krieg* ...«

»... *und Frieden* erlebt? Yeah. Aber das war ein Psychorama ...«

»... mit Che-Ong als Natascha. Aber das stammt aus ...«

»... einem Roman? Richtig, jetzt ...«

»... erinnert ihr euch jetzt?«

»Mhm«, nickte Idas ziemlich dunkel hinter seinem Bruder. »Nur« — er sprach jetzt zu Katin — »wie kommt es denn, daß du nicht weißt, worüber du schreiben möchtest?«

Katin zuckte die Achseln.

»Dann könnte es ja sein, daß du etwas über uns schreibst, wenn du noch nicht weißt, was ...«

»... können wir ihn verklagen, wenn er in dem Roman etwas sagt, das nicht ...«

»Hey«, unterbrach Katin. »Ich muß ein Thema finden, das einen Roman trägt. Ich sagte euch doch, ich kann euch noch nicht sagen, ob ihr darin vorkommt oder ...«

»... was für Dinge hast du denn da drinnen?« sagte Idas um Lynceos' Schulter herum.

»Hm? Ich sagte doch Notizen. Für das Buch.«

»Laß hören.«

»Hört mal, ihr ...« Dann zuckte er die Achseln. Er drehte an den rubinfarbenen Knöpfen des Recorders und schaltete ihn auf Wiedergabe.

»Notiz an mich selbst Nummer fünftausenddreihundertsieben. Denk daran, daß der Roman — gleichgültig wie intim, psychologisch oder subjektiv — stets eine historische Projektion seiner eigenen Zeit ist.« Die Stimme klang zu hoch und lief zu schnell. Aber das erleichterte das Abhören. »Um mein Buch zu machen, muß ich ein Bewußtsein von der Geschichtskonzeption meiner Zeit haben.«

Idas' Hand war wie eine schwarze Epaulette auf der Schulter seines Bruders. Mit Augen aus Borke und Koralle runzelten sie die Stirn, bemühten sich, aufmerksam zu sein.

»Geschichte? Vor dreitausendfünfhundert Jahren haben Herodot und Thukydides sie erfunden. Sie definierten sie als das Studium all dessen, was während ihrer eigenen Lebenszeit geschehen war. Die nächsten tausend Jahre war sie nicht anders. Fünfzehnhundert Jahre nach den Griechen schrieb Anna Comnena in Konstantinopel in ihrer legalistischen Brillanz (und im wesentlichen derselben Sprache wie Herodot) Geschichte als das Studium jener Folgen des menschlichen Handelns, die dokumentiert worden waren. Ich bezweifle, ob diese charmante

Byzantinerin glaubt, daß Dinge nur dann geschahen, wenn man über sie schrieb. Aber nicht registrierte Ereignisse wurden in Byzanz einfach nicht als Geschichte betrachtet. Der ganze Begriff hat sich gewandelt. Nach weiteren tausend Jahren hatten wir jenes Jahrhundert erreicht, das mit dem ersten globalen Konflikt begann und damit endete, daß sich der erste Konflikt zwischen verschiedenen Welten anbahnte. Irgendwie hatte sich die Theorie entwickelt, die Geschichte sei eine Folge von Zyklen, ewiger Aufstieg und Fall, während eine Zivilisation die vorangegangene übernahm. Ereignisse, die nicht in den Zyklus paßten, wurden als historisch unwichtig betrachtet. Uns fällt es heute schwer, die Unterschiede zwischen Spengler und Toynbee richtig einzuschätzen, obwohl ihre Betrachtungsweise nach allem, was uns heute bekannt ist, zu ihrer Zeit als polar angesehen wurde. Für uns scheint es, als würden sie nur darüber debattieren, wann oder wo ein bestimmter Zyklus begann. Inzwischen sind weitere tausend Jahre verstrichen, und wir müssen uns mit De Eiling und Broblin, 34-Alvin und der Crespurg-Betrachtung auseinandersetzen. Einfach, weil sie zeitgenössisch sind, weiß ich, daß sie von derselben historischen Betrachtung ausgehen. Aber wie oft habe ich die Morgendämmerung hinter den Docks des Charles River gesehen, während ich an ihm entlangschlenderte und darüber nachdachte, ob ich es mit Saunders Theorie der integralen historischen Entwicklung oder doch noch mit Broblin hielt. Und doch reicht meine Perspektive aus, um zu wissen, daß in wiederum tausend Jahren diese Unterschiede mir ebenso winzig erscheinen werden wie die Kontroverse zweier mittelalterlicher Theologen, die darüber disputieren, ob zwölf oder vierundzwanzig Engel auf einer Nadelspitze tanzen können.

Notiz an mich selbst Nummer fünftausenddreihundertacht. Du darfst nie das Muster entrindeter Sycamoren vor Purpur verlieren ...«

Katin schaltete den Recorder ab.

»Oh«, sagte Lynceos. »Das war irgendwie seltsam ...«

»... interessant«, sagte Idas. »Hast du es je zu Ende gedacht ...«

»... er meint wegen der Geschichte ...«

»... wegen des historischen Konzepts unserer Zeit?«

»Nun, das habe ich tatsächlich. Das ist wirklich eine recht interessante Theorie. Wenn du nur ...«

»Ich kann mir vorstellen, daß das sehr kompliziert sein muß«, sagte Idas. »Ich meine ...«

»... daß jetzt lebende Menschen begreifen ...«

»So überraschend es klingt, es ist es nicht.« (Katin) »Man braucht bloß zu erkennen, wie wir ...«

»... vielleicht für Leute, die später leben ...«

»... wird es nicht so schwierig sein ...«

»Wirklich. Ist euch nicht aufgefallen« (wieder Katin), »wie die ganze soziale Matrix so betrachtet wird, als wäre ...«

»Wir wissen nicht viel über Geschichte.« Lynceos kratzte sich seine silberne Wolle. »Ich glaube nicht, daß ...«

»... wir sie jetzt begreifen könnten ...«

»Natürlich könntet ihr das!« (erneut Katin) »Ich kann es sehr leicht er ...«

»... Vielleicht später ...«

»... in der Zukunft ...«

»... wird es leichter sein.«

Plötzlich tanzten vor ihm ein schwarzes und ein weißes Lächeln. Die Zwillinge drehten sich um und gingen weg.

»Hey«, sagte Katin. »Wollt ihr nicht ...? Ich meine, ich kann ...« Und dann: »Oh.«

Er runzelte die Stirn und stützte die Hände auf die Hüften und sah den Zwillingen nach, wie sie den Korridor hinunterschlenderten. Idas' schwarzer Rücken war wie eine Leinwand für die Fragmente von Konstellationen. Nach einer Weile hob Katin seinen Recorder, drehte an den rubinroten Knöpfen und sprach mit leiser Stimme:

»Notiz an mich selbst Nummer zwölftausendachthundertundzehn. Intelligenz schafft Entfremdung und Unglück in ...« Er hielt den Recorder an. Blinzelnd blickte er den Zwillingen nach.

»Captain?«

Auf der obersten Treppe angekommen, zog Lorq die Hand vom Türknopf zurück und sah sich um.

Maus kratzte sich an der Hüfte. »... Captain?« Dann holte er die Karte aus dem Sack. »Hier ist deine Sonne.«

Rote Brauen schoben sich zusammen. Gelbe Augen starrten Maus an. »Ich ... äh ... hab' sie von Tyÿ geborgt. Ich geb' sie zurück ...«

»Komm herauf, Maus.«

»Ja, Sir.« Er trat auf die Treppe. Kleine Wellen huschten über den Pool. Sein Spiegelbild glitzerte hinter den Philodendronbüschen an der Wand. Die nackte Sohle und der Stiefelabsatz ließen seine Schritte wie Synkopen erklingen.

Lorq öffnete die Tür.

Sie traten in die Kapitänskajüte.

Maus' erster Gedanke: sein Raum ist nicht größer als meiner.

Sein zweiter: aber es ist viel mehr drin.

Neben den Computern waren Projektionsschirme an den Wänden, am Boden und an der Decke. Zwischen all den mechanischen Geräten kein persönlicher Gegenstand — nicht einmal Bilder oder Kritzeleien an den Wänden.

»Zeig mir die Karte.« Lorq setzte sich auf die Kabel, die die Couch bedeckten und musterte das Bild.

Da man ihn nicht eingeladen hatte, sich auf die Couch zu setzen, schob Maus einen Werkzeugkasten beiseite und ließ sich mit überkreuzten Beinen auf den Boden sinken.

Plötzlich streckte Lorq die Fäuste aus, seine Schultern zitterten, die Muskeln in seinem Gesicht spannten sich. Dann war der Krampf vorüber, und er richtete sich wieder auf. Er holte tief Luft, und Maus sah, wie sich seine Weste spannte. »Komm, setz dich hierher.« Er deutete auf die Couch, aber Maus drehte sich bloß auf dem Boden herum, so daß er neben Lorqs Knie saß.

Lorq lehnte sich vor und legte die Karte auf den Boden. »Ist das die Karte, die du gestohlen hast?« Das, was bei ihm ein Stirnrunzeln war, huschte über sein Gesicht. (Aber Maus sah die Karte an.) »Wenn das die erste Expedition wäre, die ich aufgestellt habe, um diesen Stern leerzupumpen ...«, er lachte. »Sechs ausgebildete tüchtige Männer, die unter Hypnose ihr Handwerk gelernt hatten, die den Zeitablauf der ganzen Operation genausogut kannten wie ihren eigenen Herzschlag. Diebstahl in der Mannschaft?« Wieder lachte er und schüttelte langsam den Kopf. »Ich war ihrer so sicher. Und der, dessen ich am sichersten war, war Dan.« Er griff Maus ins Haar und schüttelte den Kopf des Jungen langsam. »Diese Mannschaft gefällt mir besser.« Er deutete auf die Karte. »Was siehst du dort, Maus?«

»Nun, ich denke ... zwei Jungen. Sie spielen unter einer ...«

»Spielen?« fragte Lorq. »Sehen sie so aus, als spielten sie?«

Maus lehnte sich zurück und preßte seinen Sack an sich. »Was siehst du, Captain?«

»Zwei Jungen, die miteinander kämpfen. Siehst du, daß der eine hellhäutig ist und der andere dunkel? Ich sehe Liebe gegen den Tod, Licht gegen die Finsternis, Chaos gegen die Ordnung. Ich sehe den Konflikt aller Gegensätze unter ... der Sonne. Ich sehe Prince und mich.«

»Und wer ist wer?«

»Das weiß ich nicht, Maus.«

»Was für ein Mensch ist Prince Red, Captain?«

Lorqs linke Faust klatschte in seine rechte Hand. »Du hast ihn doch auf dem Bildschirm gesehen, in Farbe und in Tridi. Mußt du fragen? Reich wie Krösus, ein verzogener Psychopath; er hat einen Arm und eine Schwester, die so schön ist, daß ich ...« Er blickte auf. »Du bist von der Erde, Maus. Der gleichen Welt, von der Prince kommt. Ich habe sie oft besucht, aber nie dort gelebt.

Vielleicht weißt du es. Warum sollte jemand von der Erde, der alle Vorzüge genießt, die die Reichtümer Dracos bieten, gleichgültig ob Kind, Junge oder Mann, so ...«, er hielt inne. »Aber egal. Nimm deine Höllenharfe und spiel mir etwas. Nur zu. Ich will etwas sehen und hören.«

Maus griff in den Sack. Seine Finger schlossen sich um den Steg des Instruments. Und dann runzelte er die Stirn. »Du sagst, er sei einarmig?«

»Unter diesem schwarzen Handschuh, mit dem er so dramatisch die Kameralinse zerschlagen hat, ist nichts als Uhrwerk.«

»Das heißt, daß ihm eine Steckdose fehlt«, fuhr Maus heiser fort. »Ich weiß nicht, wie das dort ist, wo du herkommst; auf der Erde ist das so ziemlich das Schlimmste, was einem passieren kann. Captain, meine Leute hatten keine, und das machte uns zu Ausgestoßenen.« Die Syrynx kam aus dem Sack. »Was soll ich spielen?« Er klimperte ein paar Noten, ein paar Lichter.

Aber Lorq starrte schon wieder die Karte an. »Spiel nur. Wir müssen bald an die Kabel, um in Alkane zu landen. Nur zu. Schnell jetzt. Spiel, hab' ich gesagt!«

Maus griff ...

»Maus?«

... und ließ die Syrynx wieder los.

»Warum hast du *diese* Karte gestohlen?«

Maus zuckte die Achseln. »Sie war einfach da. Sie fiel neben mir auf den Teppich.«

»Aber wenn es eine andere Karte gewesen wäre — hättest du sie dann auch genommen?«

»Ich denke schon.«

»Bist du auch sicher, daß an dieser Karte nichts ist, das sie zu etwas Besonderem macht? Wenn es eine andere gewesen wäre, hättest du sie dann liegenlassen oder zurückgegeben ...?«

Maus wußte nicht, woher es kam. Aber es war wieder

Furcht. Um dagegen anzukämpfen, wirbelte er herum und packte Lorq am Knie. »Schau, Captain! Mach dir nichts daraus, was die Karten sagen. Ich werde dir *helfen,* zu diesem Stern zu kommen, verstehst du? Ich komme mit dir, und du wirst dein Rennen gewinnen. Du solltest dir nicht von einer Verrückten etwas anderes einreden lassen!«

Lorq war während ihres Gesprächs völlig in sich selbst versunken gewesen. Jetzt blickte er ernst in das dunkle Gesicht des anderen. »Vergiß nicht, der Verrückten ihre Karte zurückzugeben, wenn du hier weggehst. Wir sind jetzt gleich in Vorpis.«

Seine Intensität drängte aus ihm heraus. Rauhes Lachen brach seine dunklen Lippen auf. »Ich glaube immer noch, daß sie spielen.« Maus drehte sich vor der Couch um. Er stellte seinen nackten Fuß auf den sandalenbekleideten Lorqs, so wie ein kleines Hündchen es vielleicht mit seinem Herrn machen würde, und dann schlug er die Akkorde an.

Die Lichter flackerten über die Maschinen, kupfer- und rubinfarben, Arpeggios hallten durch den Raum, die an Harfen erinnerten; Lorq blickte auf den Jungen, der neben seinem Knie saß. Etwas geschah mit ihm. Er wußte nicht, woher es kam. Aber zum erstenmal seit langer Zeit sah er jemanden an, ohne daß ihn Gründe dazu veranlaßten, die etwas mit seinem Stern zu tun hatten. Er wußte nicht, was er sah, trotzdem lehnte er sich zurück und sah an, was Maus machte. Der Zigeuner erfüllte fast die ganze Kabine mit Myriaden von flammenfarbenen Lichtern, die im Takt einer ernsten, dissonanten Fuge um eine große Sphäre kreisten.

5

Die Welt?

Vorpis.

Eine Welt hat so viel in sich, auf sich ...

»Willkommen Reisende ...«

... während ein Mond, dachte Katin, als sie das Raumfeld durch die von der Dämmerung erleuchteten Tore verließen, während ein Mond seine grauen Wunder in Miniaturform im Felsen oder Staub trägt.

»... Vorpis hat einen Tag, der dreiunddreißig Stunden dauert; ein Schwerefeld, das den Pulsschlag den Faktor 1,3 über der Erdnorm erhöht, wobei die Anpassungsperiode sechs Stunden beträgt ...«

Sie kamen an der hundert Meter hohen Säule vorbei. Schuppen, die die Dämmerungssonne kupferrot erscheinen ließ: die Schlange, mechanisch bewegt, Symbol dieses ganzen Sektors der Nacht, wand sich an ihrem Pfahl. Und als die Crew das Rollband der Straße betrat, wischte eine dunkelrote Sonne die Narben der Nacht weg.

»Vier Städte von je mehr als fünf Millionen Bewohnern. Vorpis produziert fünfzehn Prozent der Dynaplaste für Draco. In den gemäßigten Äquatorzonen werden mehr als drei Dutzend Mineralien aus dem feuchten Felsen abgebaut. Hier in den tropischen Polarregionen jagen Netzreiter in den Schluchten zwischen den Plateaus Arolats und Aqualats. Vorpis ist in der ganzen Galaxis wegen des Alkane-Instituts berühmt, das sich in der Hauptstadt der nördlichen Halbkugel, Phönix, befindet ...«

Sie hatten jetzt den Grenzbereich der Stimme des Informationsdienstes passiert, und Schweigen umfing sie. Lorq starrte immer noch zu der Säule mit der Schlange hinüber.

»Captain, wohin wir jetzt gehen?« Sebastian hatte nur

eines seiner Tiere aus dem Schiff mitgebracht. Es hockte wie erstarrt auf seiner Schulter.

»Wir fahren in die Stadt und gehen zum Alkane-Institut. Wer will, kann mitkommen und sich im Museum umsehen oder in der Stadt ein paar Stunden Urlaub machen. Wenn jemand beim Schiff bleiben will …«

»Und uns das Alkane-Institut entgehen lassen …«

»Kostet es nicht eine Menge, dort reinzukommen?«

»… aber der Captain hat eine Tante, die dort arbeitet …«

»… also können wir gratis rein«, beendete Idas den Satz.

»Macht euch darüber keine Sorgen«, sagte Lorq, während sie die Rampe zum Ankerplatz der Nebelboote hinuntereilten.

Die Polargegend von Vorpis bestand hauptsächlich aus felsigen Tafelbergen, von denen manche zwei oder drei Kilometer durchmaßen. Zwischen ihnen wallte dichter Nebel, mischte sich mit der Stickstoff-Sauerstoff-Atmosphäre darüber. Staubfeines Aluminiumoxyd und Arsensulfat, die die immer noch aktive Planetenoberfläche in Form dampfartiger Kohlenwasserstoffe ausstieß, füllte den Raum zwischen den Tafelbergen. Und jenseits des Berges, auf dem der Raumhafen angelegt war, gab es einen weiteren Berg mit kultivierten Pflanzen, die aus einer wärmeren, südlicheren Region von Vorpis stammten und hier einen künstlichen Park bildeten (kastanienbraun, rost, scharlach). Und auf der größten Mesa lag Phönix.

Die Nebelgleiter, Flugzeuge mit Trägheitsantrieb, die ihre Energie aus den statischen Ladungen bezogen, die sich zwischen der positiv ionisierten Atmosphäre und dem negativ ionisierten Oxyd aufbauten, glitten wie Boote über die Nebelfläche.

Auf dem Deck des Gleiters lehnte Katin sich ans Geländer und blickte durch die Plastikwand auf das Nebelmeer hinaus, das sich am Schiffsrumpf brach.

»Hast du schon einmal darüber nachgedacht«, sagte Katin, als Maus mit einem Stück Kandiszucker in der Hand herankam, »wie schwer es doch ein Mann aus der Vergangenheit hätte, unsere Gegenwart zu verstehen? Zum Beispiel jemand, der sagen wir, im sechsundzwanzigsten Jahrhundert gestorben ist und hier aufwachte. Ist dir klar, wie völlig verwirrt und erschreckt er wäre, wenn er auch nur in diesem Gleiter herumgehen müßte?«

»Yeah?« Maus nahm den Kandiszucker aus dem Mund. »Willst du das aufessen? Ich mag es nicht mehr.«

»Danke. Zum Beispiel« — Katins Zähne knirschten auf dem Kristallzucker — »Sauberkeit. Es gab eine Periode von tausend Jahren, etwa von fünfzehnhundert bis fünfundzwanzighundert, als die Leute unglaublich viel Zeit und Energie darauf verwendeten, die Dinge *sauber*zuhalten. Diese Periode endete, als die letzte übertragbare Krankheit endlich nicht nur heilbar, sondern sogar unmöglich wurde. Es gab damals etwas, das sich ›Grippe‹ nannte, das man selbst im fünfundzwanzigsten Jahrhundert noch einmal im Jahr bekam. Das muß der Grund für diesen Fetisch gewesen sein: es schien irgendeine Beziehung zwischen Schmutz und Krankheit zu geben. Aber als es den Begriff der Ansteckung dann nicht mehr gab, brauchte man natürlich auch keine Reinlichkeit mehr. Wenn unser Mann aus dem Jahre zweitausendfünfhundert dagegen dich mit einem nackten Fuß und einem Stiefel hier herumlaufen sähe und dann miterlebte, wie du mit dem gleichen Fuß ißt, ohne ihn zu waschen — kannst du dir *vorstellen,* was er sich dabei denken würde?«

»Wirklich?«

Katin nickte. Der Nebel brach sich an einer Felsnase.

»Die Vorstellung, das Alkane zu besuchen, hat mich inspiriert, Maus. Ich bin dabei, eine ganze Geschichtstheorie zu entwickeln. Das hängt mit meinem Roman zusammen. Hast du Lust, ihn dir anzuhören? Ich habe mir überlegt, wenn man bedenkt« — er hielt inne.

Genug Zeit verging, um ein Dutzend verschiedene

Ausdrucksformen über Maus' Gesicht huschen zu lassen. »Was ist denn?« fragte er schließlich, als ihm klar wurde, daß Katin in den wallenden Nebeln nichts von Interesse sehen konnte. »Was ist denn mit deiner Theorie?«

»Cyana Von Ray Morgan!«

»Was?«

»*Wer,* Maus. Cyana Von Ray Morgan. Mir ist da plötzlich ein ganz verrückter Gedanke gekommen: mir ist plötzlich klar geworden, wer die Tante des Kapitäns ist, der Kurator im Alkane. Als Tyÿ ihm die Karten las, erwähnte der Kapitän einen Onkel, der getötet wurde, als er noch ein Kind war.«

Maus runzelte die Stirn. »Yeah ...«

Katin schüttelte den Kopf. Aber Maus schien nicht zu begreifen. »Morgan und Underwood!«

Maus begriff immer noch nicht.

»Wahrscheinlich war das, bevor du geboren wurdest«, meinte Katin schließlich. »Aber du mußt doch davon gehört haben, es irgendwo gesehen haben. Die ganze Sache wurde live übertragen, durch die ganze Galaxis, im Psychorama. Ich war erst drei, aber ...«

»Morgan hat Underwood ermordet!« rief Maus aus.

»Underwood«, sagte Katin, »hat Morgan ermordet. Aber das ist es ja gerade.«

»In Ark«, sagte Maus. »In den Plejaden.«

»Und Milliarden Menschen in der ganzen Galaxis haben die ganze Sache im Psychorama miterlebt. Ich war damals höchstens drei. Ich war zu Hause auf Luna und habe die Amtseinführung mit meinen Eltern angesehen, als dieser unglaubliche Mensch mit diesem Draht in der Hand aus der Menge brach und über den Chronaikiplatz rannte.«

»Er ist erwürgt worden!« rief Maus aus. »Morgan ist erwürgt worden! Ich hab' das im Psychorama gesehen! Letztes Jahr auf dem Mars, als ich auf der Dreiecksroute flog, habe ich einen kurzen Bericht darüber gesehen. Es war in einem Dokumentarstück, glaube ich.«

»Underwood hat Morgan beinahe den Kopf abgerissen«, führte Katin aus. »Jedesmal wenn ich es sah, hatten sie den eigentlichen Tod herausgeschnitten. Aber rund fünf Milliarden Menschen waren all den Gefühlen eines Mannes ausgesetzt, der gerade den Amtseid für eine zweite Amtsperiode als Sekretär der Plejaden ablegen sollte und den plötzlich ein Verrückter angriff und tötete. Wir alle fühlten, wie Underwood uns ansprang, hörten Cyana Morgan schreien und spürten, wie sie versuchte, ihn wegzureißen, hörten den Abgeordneten Kol-Syn nach dem dritten Leibwächter schreien — das brachte später bei der Untersuchung all die Verwirrung mit sich, spürten, wie Underwood den Draht um unseren Hals legte, spürten, wie der Draht schnitt, schlugen mit der rechten Hand zu, und Mrs. Tai griff nach unserer linken Hand.« Katin schüttelte den Kopf. »Und dann drehte dieser dumme Projektormann — er hieß Naibn'n, und seine Dummheit hätte beinahe dazu geführt, daß ein paar Verrückte, die glaubten, er sei in die Sache verwickelt, ihm den Kopf wegbrannten —, drehte dieser Idiot seinen Psychomaten auf Cyana — anstatt auf den Mörder, so daß wir erfahren hätten, wer er war und wo er hinwollte —, und die nächsten dreißig Sekunden waren wir alle eine hysterische Frau, die die blutüberströmte Leiche ihres Mannes festhielt, inmitten einer Menge ebenso hysterischer Diplomaten, Volksvertreter und Polizisten, die zusahen, wie Underwood in der Menge untertauchte und schließlich verschwand.«

»Das haben sie in Mars City nicht gezeigt. Aber ich erinnere mich an Morgans Frau. Ist das die Tante des Kapitäns?«

»Sie muß die Schwester seines Vaters sein.«

»Woher weißt du das?«

»Nun, zunächst einmal der Name. Von Ray Morgan. Ich erinnere mich, daß ich vor sieben oder acht Jahren einmal gelesen habe, daß sie etwas mit dem Alkane zu tun hatte. Es hieß, sie sei eine hochintelligente und sehr tüchtige Frau. Etwa ein Dutzend Jahre nach dem Mord hat man sie ja nicht zur Ruhe kommen lassen. Sie ist dauernd zwischen Draco und den Plejaden hin- und hergereist; dann sah man sie wieder am Flammenstrand auf Chobes Welt, oder sie tauchte mit ihren zwei kleinen Töchtern bei irgendeiner Raumregatta auf. Eine Zeitlang hat sie bei ihrer Cousine Laile Selvin gelebt, die selbst eine Amtsperiode als Sekretär der Plejadenföderation abgeleistet hat. Wenn sie Kurator des Alkane-Instituts ist, hat sie sich vielleicht so in ihre Aufgabe vertieft, daß sie die Publicity jetzt nicht mehr stört.«

»Ich habe von ihr gehört«, nickte Maus und blickte auf. »Es gab eine Zeit, in der sie wahrscheinlich die bekannteste Frau der ganzen Galaxis war.«

»Meinst du, daß wir ihr vorgestellt werden?«

»He«, sagte Katin und hielt sich am Geländer fest, »das wäre etwas! Vielleicht könnte ich meinen Roman über die Ermordung Morgans schreiben, eine Art von modernem historischen Roman.«

»O ja«, sagte Maus, »dein Buch.«

»Ich habe bis jetzt noch kein Thema gefunden. Was wohl Mrs. Morgan von der Idee halten würde? Oh, ich würde natürlich nicht einen von diesen Sensationsberichten schreiben, wie sie unmittelbar nach der Tat im Psychorama auftauchten. Ich möchte mich um ein maßvolles, sorgfältig ausgearbeitetes Kunstwerk bemühen und das Thema als das behandeln, was es war — ein Trauma für eine ganze Generation und ihren Glauben an die geordnete, von Vernunft gelenkte Welt des Menschen ...«

»Wer hat jetzt wen getötet?«

»Underwood — weißt du, jetzt ist mir gerade eingefallen, daß er, als er die Tat beging, etwa so alt war wie ich jetzt —, und Underwood hat Sekretär Morgan erwürgt.«

»Ich frage nur, weil ich keinen Fehler machen möchte, wenn ich sie sehe. Sie haben ihn doch festgenommen, oder?«

»Er blieb zwei Tage in Freiheit, stellte sich zweimal und

wurde zweimal mit den anderen rund zwölfhundert Leuten freigelassen, die innerhalb der ersten achtundvierzig Stunden die Tat gestanden. Er kam dann bis zum Raumhafen, wo er vorgehabt hatte, zu seinen zwei Frauen auf den Bergwerkstationen in den Äußeren Kolonien zu fliegen, und dann nahm man ihn in der Auswanderungsbehörde fest. Der Fall bietet Stoff für ein Dutzend Romane! Ich wollte ein Thema, das historisch relevant war. Zumindest liefert es mir eine Chance, meine Theorie zu verbreiten. Und die ist, wie ich sagen wollte ...«

»Katin?«

»Äh ... ja?« Seine Augen rissen sich von den kupfernen Wolken los und sahen Maus an.

»Was ist das?«

»Hm?«

»Dort.«

Zwischen den zerfetzten Wolkentürmen blitzte Metall. Dann hob sich ein schwarzes Netz aus den Wogen. Es durchmaß etwa zehn Meter und kam aus dem Nebel geschossen. Und mit Händen und Füßen an das Netz geklammert, mit fliegender Weste, das dunkle Haar wirr über dem maskierten Gesicht, ritt ein Mann auf dem Netz in eine Nebelschlucht; dann hatte der Dunst ihn wieder verschluckt.

»Ich nehme an«, sagte Katin, »daß das ein Netzreiter ist. Er jagt in den Schluchten nach Arolats — vielleicht auch nach Aqualats.«

»Ja? Bist du schon einmal hiergewesen?«

»Nein. Aber ich habe auf der Universität über Alkane gehört. Praktisch jede größere Schule ist mit Alkane auf Iso-Sensor geschaltet. Aber selbst bin ich noch nie hiergewesen; ich habe bloß die Infostimme am Raumfeld gehört.«

»Oh.«

Zwei weitere Reiter tauchten auf ihren Netzen auf. Der Nebel funkelte. Als sie herunterkamen, erschienen ein vierter und ein fünfter, dann ein sechster.

»Sieht aus wie eine ganze Herde.«

Die Reiter fegten durch die Nebel, schienen Kapriolen zu schlagen, verschwanden und kamen an anderer Stelle wieder heraus.

»Netze«, sinnierte Katin. Er lehnte sich auf das Geländer. »Ein großes Netz, das sich zwischen den Sternen ausbreitet, in der Zeit ...« Er sprach ganz langsam, leise. Die Reiter verschwanden. »*Meine* Theorie: wenn man sich die Gesellschaft als ...« Dann blickte er hinunter, neben sich, auf ein Geräusch wie Wind.

Maus hatte seine Syrynx herausgeholt. Unter dunklen, zitternden Fingern tanzten graue Lichter, verwoben sich ineinander.

Zwischen den Imitationen des Nebels glitzerten goldene Gespinste, tanzten im Rhythmus einer Sechstonmelodie. Die Luft war würzig und kühl; da war der Duft von Wind, aber nicht sein Druck.

Drei, fünf, ein Dutzend Passagiere sammelten sich, um zuzusehen. Hinter dem Geländer erschienen jetzt wieder die Netzreiter, und jemand, der die Inspiration des Jungen erkannte, sagte: »Oh, ich begreife, was er ...« und verstummte, weil es allen anderen genauso erging. Dann war es zu Ende.

»Das reizend war!«

Maus blickte auf. Tyÿ stand halb hinter Sebastian.

»Danke.« Er grinste und schickte sich an, das Instrument in den Sack zurückzustecken. »Oh.« Er sah etwas und blickte wieder auf. »Ich hab etwas für dich.« Er griff in den Sack. »Das habe ich in der *Roc* auf dem Boden gefunden. Ich nehme an, du ... hast es fallen lassen?«

Er sah Katin an und merkte, wie dessen Stirnrunzeln sich glättete. Dann sah er Tyÿ an und spürte, wie sein Lächeln sich im Licht des ihren öffnete.

»Ich dir danke.« Sie steckte die Karte ein. »Dir die Karte Spaß gemacht hat?«

»Hm?«

»Du über jede Karte zu gewinnen meditieren mußt.«

»Hast du meditiert?« fragte Sebastian.

»O ja, das habe ich. Ich hab' sie oft angesehen. Ich und der Captain.«

»Das gut ist.« Sie lächelte.

Aber Maus spielte mit seinem Trageriemen.

In Phönix fragte Katin: »Du willst wirklich nicht mitkommen?« Maus zupfte an dem Riemen, an dem seine Syrynx hing. »Nee.« Katin zuckte die Achseln. »Ich glaube, es würde dir gefallen.«

»Ich hab' schon genug Museen gesehen. Ich möchte etwas herumlaufen und mich umsehen.«

»Na schön«, sagte Katin. »Dann sehen wir uns im Raumhafen wieder.« Er wandte sich ab und eilte hinter dem Captain die Steinstufen hinauf. Dann erreichten sie die Autorampe, die sie zwischen den Felsklippen nach Phönix trug.

Maus blickte in die Nebelschwaden. Die größeren Gleiter — sie hatten ihren gerade verlassen — ankerten in den Docks zu ihrer Linken, und die kleinen trieben rechts von ihm im Nebel. Brücken spannten sich von Klippe zu Klippe über die Spalten, die die Mesa durchfurchten.

Maus bohrte nachdenklich mit seinem kleinen Fingernagel im Ohr und ging nach links.

Der junge Zigeuner hatte den größten Teil seines Lebens mit Augen, Ohren, Nase, Zehen und Fingern gelebt. Die meiste Zeit war ihm das auch gelungen. Aber gelegentlich, wie zum Beispiel auf der *Roc,* als Tyÿ die Karten schlug, oder während der Gespräche mit Katin und dem Captain, war er gezwungen worden hinzunehmen, daß das, was in seiner Vergangenheit geschehen war, auch die Gegenwart beeinflußte. Dann folgte immer eine Zeit der Selbstbetrachtung. Und bei dieser Betrachtung fand er die alten Ängste. Er wußte jetzt, daß diese Angst zwei Gesichter hatte. Eines konnte er besänftigen, indem er die Syrynx spielte. Um auch die andere Angst zu lindern, mußte er mit sich allein sein und versuchen, Definitionen zu finden. Und er definierte: Achtzehn, neunzehn?

Vielleicht. Jedenfalls gute vier Jahre über das Alter der Vernunft hinaus — wie man es nennt. Und in Draco darf ich wählen. Habe es aber noch nie getan. Und jetzt stiefele ich wieder zwischen den Felsen und Docks eines anderen Hafens herum. Wo gehst du hin, Maus? Wo warst du, und was wirst du tun, wenn du dorthin kommst? Hinsetzen und eine Weile spielen. Nur, daß es mehr bedeuten muß als das. Yeah. Für Captain bedeutet es etwas. Ich wünschte, ich könnte mich über ein Licht am Himmel so aufregen. Aber wenn ich ihn reden höre, kann ich das beinahe. Ein ziemlich großes Licht muß das sein. Der blinde Dan ... wie es wohl ausgesehen hat? Willst du nicht die nächsten vier Fünftel deines Lebens mit intakten Augen und Händen verleben? Mich an einen Felsen binden, heiraten, Babies machen? Nee. Ob Katin wohl mit seinen Theorien und Notizen und seinen Notizen und Theorien glücklich ist? Was würde wohl passieren, wenn ich meine Syrynx genauso spielte, wie er es mit seinem Buch versucht, immer wieder nachdenke, messe? Aber jedenfalls brauchte ich mir dann nicht diese schlimmen Fragen zu stellen. Fragen wie: was hält der Captain von mir? Er fällt über mich, lacht und hebt Maus auf und steckt ihn in die Tasche. Captain, wo führst du mich hin? Ob ich wohl herausfinde, wer ich bin, wenn ich dort hinkomme? Aber gibt ein sterbender Stern wirklich so viel Licht, daß ich sehen kann ...

Maus ging über die nächste Brücke, die Daumen in die Hosentaschen gebohrt, die Augen am Boden.

Der Klang von Ketten.

Er blickte auf.

Die Ketten krochen über eine drei Meter durchmessende Trommel und zerrten etwas aus dem Nebel heran. Auf dem Felsen vor einem Lagerhaus standen Männer und Frauen vor einer riesigen Maschine. Der Mann, der die Maschine bediente, saß in seiner Kabine und trug immer noch eine Maske. Von Netzen bedeckt hob das Tier sich aus dem Nebel, seine Flügel schlugen, Netze rasselten.

Der Arolat? (vielleicht war es auch ein Aqualat) war zwanzig Meter lang. Kleinere Winden ließen Haken herunter. Die Netzreiter, die das Tier an der Flanke hielten, fingen sie auf.

Und als Maus sich zwischen der Menge hindurchwand, um das Schauspiel aus nächster Nähe zu beobachten, rief jemand: »Alex ist verletzt!«

Jetzt kam an einem Flaschenzug eine Plattform mit fünf Männern herunter.

Das Tier rührte sich jetzt nicht mehr. Die Männer krochen über die Netze, als wäre es fester Boden. Jetzt lösten sie einige Glieder. Der Reiter hing schlaff da.

Einer ließ sein Stück Netz los; der verletzte Reiter schwang gegen die blaue Flanke des Tieres.

»Festhalten, Bo!«

»Schon gut! Ich es habe!«

»Ihn langsam hochzieht.«

Maus starrte in den Nebel hinunter. Der erste Reiter hatte jetzt den Felsen erreicht. Die Netzglieder klirrten an den Stein. Er kam hoch, zerrte das Netz hinter sich her. Dann löste er die Bänder vom Handgelenk, zog die Kabel aus den Dosen, kniete nieder und zog auch an seinen feuchten Knöcheln die Stecker aus den Dosen. Jetzt zerrte er das Netz über der Schulter zum Dock. Die Nebelbojen am Netzrand trugen den größten Teil des Gewebes, hielten es in der Luft. Ohne sie, nahm Maus an, würde der weitmaschige Fallenmechanismus, ohne dabei die etwas stärkere Schwerkraft in Betracht zu ziehen, wahrscheinlich gute hundert Kilo wiegen.

Drei weitere Reiter kamen herauf. Ihr feuchtes Haar klebte an ihren Masken — bei einem der Männer rot und gekräuselt —, und sie zerrten ihre Netze. Alex hinkte zwischen zwei Männern.

Vier weitere Reiter folgten. Ein blonder, stämmiger Mann hatte gerade das Netz von seinem linken Handgelenk gelöst und blickte jetzt zu Maus auf. Rote Augenschlitze glitzerten in der schwarzen Maske, als er den Kopf zur Seite legte. »He« — das war ein kehliges Knurren, »das an deiner Hüfte was ist?« Seine freie Hand schob das dicke Haar aus der Stirn.

Maus blickte auf. »Hm?«

Der Mann stieß das Netz mit dem linken Fuß weg. Sein rechter Fuß war nackt. »Eine Sensorsyrynx?«

Maus grinste. »Yeah.«

Der Mann nickte. »Einen Jungen ich einmal gekannt, der wie der Teufel es spielen konnte ...« Er hielt inne, sein Daumen fuhr unter die Halspartie seiner Maske. Er zog sie herunter.

Als er es merkte, spürte Maus, wie in seiner Kehle dieses komische Ding passierte, das ein Teil seines Sprachfehlers war. Er preßte die Kinnladen zusammen und öffnete die Lippen; dann schloß er die Lippen und öffnete die Zähne. So kann man auch nicht sprechen. Also versuchte er es mit einem vorsichtigen Fragezeichen auszusprechen; aber als das Wort dann kam, war es ein kehliger, unkontrollierter Ausruf: »Leo!«

Die Augen des Mannes leuchteten. »Du Maus bist!«

»Leo, was ...? Aber!«

Leo löste das Netz von seinem anderen Handgelenk und stieß den Stecker vom Knöchel, dann hob er eine Handvoll Netzglieder auf. »Du mit mir zum Netzhaus kommen! Fünf Jahre, ein Dutzend ... aber mehr ...«

Maus grinste immer noch, denn er wußte nicht, was er sonst tun sollte. Dann hob er selbst einige Glieder auf, und sie zerrten das Netz — mit Hilfe der Nebelflöße — über den Felsen. »He, Caro, Bolsom, das Maus ist!«

Zwei der Männer drehten sich herum.

»Ihr euch erinnern an einen Jungen, von dem ich gesprochen? Das er ist. He, Maus. Du gewachsen bist. Wie viele Jahre, sieben, acht? Und du immer noch die Syrynx hast?« Leo sah den Sack an. »Du gut bist, ich wette. Aber du gut warst.«

»Hast du dir nie selbst eine Syrynx beschafft, Leo? Wir könnten zusammen spielen ...«

Leo schüttelte den Kopf und grinste verlegen. »Istanbul das letzte Mal eine Syrynx ich hielt. Seitdem nicht. Jetzt ich alles vergessen habe.«

»Oh«, sagte Maus und spürte den Verlust, den der andere empfinden mußte.

»He, das die Sensorsyrynx ist, die du in Istanbul gestohlen hast?«

»Ich hatte sie seitdem immer bei mir.«

Leo lachte und legte Maus den Arm um die schmalen, knochigen Schultern. Der Fischer lachte dröhnend. »Und du die Syrynx die ganze Zeit gespielt hast? Du jetzt für mich spielen. Klar! Du für mich die Gerüche, die Töne und die Farben anschlagen.« Seine Hand krallte sich in die Schultern des Jungen. »He, Bo, Caro, ihr jetzt einen echten Syrynxspieler sehen werdet.«

Die beiden Reiter blieben stehen.

»Du spielst dieses Ding wirklich?«

Sie traten durch das mächtige Tor des Netzhauses.

Von hohen Regalen hingen mächtige Netze und machten aus dem Lagerhaus ein Labyrinth. Die Reiter hängten ihre Netze an Haken, die an Flaschenzügen von der Dekke hingen. So konnte man die Netze strecken und zerbrochene Glieder reparieren, Reaktionskupplungen, mit denen das Netz bewegt und nach den Nervenimpulsen aus den Steckdosen gelenkt wurde, neu anpassen.

Zwei Reiter rollten eine große Maschine mit vielen Zähnen heraus.

»Was ist das?«

»Damit sie den Arolat schlachten werden.«

»Arolat?« Leo nickte.

»Das wir hier jagen. Aqualat bei Black Table gejagt werden.«

»Oh.«

»Aber Maus, was hier du tust?« Sie schlenderten durch die klirrenden Netzglieder. »Du eine Weile hierbleibst?

Du eine Weile mit uns arbeiten? Ich eine Mannschaft kennen, die einen neuen Mann braucht ...«

»Ich arbeite auf einem Schiff, das nur eine Weile Station macht. Es ist die *Roc,* Captain Von Ray.«

»Von Ray? Ein Plejadenschiff?«

»Ja.«

Leo zog den Haken von der Decke und begann sein Netz auszubreiten.

»Von Ray. Ja. Das ein gutes Schiff sein muß. Als ich nach Draco kam« — er spannte schwarze Kettenglieder über den nächsten Haken — »niemand von den Plejaden je nach Draco kam. Ein oder zwei vielleicht. Ich alleine war.« Die Glieder schnappten ein. Wieder zog Leo an der Kette. Das Oberteil des Netzes stieg jetzt höher, wurde von dem Licht, das durch die oberen Fenster hereinfiel, beleuchtet. »Heute ich viele Leute von der Föderation treffe. Zehn an diesem Ufer arbeiten. Und Schiffe hin und her die ganze Zeit gehen.« Er schüttelte unglücklich den Kopf.

Jemand rief von der anderen Seite herüber. »Hey, wo ist der Doc?« Die Stimme der Frau fing sich in den Netzen. »Alex wartet jetzt hier schon seit fünf Minuten.«

Leo zerrte an seinem Netz, um sich zu vergewissern, daß es festhing. Sie blickten zur Tür. »Keine Sorge! Er schon hierherkommt!« schrie er. Dann griff er nach Maus' Schulter. »Du mit mir kommen!«

Sie gingen zwischen den Netzen hinaus. Andere Reiter waren noch immer damit beschäftigt, ihre Netze zu spannen.

»He, du das spielen wirst?« Sie blickten auf.

Der Reiter kletterte durch die Maschen herunter und sprang auf den Boden. »Dies ich sehen will.«

»Sicher spielt er«, rief Leo aus.

»Weißt du, in Wirklichkeit ...« begann Maus. So sehr er sich auch freute, Leo wiedergetroffen zu haben, so hatten ihm doch seine eigenen Gedanken, denen er nachgehangen hatte, Spaß gemacht.

»Gut! Leo hat nämlich nie von etwas anderem geredet.«

Als sie weitergingen, schlossen sich andere Reiter ihnen an. Alex saß unten an der Treppe, die zum Balkon hinaufführte. Er hielt sich die Schulter und lehnte den Kopf gegen die Speichen. Hin und wieder sog er seine unrasierten Wangen ein.

»Schau«, sagte Maus zu Leo, »warum gehen wir nicht irgendwohin und trinken einen Schluck? Wir können uns unterhalten, und vielleicht spiele ich dir etwas, ehe wir gehen ...«

»Jetzt du spielen!« beharrte Leo. »Später reden ...«

Alex schlug die Augen auf. »Ist das der Bursche« — er schnitt eine Grimasse — »von dem du uns immer erzählt hast, Leo?«

»Schau, Maus. Nach einem Dutzend Jahren du berühmt bist.« Leo zog eine umgedrehte Öltonne heran. »Du jetzt sitzen.«

»Komm, Leo.« Maus sprach jetzt Griechisch. »Mir ist nicht danach. Dein Freund ist krank, und er will seine Ruhe haben ...«

»Malakas!« sagte Alex und spuckte auf den Boden. Sein Speichel war blutig. »Spiel etwas. Dann komme ich auf andere Gedanken. Verdammt noch mal, wann kommt denn dieser Medizinmann endlich?«

»Etwas für Alex du spielen.«

»Es ist nur ...« Maus sah den verletzten Netzreiter an und dann die anderen Männer und Frauen, die an der Mauer standen.

Ein Grinsen mischte sich in Alex' schmerzvollen Ausdruck. »Spiel uns eine Nummer, Maus.«

Er wollte nicht spielen.

»Also gut.« Er nahm die Syrynx aus dem Sack und hängte sie sich um. »Der Arzt kommt wahrscheinlich dann in der Mitte«, meinte er.

»Hoffentlich bald«, knurrte Alex. »Ich weiß, daß ich mir mindestens den Arm gebrochen habe. Im Bein spür' ich nichts. Ich wette, daß ich in der Lunge blute ...« Wieder spuckte er roten Speichel. »Ich muß in zwei Stunden wieder raus. Hoffentlich flickt er mich schnell zusammen, sonst verklag' ich ihn. Schließlich hab' ich meine verdammte Krankenversicherung bezahlt.«

»Er wird dich schon zusammenflicken«, beruhigte ihn einer der Reiter. »Die haben noch keine Police platzen lassen. Jetzt halt den Mund und laß den Jungen spielen ...« Er verstummte, weil Maus bereits angefangen hatte.

Licht traf auf Glas und verwandelte es in Kupfer. Tausende und Abertausende runder Scheiben bildeten die Fassade des Alkane-Instituts.

Katin schlenderte durch den Museumspark. Der Fluß — die gleichen schweren Nebelschwaden, die in den Polargegenden von Vorpis ein Meer bildeten — dampfte am Ufer. Und weiter vorn floß er unter der mit Bogen verzierten flammenden Wand hindurch.

Der Kapitän ging so weit vor Katin, daß ihre Schatten auf den polierten Steinen gleich lang waren. Und zwischen den Springbrunnen brachte die Hebebühne dauernd neue Besucher, jede Ladung ein paar hundert. Aber binnen weniger Sekunden verteilten sie sich auf den zahlreichen Wegen und Pfaden, die sich zwischen den quarzdurchsetzten Felsen dahinschlängelten. Auf einem Bronzesockel im Brennpunkt der reflektierenden Scheiben, ein paar hundert Meter vor dem Museum, stand die Venus von Milo, deren armlose Grazie im rötlichen Morgenlicht lebendig wirkte.

Lynceos kniff seine rosa Augen zusammen und wandte sein Gesicht ab, um es vor dem grellen Licht zu schützen. Idas, der neben ihm ging, sah sich nach allen Seiten um.

Tyÿ, die Hand in Sebastians Pranke verborgen, ging hinter ihm. Ihr Haar hob sich bei jedem Flügelschlag des Vogels auf seiner glitzernden Schulter.

Jetzt wird das Licht blau, dachte Katin, als sie unter dem Bogen in die linsenförmige Lobby traten. Zugegeben, kein Mond hat genügend natürliche Atmosphäre, um solch dramatische Lichteffekte zu erzeugen. Dennoch vermisse ich die Einsamkeit der Monde. Dieses kalte Gebilde aus Plastik, Metall und Stein war einmal das größte von Menschenhand geschaffene Bauwerk. Und was ist seit dem siebenundzwanzigsten Jahrhundert geschehen? Gibt es ein Dutzend Bauwerke in der Galaxis, die größer sind als dieses? Vielleicht zwei Dutzend?

Von der Decke hing ein achteckiger Fernsehschirm, der für Durchsagen der Institutsleitung diente. Im Augenblick flackerte eine Lichterphantasie über die Scheibe.

»Könnte ich Nebenstelle 739-E-6 bekommen?« bat Captain Von Ray ein Mädchen am Informationsschalter.

Sie hob die linke Hand und drückte die Knöpfe auf dem kleinen Interkom an ihrem Handgelenk. »Gerne.«

»Hello, Bunny«, sagte Lorq.

»Lorq Von Ray!« rief das Mädchen am Schalter in einer Stimme aus, die nicht ihre eigene war. »Du bist gekommen, um Cyana zu besuchen?«

»Stimmt, Bunny. Wenn sie gerade nichts anderes zu tun hat, möchte ich gerne mit ihr sprechen.«

»Augenblick, ich will nachsehen.«

Bunny, wo auch immer Bunny in dem Labyrinth um sie sein mochte, entließ das Mädchen lange genug aus ihrer Kontrolle, daß dieses überrascht die Brauen heben konnte: »Du willst Cyana Morgan besuchen?« fragte sie mit ihrer eigenen Stimme.

»Ja«, lächelte Lorq. Und an diesem Punkt kam Bunny zurück. »Geht in Ordnung, Lorq. Sie erwartet dich in Südwest zwölf. Dort sind weniger Menschen.«

Lorq wandte sich zu seiner Mannschaft. »Seht euch doch inzwischen das Museum an. Ich habe in einer Stunde das, was ich brauche.«

»Soll er dieses« — das Mädchen sah Sebastian mit gefurchter Stirne an — »*Ding* im Museum herumtragen? Wir können hier keine Tiere unterbringen.«

Und Bunny antwortete: »Der Mann gehört zu deiner

Crew, Lorq, oder? Es schaut stubenrein aus.« Sie wandte sich zu Sebastian. »Wird es sich anständig benehmen?«

»Ja, es sich benehmen wird.« Er strich über die Klaue, die auf seiner Schulter ruhte.

»Du kannst es mitnehmen«, sagte Bunny durch das Mädchen. »Cyana ist schon unterwegs.«

Lorq wandte sich zu Katin. »Willst du mitkommen?«

Katin bemühte sich, seine Überraschung zu unterdrükken. »All right, Captain.«

»Südwest zwölf«, sagte das Mädchen. »Ihr braucht bloß mit diesem Lift eine Etage höherzufahren. Ist das alles?«

»Ja.« Lorq wandte sich seiner Mannschaft zu. »Bis später.«

Katin folgte ihm.

Auf Marmorblöcken ruhte neben dem Spirallift ein drei Meter hoher Drachenkopf. Katin blickte in sein steinernes Maul.

»Mein Vater hat das dem Museum gestiftet«, sagte Lorq, als sie den Lift betraten.

»Oh?«

»Es kommt von New Brazillia.« Ihr Lift stieg in die Höhe, und der Drachenkopf sank hinter ihnen zurück. »Als ich ein Junge war, habe ich in solchen Mäulern gespielt.« Immer kleiner werdende Touristen schwärmten über den Boden unter ihnen.

Das goldene Dach nahm sie auf.

Dann traten sie aus dem Lift.

In verschiedenen Abständen von der zentralen Lichtquelle der Galerie hingen Bilder. Die mehrlinsige Lampe projizierte auf jeden Rahmen ein Licht, das (nach übereinstimmender Meinung einiger Gelehrter des Alkane-Instituts) dem am nächsten kam, unter dem das Gemälde ursprünglich gemalt worden war: künstlich oder natürlich, rote Sonne, weiße Sonne, gelb oder blau.

Katin sah das runde Dutzend Menschen an, die in der Ausstellung schlenderten.

»Sie wird erst in ein oder zwei Minuten kommen«, sagte der Kapitän. »Sie hat es ziemlich weit.«

»Oh.« Katin las den Titel des Ausstellungsstücks.

Bilder meines Volkes.

Über ihnen hing ein Bildschirm, kleiner als der in der Haupthalle. Im Augenblick verkündete er, daß die Gemälde und Fotografien von Künstlern der letzten dreihundet Jahre stammen und Männer und Frauen bei der Arbeit oder in ihrer Freizeit auf ihren verschiedenen Welten zeigen. Als Katin die Liste der Künstler ansah, stellte er leicht verärgert fest, daß er nur zwei Namen erkannte.

»Ich wollte, daß du mitkommst, weil ich mit jemand sprechen muß, der begreift, um was es geht.«

Katin blickte überrascht auf.

»Meine Sonne — meine Nova. Innerlich habe ich mich schon beinahe an ihren grellen Schein gewöhnt. Und doch bin ich unter all dem Licht immer noch ein Mensch. Mein ganzes Leben lang haben die Leute in meiner Umgebung gewöhnlich das getan, was ich wollte. Wenn nicht ...«

»Dann hast du sie gezwungen?«

Lorqs gelbe Augen wurden schmal. »Wenn sie es nicht taten, habe ich mir überlegt, was sie tun *konnten* und sie statt dessen dafür benutzt. Man findet immer wieder andere, die ihre Arbeit tun. Ich möchte mit jemandem sprechen, der mich begreift. Aber mit Worten allein kann ich es nicht ausdrücken. Ich wünschte, ich könnte dir zeigen, was das alles bedeutet.«

»Ich ... ich glaube, ich verstehe nicht.«

»Du wirst verstehen.«

Portrait einer Frau (Bellatrix IV): ihre Kleidung war zwanzig Jahre veraltet. Sie saß an einem Fenster und lächelte in das goldene Licht einer nicht abgebildeten Sonne.

»Ich wundere mich selbst darüber, Katin. Meine Familie — wenigstens väterlicherseits — stammt aus den Plejaden. Und doch habe ich zu Hause wie ein Draconier gesprochen. Mein Vater gehörte zum inneren Kern jener Plejadenbürger, die noch so viele Ideen von ihren Ahnen von der Erde und aus Draco mitgebracht hatten; nur daß sie von einer Erde stammten, die schon fünfzig Jahre tot war, als der früheste dieser Maler seinen Pinsel zum erstenmal in die Hand nahm. Wenn ich einmal eine Familie gründe, werden meine Kinder wahrscheinlich genauso sprechen. Kommt es dir eigenartig vor, daß du und ich uns wahrscheinlich näher sind, als ich und, sagen wir, Tyÿ und Sebastian?«

»Ich bin von Luna«, erinnerte ihn Katin. »Ich kenne die Erde nur von längeren Besuchen. Es ist nicht meine Welt.«

Lorq ging darauf gar nicht ein. »In gewisser Hinsicht sind Tyÿ, Sebastian und ich uns sehr ähnlich. Es geht da um gewisse Reaktionen, in denen wir einander viel näher sind als du und ich.«

Wieder brauchte Katin eine Sekunde, um die Agonie in dem zerstörten Gesicht zu erkennen.

»Einige unserer Reaktionen auf bestimmte Situationen sind für uns sehr viel leichter vorhersehbar als für dich; ja, ich weiß, weiter geht das nicht.« Er hielt inne. »Du bist nicht von der Erde, Katin. Aber Maus stammt von der Erde und Prince auch. Der eine stammt aus der Gosse; der andere ist ... Prince Red. Besteht zwischen ihnen die gleiche Beziehung wie zwischen Sebastian und mir? Der Zigeuner fasziniert mich. Ich verstehe ihn nicht. Nicht auf die gleiche Art und Weise, wie ich glaube, dich zu verstehen. Und Prince verstehe ich auch nicht.«

Portrait eines jungen Mannes: zeitgenössischer Künstler, ja. Er stand vor einem Wald von ... Bäumen? Nein, was auch immer es sein mochte, Bäume waren das nicht.

»In der Mitte des zwanzigsten Jahrhunderts, 1950, um es genau zu sagen« — Katin sah den Kapitän an —, »gab es ein kleines Land auf der Erde, das Großbritannien hieß und das einer Untersuchung zufolge siebenundfünfzig untereinander unverständliche Dialekte des Englischen hatte. Es gab auch noch ein großes Land, das Vereinigte

Staaten von Amerika hieß und etwa die vierfache Bevölkerung Großbritanniens hatte und die sechsfache Fläche bedeckte. Dort gab es unterschiedliche Akzente, aber nur zwei winzige Enklaven mit weniger als zwanzigtausend Leuten; diese benutzten eine Sprache, die man im Vergleich zur Standardsprache als unverständlich bezeichnen konnte; ich benütze diese beiden Länder als Beispiel, weil beide Länder im Wesen die gleiche Sprache benutzten.«

Portrait eines weinenden Kindes (2852, Wega IV)

»Was willst du damit sagen?«

»Die Vereinigten Staaten waren ein Produkt dieser Kommunikationsexplosion, Bewegungen von Menschen, Bewegungen von Information, die Entwicklung des Kinos, des Radios und des Fernsehens, die die Sprache und die Denkweise standardisierten — aber nicht den Gedanken selbst —, und das bedeutete, daß Person A nicht nur Person B, sondern auch Person W, X und Y verstehen konnte. Leute, Informationen und Ideen bewegen sich heute sehr viel schneller durch die ganze Galaxis, als sie sich 1950 durch die Vereinigten Staaten bewegten. Das Verstehenspotential ist vergleichsweise sehr viel größer. Du und ich sind eine Drittelgalaxis voneinander entfernt geboren worden. Und abgesehen von einem gelegentlichen Wochenendausflug zur Dracouniversität auf Centauri ist das das erste Mal, daß ich je das Sonnensysem verlassen habe. Und doch sind wir beide uns in der Informationsstruktur sehr viel näher, als ein Mann aus der Grafschaft Sussex und ein Walliser es vor tausend Jahren waren. Bedenke das, wenn du versuchst, ein Urteil über Maus zu bilden — oder über Prince Red. Obwohl die große Schlange hundert Welten umschlingt, kennen sie die Leute in den Plejaden ebenso wie die in den Äußeren Kolonien. Ashton Clark bedeutet dir das gleiche wie mir. Morgan hat Underwood ermordet, und das gehört zu dem Erfahrungs- und Wissensschatz, den wir beide teilen ...« Er hielt inne, weil Katin die Stirn gerunzelt hatte.

»Du meinst, Underwood hat Morgan ermordet.«

»O natürlich ... ich wollte ...«, seine Wangen röteten sich vor Verlegenheit. »Ja ... aber ich wollte nicht ...«

Zwischen den Gemälden trat eine weißgekleidete Frau hervor. Ihr silbernes Haar türmte sich in einer kunstvollen Frisur.

Sie war dünn.

Sie war alt.

»Lorq!« Sie streckte die Hände aus. »Bunny sagte, du wärest hier. Ich dachte, wir gehen in mein Büro.«

Natürlich! dachte Katin. Die meisten Bilder von ihr, die er gesehen hatte, waren vor fünfzehn oder zwanzig Jahren aufgenommen worden.

»Cyana, dank dir. Wir hätten selbst hingehen können. Ich wollte dich nicht stören. Es dauert auch nicht lange.«

»Unsinn. Kommt mit, ihr beiden. Ich hatte gerade Angebote für eine halbe Tonne Lichtskulpturen von der Wega überprüft.«

»Aus der Republikperiode?« fragte Katin.

»Nein, leider. Dann würden wir sie schneller los. Aber sie sind hundert Jahre zu alt, um wirklich etwas wert zu sein. Kommt.«

Während sie zwischen den gerahmten Bildern dahinschritten, blickte sie auf das breite Metallband, das ihre Steckdose am Handgelenk bedeckte. Eine der Mikroskalen blitzte.

»Entschuldigung, junger Mann.« Sie wandte sich zu Katin. »Du hast einen ... einen Recorder?«

»Äh ... ja.«

»Ich muß dich bitten, ihn hier nicht zu benutzen.«

»Oh, ich wollte nicht ...«

»Ich hatte — wenn auch nicht in letzter Zeit — öfter Probleme, die gebotene Vertraulichkeit zu bewahren.« Sie legte ihre ausgetrocknete Hand auf seinen Arm. »Du verstehst doch? Es gibt hier ein automatisches Löschfeld, das sich automatisch einschaltet, falls das Gerät in Betrieb genommen wird.«

»Katin gehört zu meiner Mannschaft, Cyana. Aber diesmal ist die Mannschaft ganz anders als beim letztenmal. Es gibt überhaupt keine Geheimhaltung mehr.«

»Das habe ich auch schon gehört.« Sie nahm die Hand weg, und Katin sah, wie sie auf den weißen Brokat zurückfiel.

Und dann sagte sie — Katin und Lorq blickten auf, als sie die Worte hörten —, »als ich heute morgen im Museum eintraf, war eine Nachricht von Prince für dich da.«

Sie erreichten das Ende der Galerie, und Cyana wandte sich zu Lorq. »Ich nehme dich bezüglich Geheimhaltung beim Wort.«

Ihre Augenbrauen lagen wie ein heller metallischer Strich über ihrer Stirn.

Lorqs Brauen waren wie verrostetes Metall, und nur die Narbe durchbrach sie. Trotzdem dachte Katin, das muß sich in dieser Familie vererbt haben.

»Ist er auf Vorpis?«

»Keine Ahnung.« Die Tür öffnete sich, und sie gingen hindurch. »Aber er weiß, daß du hier bist. Ist es nicht das, worauf es ankommt?«

»Ich bin vor eineinhalb Stunden auf dem Raumhafen gelandet. Heute nacht reisen wir weiter.«

»Die Nachricht traf vor etwa einer Stunde und fünfundzwanzig Minuten ein. Wir wissen nicht, woher sie kommt, der Absender war verzerrt. Meine Leute versuchen jetzt ...«

»... nicht der Mühe wert.« Und dann, zu Katin gewandt: »Was wird er dieses Mal zu sagen haben?«

»Das werden wir bald wissen«, meinte Cyana. »Du sagst, Geheimhaltung bedeutet dir jetzt nichts mehr. Trotzdem würde ich es vorziehen, in meinem Büro zu sprechen.«

In der Galerie herrschte wirres Durcheinander: ein Lagerraum oder Material für eine Ausstellung, das noch nicht sortiert war.

Katin wollte schon fragen, aber Lorq kam ihm zuvor. »Cyana, was ist das für Gerümpel?«

»Ich glaube« — sie blickte auf das Datum, das auf der Goldplakette eingraviert war — »1923: The Aeolian Corporation. Ja, eine Sammlung von Musikinstrumenten aus dem zwanzigsten Jahrhundert. Das ist ein Ondes Martinot, von einem französischen Komponisten gleichen Namens 1942 erfunden. Hier drüben haben wir« — sie beugte sich vor, um das Etikett zu lesen — »ein Duo Arts Player Piano, 1931 hergestellt. Und dieses Ding ist ... Mill's Violano Virtuoso, 1916 gebaut.«

Katin spähte durch die Glastüre vor dem Violano.

Saiten und Hämmer, Ventile und Stäbe hingen im Schatten.

»Was hat man damit gemacht?«

»Das stand in Bars und Vergnügungsparks. Die Leute mußten eine Münze in den Schlitz werfen, dann spielte automatisch eine Violine, die dort auf dem Podest angebracht ist, und ein mechanisches Klavier begleitete sie, es war auf einem perforierten Klavierstreifen programmiert.«

Sie schob ihren silbernen Nagel auf eine Liste von Titeln ... »The Darktown Strutters' Ball ...« Sie gingen weiter durch eine Vielfalt von Banjos, Gitarren und Schlagzeugen. »Einige der neueren Akademien äußern Vorbehalte gegenüber dem Interesse des Instituts für das zwanzigste Jahrhundert. Von unseren Galerien ist von vier meistens eine dieser Epoche gewidmet.« Sie faltete die Hände über dem Brokat. »Vielleicht stört es sie, daß sich die Wissenschaftler seit achthundert Jahren fast ausschließlich mit dieser Epoche befaßt haben; sie wollen das Offensichtliche nicht wahrhaben. Zu Anfang jenes erstaunlichen Jahrhunderts setzte sich die Menschheit aus vielen Gesellschaftsformen zusammen, die auf einer Welt lebten. An seinem Ende war sie im wesentlichen das, was wir heute sind: eine durch Information geeinte Gesellschaft, die auf mehreren Welten lebt. Seit damals hat sich die Zahl der Welten gesteigert; unsere informative Einheit hat mehrere Male ihr Wesen verändert, einige katastrophale Eruptionen erlitten, aber im Wesen ist sie gleichgeblieben.

Bis zu dem Zeitpunkt, wo der Mensch etwas ganz, ganz anderes wird, muß jene Zeit der Brennpunkt des wissenschaftlichen Interesses sein: das war das Jahrhundert, in dem wir das wurden, was wir sind.«

»Ich habe keine Sympathie für die Vergangenheit«, verkündigte Lorq. »Ich habe keine Zeit für sie.«

»Mich fasziniert sie«, meinte Katin. »Ich möchte ein Buch schreiben; vielleicht wird es sich damit befassen.«

Cyana blickte auf. »So? Was für ein Buch?«

»Einen Roman, glaube ich.«

»Einen Roman?« Sie gingen unter dem Informationsschirm der Galerie durch: grau. »Einen Roman willst du schreiben. Wie faszinierend. Ich hatte vor ein paar Jahren einen Antiquar zum Freund, der den Versuch machte, einen Roman zu schreiben. Er hat nur das erste Kapitel fertiggestellt. Aber er behauptete immer, es sei eine ungemein eindrucksvolle Erfahrung gewesen und hätte ihm viel Einblick in das gegeben, was zur Entstehung eines Romanes wichtig ist.«

»Ich arbeite schon ziemlich lange daran«, meinte Katin.

»Wunderbar. Vielleicht, wenn du den Roman fertigstellst, würdest du dem Institut erlauben, eine Psychoaufzeichnung unter Hypnose deines kreativen Erlebens zu machen. Wir haben hier eine funktionsfähige Druckpresse aus dem einundzwanzigsten Jahrhundert. Vielleicht drucken wir ein paar Millionen und verteilen sie mit einer dokumentarischen psychoramischen Übersicht an Bibliotheken und andere Erziehungsinstitute. Ich bin sicher, daß ich den Aufsichtsrat dafür interessieren könnte.«

»Ich hatte gar nicht daran gedacht, es drucken zu lassen ...« Sie hatten inzwischen die nächste Galerie erreicht.

»Das Alkane-Institut bietet dir die einzige Chance dazu. Denke daran.«

»Das ... werde ich.«

»Wann wird denn *dieses* Durcheinander einmal geordnet, Cyana?«

»Mein lieber Neffe, wir haben viel mehr Material, als wir jemals ausstellen können. Irgendwo muß es ja hin. Es gibt über zwölfhundert öffentliche und siebenhundert private Galerien im Museum. Dazu dreitausendfünfhundert Lagerräume. Ich bin mit dem Inhalt der meisten ziemlich gut vertraut. Aber nicht mit allen.«

Sie schlenderten unter hohen Rippen dahin. Eine Wirbelsäule reckte sich der Decke entgegen. Kalte Deckenlichter warfen den Schatten von Zähnen auf das Messingpodest eines Schädels von der Größe einer Elefantenhüfte.

»Das sieht wie eine Vergleichsdarstellung von reptilischer Osteologie zwischen Erde und ...« Katin starrte das Knochengerüst an. »Ich könnte euch wirklich nicht sagen, wo *dieses* Ding herkommt.«

»Wie weit ist es noch zu deinem Büro, Cyana?«

»Etwa achthundert Meter. Wir nehmen den nächsten Lift.«

Sie traten durch einen Rundbogen in den Spirallift.

Er trug sie ein paar Dutzend Stockwerke in die Höhe.

Ein Korridor aus Plüsch und Bronze.

Ein weiterer Korridor, dieser mit einer Glaswand ...

Katin hielt den Atem an: unter ihnen dehnte sich ganz Phönix, von den Türmen des Zentrums bis zu den nebelumspülten Ufern. Wenn auch das Alkane-Institut nicht mehr das höchste Gebäude in der Galaxis war, war es bei weitem das höchste in Phönix.

Eine Rampe führte in das Herz des Gebäudes. An der Marmorwand hingen die siebzehn Gemälde, in der Dehay-Serie *Unter dem Sirius.* »Sind das die ...?«

»Nyles Selvins Molekularproduktionsfälschungen, im achtundzwanzigsten Jahrhundert in Wega hergestellt. Sie waren lange Zeit berühmter als die Originale — die im südlichen grünen Saal hängen —, aber diese Fälschungen sind geschichtlich so interessant, daß Bunny entschied, sie hier aufzuhängen.«

Und eine Tür.

»Jetzt sind wir da.«

Dahinter Dunkelheit.

»Jetzt, lieber Neffe« — als sie eintraten, flammten irgendwo drei Scheinwerfer auf und erfaßten sie —, »würdest du die Güte haben, mir zu erklären, warum du gekommen bist? Und was soll das alles mit Prince?« Sie sah Lorq an.

»Cyana, ich will noch eine Nova.«

»*Was* willst du?«

»Du weißt, daß ich die erste Expedition aufgeben mußte. Ich will es noch einmal versuchen. Wir brauchen kein Spezialschiff. Das haben wir beim letztenmal erkannt. Ich habe eine neue Crew und eine neue Taktik.« Die Scheinwerfer folgten ihnen über den Teppich. »Aber Lorq ...«

»Vorher waren es sorgfältige Pläne, eine gründlich geölte Maschinerie, ein Präzisionswerk. Jetzt sind wir ein verzweifelter Haufen von Dockratten, sogar eine Maus ist mit von der Partie; und das einzige, das uns antreibt, ist meine Wut. Aber es ist schrecklich, davor fliehen zu müssen, Cyana.«

»Lorq, du kannst doch nicht einfach ausziehen und ...«

»Der Kapitän ist auch ein anderer, Cyana. Vorher flog die *Roc* unter einem halben Mann, einem Mann, der nur Siege kannte. Jetzt bin ich ein ganzer Mann geworden. Ich kenne auch die Niederlage.«

»Aber was soll ich ...?«

»Das Alkane-Institut hatte damals einen anderen Stern studiert, der auch nahe dem Novapunkt war. Ich möchte den Namen, und ich möchte wissen, wann er explodieren wird.«

»Du fliegst einfach los? Und was ist mit Prince? Weiß er, warum du zu dieser Nova fliegst?«

»Das ist mir egal. Gib mir den Namen meines Sterns, Cyana.«

Unsicherheit plagte ihre hageren Züge. Und dann berührte sie etwas auf ihrem silbernen Armband.

Neues Licht:

Aus dem Boden erhob sich eine Instrumententafel. Sie setzte sich auf die Bank, die ebenfalls aus dem Boden gestiegen war, und musterte die Skalen. »Ich weiß nicht, ob ich das Richtige tue, Lorq. Wut? Wenn die Entscheidung mein Leben nicht ebensosehr berührte wie das deine, wäre es leichter, dir die Information in dem Sinne zu geben, wie du sie verlangst. Aaron war schuld daran, daß ich diese Position hier übernahm.«

Sie berührte die Schalttafel, und über ihnen tauchten ...

»Bis jetzt war ich in Aaron Reds Heim immer ebenso willkommen wie in dem meines Bruders. Aber jetzt ist vielleicht ein Punkt erreicht, wo das nicht mehr zutreffen könnte. Du hast mich in diese Lage gebracht; ich muß jetzt eine Entscheidung treffen, die eine Zeit großer Bequemlichkeit für mich beendet.«

... tauchten die Sterne auf.

Erst jetzt erkannte Katin, wie groß der Saal war. Etwa fünfzehn Meter durchmessend, aus Lichtpunkten aufgebaut, hing eine holographische Projektion der Galaxis vor ihnen, drehte sich.

»Im Augenblick sind einige Studienexpeditionen unterwegs. Die Nova, die du verfehlt hast, war dort.« Sie berührte einen Knopf: ein Stern zwischen den Milliarden flammte auf — so hell, daß Katins Augen sich verengten. Er verblaßte, und wieder war das ganze Astrarium von Sternenlicht umhüllt. »Im Augenblick ist eine Expedition draußen und ...«

Sie hielt inne.

Dann zog sie eine kleine Schublade heraus.

»Lorq, diese ganze Geschichte macht mir wirklich Sorgen ...«

»Weiter, Cyana. Ich will den Namen des Sterns. Ich will ein Band mit seinen galaktischen Koordinaten. Ich will meine Sonne.«

»Und ich werde alles in meiner Macht Stehende tun,

um sie dir zu geben. Aber zuerst mußt du Nachsicht mit einer alten Frau haben.« Aus der Schublade holte sie — Katin atmete überrascht auf und unterdrückte den Ausruf, den er schon auf den Lippen gehabt hatte — ein Kartenspiel. »Ich möchte sehen, wozu mir die Karten raten.«

»Ich habe mir für dieses Unternehmen schon die Karten legen lassen. Wenn sie mir die galaktischen Koordinaten verraten, dann soll es gut sein. Wenn nicht, dann habe ich keine Zeit für sie.«

»Deine Mutter war von der Erde und immer voll des vagen Mißtrauens der Erdenmenschen für Mystizismus. Obwohl sie in intellektueller Hinsicht ihren Wert anerkennen mußte. Ich hoffe, du gerätst nach deinem Vater.«

»Cyana, mir sind schon die Karten gelegt worden. Es gibt nichts, was ich beim zweitenmal Neues erfahren könnte.«

Sie breitete die Karten mit den Bildern nach unten vor sich aus. »Vielleicht sagen sie *mir* etwas. Außerdem möchte ich gar keine komplette Sitzung. Wähl dir eine aus.«

Katin sah zu, wie der Kapitän zog, und fragte sich, ob die Karten sie vor einem Vierteljahrhundert auf jenen blutigen Vormittag auf dem Chronaikiplatz vorbereitet hatten.

Diesmal waren es nicht Tridikarten, wie Tyÿ sie besaß. Die Figuren waren gezeichnet, die Karten gelb. Sie konnten gut aus dem siebzehnten Jahrhundert oder sogar aus einer noch früheren Zeit stammen.

Auf Lorqs Karte hing eine nackte Leiche an einem Baum, an einem Strick, den man ihr um die Knöchel gebunden hatte.

»Der *Gehenkte.*«

Sie schob die Karten zusammen. »Umgedreht. Nun, ich kann nicht behaupten, daß mich das überrascht.«

»Bedeutet der *Gehenkte* denn nicht, daß große spirituelle Weisheit kommt, Cyana?«

»Umgedreht«, erinnerte sie ihn. »Sie muß um einen teuren Preis erworben werden.« Sie nahm die Karte und schob sie mit den anderen in die Schublade zurück. »Hier sind keine Koordinaten.« Sie drückte einen anderen Knopf.

Ein Streifen Papier schob sich in ihre Hand. Winzige Metallzähne hatten daran genagt. Sie hob den Streifen hoch. »Hier sind die Koordinaten. Wir beobachten den Stern seit zwei Jahren. Du hast Glück. Die Explosion wird in zehn bis fünfzehn Tagen stattfinden.«

»Schön.« Lorq nahm das Band. »Komm, Katin.«

»Und was ist mit Prince, Captain?«

Cyana stand auf. »Willst du deine Nachricht nicht sehen?«

Lorq hielt inne. »Na schön. Spiel sie ab.« Und Katin sah, wie etwas in Lorqs Gesicht lebendig wurde. Er trat neben die Konsole, während Cyana Morgan die Indexspalte absuchte.

»Hier.« Sie drückte einen Knopf.

Prince stand plötzlich im Raum und drehte sich zu ihnen herum. »Was, zum Teufel« — seine schwarz behandschuhte Hand schlug einen Kristallbecher vom Tisch —, »bildest du dir eigentlich ein, Lorq?« Die Hand kam zurück; der Dolch und der geschnitzte Holzstab klirrten zu Boden. »Cyana, du hilfst wohl auch mit? Du altes Miststück. Ich bin wütend. Ich bin zornig! Ich bin Prince Red — ich bin Draco! Ich bin eine verkrüppelte Schlange, aber ich werde euch erwürgen!« Das Damasttischtuch zerknitterte unter seinen schwarzen Fingern, und man hörte das Knirschen des Holzes darunter.

Zum zweitenmal schluckte Katin seinen Schock hinunter.

Die Botschaft war eine Tridi-Projektion. Ein unscharf eingestelltes Fenster hinter Prince warf das Morgenlicht irgendeiner Sonne — vielleicht das von Sol — über seinen Frühstückstisch.

»Ich kann alles tun, alles, was ich will. Und du versuchst, mich daran zu hindern.« Er lehnte sich über den Tisch.

Katin sah Lorq an, dann Cyana Morgan.

Ihre Hand, bleich und mit hervortretenden blauen Adern, krampfte sich in das Brokattuch ihres Kleides.

Lorqs Hand, massig, schwer, mit dicken Knöcheln, lag auf dem Instrumentenbrett; zwei Finger hielten einen Schalter.

»Du hast mich beleidigt; ich kann sehr bösartig sein, einfach aus Zorn. Erinnerst du dich noch an diese Party, wo ich dir den Schädel brechen mußte, bloß um dir Manieren beizubringen? Deine Existenz ist eine einzige Beleidigung für mich, Lorq Von Ray. Ich werde alles daransetzen, Sühne für diese Beleidigung zu bekommen.«

Plötzlich sah Cyana Morgan ihren Neffen an, sah seine Hand auf dem Schalter. »Lorq! Was hast du ...« Sie griff nach seinem Handgelenk, aber er schob sie weg.

»Ich weiß jetzt viel mehr über dich als das letzte Mal, als ich dir eine Nachricht sandte«, sagte Prince vom Tisch her.

»Lorq, nimm die Hand vom Schalter!« befahl Cyana. »Lorq ...« Ihre Stimme klang brüchig.

»Das letzte Mal, als ich mit dir sprach, sagte ich dir, ich würde dich aufhalten. Und jetzt sage ich dir dies: wenn ich dich töten muß, um dich aufzuhalten, werde ich es tun. Das nächste Mal, wenn ich mit dir spreche ...« Seine behandschuhte Hand zeigte auf ihn. Sein Zeigefinger zitterte ...

Und als Prince verlosch, stieß Cyana Lorqs Hand weg. Der Schalter klickte ins »Aus«.

»Was soll das?«

»Captain ...?«

Und im Licht der kreisenden künstlichen Sterne gab Lorqs Gelächter ihnen die Antwort.

Und Cyana fuhr verärgert fort: »Du hast Princes Nachricht über die Bildschirme übertragen! Dieser Verrückte war jetzt auf jedem Schirm im ganzen Institut zu sehen!«

Verärgert drückte sie auf die Schaltplatte.

Die Lichter verblaßten.

Schalttafel und Bank versanken im Boden.

»Danke, Cyana. Ich habe, was ich wollte.«

Ein Museumswärter rannte ins Zimmer. Ein Scheinwerferstrahl erfaßte ihn, als er durch die Tür kam. »Ich bitte um Entschuldigung. Es tut mir wirklich sehr leid, aber es war — Augenblick.« Er drückte einen Knopf an seinem Armband. »Cyana, sollte das ein Witz sein?«

»Oh, um Himmels willen, Bunny, es war ein Versehen!«

»Ein Versehen! Das war doch Prince Red oder?«

»Natürlich war er das. Schau, Bunny ...«

Lorq griff nach Katins Schulter. »Komm.«

Sie ließen den Wärter Bunny mit Cyana weiterargumentieren. »Warum ...?« versuchte Katin zu fragen.

Lorq blieb stehen.

Unter dem Sirius Nr. 11 (Selvinfälschung) flackerte in roter Leuchtschrift hinter seiner Schulter. »Ich habe gesagt, ich könnte dir nicht erklären, was ich meine. Vielleicht zeigt es dir das. Wir holen jetzt die anderen.«

»Wie willst du sie finden? Die sind doch noch irgendwo im Museum.«

»Glaubst du das?« Lorq setzte sich in Bewegung.

Die unteren Galerien waren Chaos.

»Captain ...« Katin versuchte, sich die Tausende von Touristen vorzustellen, die soeben Princes Wut erlebt hatten; er erinnerte sich an das erste Mal, da er selbst mit ihm auf der *Roc* konfrontiert gewesen war.

Besucher schwärmten über den Onyxboden des Fitz-Gerald-Saloons. Die glitzernden Allegorien des Genies aus dem zwanzigsten Jahrhundert hüllten die Wände in grelles Licht. Kinder redeten auf ihre Eltern ein. Studenten unterhielten sich gestikulierend. Lorq schritt zwischen ihnen hindurch, dicht gefolgt von Katin.

Und dann traten sie über den Drachenkopf in die Lobby.

Ein schwarzes Ding flatterte über der Menge, wurde zurückgerissen.

»Die anderen müssen bei ihm sein«, rief Katin und deutete auf Sebastian.

Katin rannte um das steinerne Maul herum, Lorq überholte ihn.

»Captain, wir haben gerade ...«

»Prince Red gesehen, wie auf dem Schiff ...«

»Auf den Fernsehschirmen. Es war ...«

»... im ganzen Museum zu sehen. Wir sind umgekehrt ...«

»... und hierhergekommen, damit wir dich nicht verpassen ...«

»... Captain, was ...«

»Gehen wir.«

Lorq brachte die Zwillinge zum Schweigen, indem er jedem eine Hand auf die Schulter legte. »Sebastian! Tyÿ! Wir müssen zurück und Maus holen.«

»Und diese Welt verlassen und zu deiner Nova!«

»Zuerst müssen wir Maus holen. Dann reden wir weiter.«

Sie drängten hinaus.

»Ich denke, wir werden uns beeilen müssen, ehe Prince hierherkommt«, sagte Katin.

»Warum?«

Das war Lorq.

Katin versuchte zu begreifen, was er in seinem Gesicht las.

Aber es war nicht zu entziffern.

»Es kommt noch eine dritte Nachricht. Die will ich abwarten.«

Und dann traten sie ins Freie, in den Garten, golden und prahlerisch.

»Danke, Doc!« rief Alex. Er knetete seinen Arm, machte eine Faust, beugte ihn, riß ihn in die Höhe. »He, Junge.« Er wandte sich Maus zu. »Weißt du, du kannst wirklich mit dieser Syrynx umgehen. Tut mir leid, daß der Medico dazwischengekommen ist. Trotzdem vielen Dank.« Er grinste und blickte auf die Wanduhr. »Schätze, ich werd' doch hinausmüssen. Malakas!« Er schritt zwischen den klirrenden Netzen davon.

»Du sie jetzt wegsteckst?« fragte Leo traurig.

Maus zog den Sack zu und zuckte die Achseln. »Vielleicht spiele ich dir später noch einmal etwas.« Er wollte sich den Sack umhängen. »Was ist denn, Leo?«

Der Fischer schob die linke Hand in den Gürtel. »Du mir Heimweh machst, Junge.« Jetzt schob er auch die rechte in den Gürtel. »Weil so viel Zeit verstrichen ist, daß du kein Junge mehr bist.« Er setzte sich auf die Stufen. »Ich hier nicht glücklich bin, ich glaube. Vielleicht Zeit weiterzuziehen gekommen ist. Yeah?« Er nickte. »Yeah.«

»Glaubst du?« Maus drehte sich zu ihm herum und sah ihn an. »Warum jetzt?«

Leo preßte die Lippen zusammen. »Wenn ich das Alte sehe, ich dann weiß, wie sehr ich das Neue brauche. Außerdem ich schon lange an Weiterziehen gedacht habe.«

»Wohin willst du?«

»Zu den Plejaden ich gehe.«

»Aber du kommst doch von den Plejaden, Leo. Ich dachte, du wolltest etwas Neues sehen?«

»Dreihundert Welten in den Plejaden sind. Ich vielleicht auf einem Dutzend gefischt habe. Ich etwas Neues will, ja — aber auch nach diesen fünfundzwanzig Jahren nach Hause.«

Maus musterte die groben Züge des anderen, das helle Haar: sah er vertraute Züge? Man mußte das Gesicht anpassen wie eine Nebelmaske, dachte Maus, und dann über das Gesicht schieben, das die Maske tragen mußte. Leo hat sich so verändert. Maus, der nur wenig Kindheit gehabt hatte, verlor in diesem Augenblick wieder ein Stück davon. »Ich will nur das Neue, Leo. Ich würde nicht nach Hause zurückwollen ... selbst wenn ich ein Zuhause hätte.«

»Eines Tages wie ich die Plejaden du die Erde oder Draco wollen wirst.«

»Yeah.« Er schob sich den Ledersack auf die Schulter. »Vielleicht. Warum sollte ich auch nicht, in fünfundzwanzig Jahren?«

Und ein Echo hallte durch den riesigen Schuppen:

»Maus!«

Und:

»He, Maus?«

Und wieder:

»Maus, bist du da drinnen?«

»He!« Maus stand auf und hielt die Hände an den Mund. »Katin?« Sein Schrei klang noch häßlicher als seine Sprache.

Lang und neugierig kam Katin zwischen den Netzen hervor. »Hätte nicht gedacht, daß ich dich finden würde. Ich lauf' schon eine ganze Weile draußen herum und frag' die Leute nach dir. Einer hat mir gesagt, du spielst hier.«

»Ist der Kapitän im Alkane fertig? Hat er bekommen, was er wollte?«

»Das und noch einiges mehr. Eine Nachricht von Prince hat ihn im Institut erwartet. Und er hat sie über die öffentlichen Bildschirme abgespielt.« Katin pfiff durch die Zähne. »Gemein!«

»Hat er seine Nova?«

»Die hat er. Bloß, daß er hier noch auf irgend etwas wartet. Ich versteh' das nicht.«

»Und dann starten wir zu diesem Stern?«

»Nee. Er möchte zuerst in die Plejaden. Wir müssen noch zwei Wochen warten. Aber frag' mich nicht, was er dort vorhat.«

»Die Plejaden?« fragte Maus. »Wird dort die Nova sein?«

Katin schüttelte den Kopf. »Das glaub' ich nicht. Vielleicht meint er, es sei sicherer, die Zeit zu Hause zu verbringen.«

»Augenblick mal!« Maus drehte sich zu Leo herum. »Leo, vielleicht nimmt der Captain dich mit.«

»Was?« Leo blickte auf.

»Katin, Captain Von Ray würde es doch ganz bestimmt nichts ausmachen, Leo mit zu den Plejaden zu nehmen, oder?«

Katin versuchte reserviert und zweifelhaft zu blicken. Aber der Ausdruck war zu kompliziert, und so kam gar nichts heraus.

»Leo ist ein alter Freund von mir. Von der Erde her. Als ich ein Junge war, hat er mir beigebracht, die Syrynx zu spielen.«

»Captain hat eine Menge im Kopf ...«

»Ich deinem Captain keinen Ärger machen will ...«

»Fragen können wir ihn doch.« Maus griff nach seinem Sack. »Komm, Leo. Wo ist der Captain, Katin?«

Katin und Leo wechselten den vielsagenden Blick von Erwachsenen, die die Begeisterung der Jugend zu Verbündeten gemacht hat.

»Also, was ist! Kommt!«

Leo stand auf und folgte Maus und Katin zur Tür.

Vor siebenhundert Jahren schlugen die ersten Kolonisten auf Vorpis die Esclaros des Nuages in die Felsplateaus von Phönix. Zwischen den Anlegestellen für die kleineren Nebelflieger und der Reede, wo die Netzreiter anlegten, stiegen die Treppen in den weißen Nebel hinunter. Heute waren sie abgewetzt und alt.

Lorq fand die Stufen zur Zeit der Mittagssiesta auf Phönix verlassen vor und schlenderte zwischen den mit Quarz durchsetzten Felsen hinunter. Nebel umspülte die untersten Stufen; eine weiße Woge nach der anderen rollte vom Horizont heran, jede zu ihrer Linken blau vom Schatten, zu ihrer Rechten von den Strahlen der Sonne vergoldet.

»He, Captain!«

Lorq sah sich um.

»He, Captain, hast du einen Augenblick für mich Zeit?« Maus kroch seitwärts wie eine Krabbe die Treppe hinunter. Seine Syrynx schlug ihm dabei gegen die Hüften. »Katin hat mir gesagt, daß wir zu den Plejaden fliegen, wenn wir hier weggehen. Ich bin gerade einem Burschen begegnet, den ich auf der Erde kannte, ein alter Freund. Er hat mir beigebracht, wie man Syrynx spielt.« Er schüttelte seinen Sack. »Ich hab' mir gedacht, wenn wir schon in die Richtung fliegen, könnten wir ihn ja sozusagen zu Hause absetzen. Er war wirklich ein guter Freund ...«

»Einverstanden.«

Maus legte den Kopf zur Seite. »Hm?«

»Zu den Plejaden sind es nur fünf Stunden. Wenn er beim Schiff ist, wenn wir starten und in deiner Projektorkammer bleibt, soll es mir recht sein.«

Maus legte den Kopf auf die andere Seite und beschloß, sich zu kratzen. »Oh, hm. Prima.« Dann lachte er. »Danke, Captain!« Er machte kehrt und rannte die Treppe hinauf. »He, Leo!« Er nahm zwei Stufen auf einmal. »Katin, Leo! Captain sagt, es ist ihm recht.« Und rief zurück: »Noch mal, vielen Dank.«

Lorq ging noch ein paar Stufen weiter.

Nach einer Weile setzte er sich und lehnte den Rücken gegen die grob behauene Felswand.

Er zählte die Wellen.

Als er eine vierstellige Zahl erreicht hatte, hörte er auf.

Die Polarsonne kreiste am Horizont; weniger Gold, mehr Blau.

Als er das Netz sah, glitten seine Hände an den Hüften hinunter, kamen an den knochigen Kniescheiben zum Stillstand.

Kettenglieder klirrten auf den Treppen. Dann stand der Reiter auf, hüfthoch in dem rollenden Weiß. Nebelflöße trugen die Netze hinauf. Quarz schlug blaue Funken.

Lorq blickte auf.

Der dunkelhaarige Reiter ging eingehüllt in ein Metallnetz, das wie eine Schleppe hinter ihm herzog, die Treppe hinauf. Ein halbes Dutzend Schritte unter ihm zog er die Nebelmaske ab.

»Lorq?«

Seine Hände lösten sich voneinander. »Wie hast du mich gefunden, Ruby? Ich hab' doch gewußt, daß du mich finden würdest. Aber wie?«

Sie atmete schwer unter der ungewohnten Schwerkraft. Die Bänder spannten sich, lockerten sich, spannten sich wieder zwischen ihren Brüsten. »Als Prince herausfand, daß du Triton verlassen hattest, schickte er Bänder an sechs Dutzend Orte. Cyana war nur eine Adresse. Und dann überließ er es mir, den Bericht aufzunehmen, welche Nachricht du empfangen hattest. Ich war auf Chobes Welt; als du das Band im Alkane-Institut abspieltest, kam ich gerannt.« Sie zog an ihrem Netz. »Als ich herausfand, daß du auf Vorpis warst, in Phönix ... nun, es hat eine Menge Mühe gekostet. Du kannst mir glauben, daß ich es nicht ein zweites Mal tun würde.« Sie stützte sich auf den Felsen.

»Diesmal gehe ich ein Risiko ein, Ruby. Einmal habe ich es anders probiert. Da hatte ich einen Computer, der mir jeden Zug vorausberechnete.« Er schüttelte den Kopf. »Und jetzt peile ich so, wie der Zufall es ergibt, mit Hand, Auge und Ohr. Bis jetzt ist es mir auch nicht schlechter gegangen. Und alles läuft viel schneller. Ich habe es immer gemocht, wenn etwas schnell ging. Das ist vielleicht das einzige, was an mir seit unserem ersten Zusammentreffen gleich geblieben ist.«

»Prince hat einmal etwas sehr Ähnliches zu mir gesagt.« Sie blickte auf. »Dein Gesicht.« Schmerz überzog das ihre. Sie stand so nahe bei ihm, daß sie die Narbe berühren konnte. Ihre Hand zog sie nach und fiel dann herunter. »Warum hast du das nie ...?« Sie sprach nicht zu Ende.

»Es ist nützlich. Auf diese Weise kann mir jede polierte Fläche in all diesen braven neuen Welten dienen.«

»Was für ein Dienst ist das denn?«

»Es erinnert mich daran, wozu ich hier bin.«

»Lorq« — ihre Stimme klang jetzt beinahe verzweifelt —, »was tust du? Was glaubst du denn — du oder deine Familie —, was du erreichen kannst?«

»Ich hoffe, daß bis jetzt weder du noch Prince das wissen. Ich habe nicht versucht, es zu verbergen. Aber ich teile euch meine Nachricht mit Hilfe einer sehr archaischen Methode mit. Wie lange glaubst du wohl, wird es dauern, bis ein Gerücht den Raum zwischen dir und mir überbrückt?« Er lehnte sich zurück. »Wenigstens tausend Leute wissen, was Prince vorhat. Ich habe ihnen heute morgen seine Nachricht vorgespielt. Nichts ist mehr geheim, Ruby. Es gibt viele Orte, sich zu verstecken und einen, wo ich im Licht stehen kann.«

»Wir wissen, daß du etwas tun willst, das die Reds zerstören wird. Nur deshalb hast du so viel Zeit und Energie darauf verwendet.«

»Ich wünschte, ich könnte sagen ›du hast unrecht‹.« Er verschränkte seine Finger. »Aber du weißt immer noch nicht, was es ist.«

»Wir wissen, daß es etwas mit einem Stern zu tun hat.«

Er nickte.

»Lorq, ich will dich anschreien, brüllen — wofür hältst du dich eigentlich?«

»Wer bin ich denn, um mich mit Prince und der schönen Ruby Red anzulegen? Du bist schön, Ruby. Und ich stehe ganz allein vor deiner Schönheit, plötzlich mit einem Ziel verflucht. Du und ich, Ruby, die Welten, die wir kennen, passen nicht zu uns. Wenn ich überlebe, dann wird eine Welt, dann werden hundert Welten, dann wird eine ganze Lebensweise überleben. Wenn Prince überlebt ...« Er zuckte die Achseln. »Trotzdem, vielleicht ist es auch nur ein Spiel. Man sagt uns immer wieder, daß wir in einer sinnlosen Gesellschaft leben, daß an unserem Leben nichts Festes ist. Rings um uns brechen jetzt Welten zusammen, und ich will *immer noch* nur spielen. Das einzige, wozu ich bisher immer bereit war, ist spielen. Ein hartes Spiel vielleicht, aber immerhin ein Spiel, in dem ich meinen persönlichen Stil bewahren will.«

»Du erstaunst mich, Lorq. Prince ist in allem so vorherberechenbar« — sie hob die Brauen. »Das überrascht dich? Prince und ich sind zusammen aufgewachsen. Aber du bist eine unbekannte Größe für mich. Auf dieser Party, damals vor Jahren, als du mich haben wolltest, war das auch ein Teil dieses Spieles?«

»Nein — ja — ich weiß, ich hatte die Spielregeln nicht gelernt.«

»Und jetzt?«

»Ich weiß, daß man seine eigenen Regeln schreiben muß, wenn man bestehen will. Ruby, ich will das, was Prince hat — nein. Ich will das *gewinnen,* was Prince hat. Sobald ich es einmal habe, kann es durchaus sein, daß ich es einfach wegwerfe. Aber zuerst will ich es gewinnen. Was ich gelernt habe, Ruby, ist, wie *ich* spielen kann. Was auch immer ich tue — ich, die Person, die ich bin, und zu der man mich gemacht hat —, ich muß es in dieser Art und Weise tun, um zu gewinnen. Vergiß das nicht. Du hast mir jetzt gerade einen Gefallen getan. Ich bin es dir schuldig, dich zu warnen. Das ist auch der Grund, weshalb ich gewartet habe.«

»Was willst du denn tun, daß du eine so komplizierte Entschuldigung dafür brauchst?«

»Ich weiß es noch nicht«, lachte Lorq. »Es klingt tatsächlich ziemlich aufgebläht, wie? Aber es stimmt.«

Sie atmete tief. Der Wind blies ihr das lange Haar über die Schultern. Ihre Augen lagen im Schatten. »Ich glaube, ich bin dir die gleiche Warnung schuldig.«

Er nickte. »Ich betrachte sie als ausgesprochen.«

Sie stieß sich von der Wand ab.

»Einverstanden.«

»Gut.« Und dann zog sie den Arm zurück und schnellte ihn wieder vor. Und dreißig Quadratmeter Kettennetz schwangen über ihren Kopf und klirrten über ihm.

Die Glieder erfaßten seine hochgehobenen Hände, verletzten sie. Er taumelte unter dem Gewicht.

»Ruby ...!«

Ihr zweiter Arm zuckte vor, und wieder umgab ihn Netz.

Sie lehnte sich zurück, und die Netze zogen, zerrten, ließen ihn ausgleiten.

»Nein! Laß mich ...«

Durch die sich verschiebenden Netzglieder sah er, daß sie wieder ihre Maske trug: glitzerndes Glas die Augen; Mund und Nase vergittert. Ihr ganzer Ausdruck lag jetzt in ihren schmalen Schultern, an denen plötzlich die Muskelstränge hervortraten. Sie beugte sich vor, ihr Bauch hatte plötzlich Falten. Die Adapterkreise verstärkten die Kraft ihrer Arme um etwa das Fünfhundertfache. Lorq wurde nach vorne gerissen, die Treppe hinunter. Er stürzte, blieb an der Wand hängen. Fels und Metall verletzten seine Arme und Knie.

Und was die Glieder an Stärke verliehen, opferten sie an Präzision der Bewegung. Eine Falte bildete sich im Netz, aber er konnte sich darunter wegducken und zwei Treppen gewinnen. Aber Ruby trat zurück, und er wurde vier weitere Treppen in die Tiefe gezogen. Zwei Treppen weit rutschte er auf dem Rücken, eine auf der Hüfte. Sie zog ihn unwiderstehlich hinunter. Nebel leckte an ihren Waden. Und immer weiter zog sie sich in die Schwaden zurück, bückte sich, bis ihre schwarze Maske mit der Nebelfläche eins wurde.

Er warf sich zurück und fiel fünf weitere Stufen. Jetzt lag er auf der Seite, zerrte an den Kettengliedern. Ruby taumelte, und er spürte, wie ein Stein ihm die Schulter aufschrammte.

Lorq ließ los — die Netze und den angestauten Atem. Wieder versuchte er, sich unter dem wegzuducken, was über ihn gefallen war.

Und dann hörte er Ruby aufstöhnen.

Er schob die Kettenglieder von seinem Gesicht und schlug die Augen auf. Irgend etwas draußen ...

Es schoß dunkel und flatternd zwischen den Felswänden hin und her.

Ruby warf den Arm hoch, um es abzuwehren, und eine Ladung Netz flog von Lorq in die Höhe. Das schwarze Etwas stieß höher, wich dem Netz aus.

Fünfzig Pfund Metall fielen in den Nebel zurück. Ruby taumelte, verschwand.

Lorq ging wieder ein paar Stufen weiter in die Tiefe. Jetzt leckte der Nebel an seinen Hüften. Der scharfe Arsendunst ließ ihm übel werden. Er hustete und klammerte sich am Felsen fest. Jetzt flatterte das schwarze Ding um ihn. Einen Augenblick löste sich das Gewicht. Er kroch auf dem Bauch die Treppen hoch, nach frischer Luft japsend. Benommen und mit Übelkeit kämpfend, sah er sich um.

Das Netz schwebte jetzt über ihm, versuchte, das schwarze Schemen festzuhalten. Wieder zog er sich eine weitere Stufe in die Höhe, während das schwarze Ding sich befreite. Das Netz fiel schwer auf sein Bein, zog daran, konnte es nicht festhalten, glitt die Treppen hinunter, verschwand.

Lorq setzte sich auf und versuchte, den Flug des schwarzen Phantoms zwischen den Felsen zu verfolgen. Es löste sich von den Felsmauern, drehte sich zweimal im Kreise und kehrte auf Sebastians Schulter zurück.

Der untersetzte Mann blickte auf ihn herunter.

Lorq taumelte, preßte die Augen zu, schüttelte den Kopf und arbeitete sich dann mühsam die Esclaros des Nuages hinauf. Sebastian befestigte das Stahlband an der Klaue des Geschöpfs, als Lorq ihn oben an der Treppe erreichte.

»Wieder ich« — Lorq atmete tief durch und legte Sebastian die Hand auf die mit goldenen Epauletten besetzte Schulter — »dir danke.«

Sie blickten von dem Felsen in die Tiefe. Weit und breit war kein Reiter zu sehen.

»Du in großer Gefahr bist?«

»Ja.«

Jetzt kam Tyÿ an Sebastians Seite. »Was es war?« Ihre

Augen huschten lebhaft zwischen den beiden Männern hin und her.

»Es ist schon gut«, sagte Lorq. »Ich gerade einen Zusammenstoß mit der Schwertdame hatte. Aber dein Vogel hat mich gerettet.«

Sebastian griff nach Tyÿs Hand. Dann fragte er Lorq: »Zeit zu gehen ist?«

Und Tyÿ: »Deiner Sonne zu folgen?«

»Nein. Deiner.«

Sebastian furchte die Stirn.

»Zur Finsteren Toten Schwester wir jetzt gehen«, erklärte ihnen Lorq.

Schatten und Schatten; Schatten und Licht: die Zwillinge kamen über die Reede. In Lynceos' Gesicht konnte man den verwirrten Ausdruck sehen. Nicht bei Idas.

»Aber ...?« begann Sebastian. Aber Tyÿs Hand bewegte sich in der seinen, und er verstummte.

Lorq beantwortete die nur halb ausgesprochene Frage nicht. »Die anderen wir jetzt holen. Das, worauf ich gewartet, habe ich jetzt. Ja, Zeit zu gehen es ist.«

Katin fiel nach vorne, klammerte sich an den Gliedern fest. Ihr Klirren hallte durch das Netzhaus.

Leo lachte. »He, Maus. In dieser letzten Bar dein großer Freund zuviel zu trinken hatte, ich denke.«

Katin gewann sein Gleichgewicht zurück. »Ich bin nicht betrunken.« Er hob den Kopf und blickte auf. »Um mich betrunken zu machen, braucht es zweimal soviel.«

»Komisch. Ich bin betrunken.« Maus öffnete seinen Sack. »Leo, du hast gesagt, ich soll noch spielen. Was willst du sehen?«

»Irgend etwas, Maus. Irgend etwas, was dir gefällt, spiel es.«

Wieder schüttelte Katin die Netze. »Von Stern zu Stern, Maus! Stell dir vor, ein großes Gewebe, das sich quer über die Galaxis ausbreitet, so weit wie der Mensch. Das ist die Matrix, in der sich heute die Geschichte vollzieht. Siehst du es nicht? Das ist es. Das ist meine Theorie. Jedes Individuum ist ein Knoten in jenem Netz. Und die Fäden dazwischen sind die kulturellen, die ökonomischen, die psychologischen Fäden, die ein Individuum mit dem anderen verbinden. Und jedes historische Ereignis ist ein Wogen im Netz.«

Wieder klapperte er mit den Gliedern. »Es durchläuft das Netz und streckt oder strafft jene kulturellen Bande, die jeden Menschen mit jedem anderen in Verbindung bringen. Wenn es sich um ein genügend katastrophales Ereignis handelt, brechen die Glieder. Das Netz wird eine Weile zerrissen. De Eiling und 34-Alvin disputieren darüber, wo diese Wellen anfangen und wie schnell sie sich ausbreiten, aber insgesamt sehen sie es beide gleich, mußt du wissen. Ich möchte den ganzen Umfang dieses Gewebes in meinem ... in meinem Roman einfangen, Maus. Ich möchte ihn über das ganze Gewebe ausdehnen. Aber ich muß das zentrale Thema finden, jenes große Ereignis, das die Geschichte erschüttert und die Glieder des Gewebes für mich glitzern läßt. Ein Mond, Maus; ich möchte mich auf irgendeinen schönen Felsen zurückziehen und meine Kunst vervollkommnen, und das Fließen und die Bewegungen des Netzes betrachten; das ist es, was ich mir wünsche, Maus. Aber das Thema will nicht kommen!«

Maus saß auf dem Boden und blickte in seinen Sack. Ein Drehknopf hatte sich von der Syrynx gelöst. »Warum schreibst du nicht über dich selbst?«

»Oh, das ist eine gute Idee! Wer würde das lesen wollen? Du?«

Maus fand den Knopf und drückte ihn auf seinen Stiel. »Ich gaube nicht, daß ich etwas so Langes wie einen Roman lesen könnte.«

»Aber wenn das Thema nun, sagen wir, der Zusammenstoß zwischen zwei großen Familien wäre wie die von Prince und dem Captain, würdest du dann auch nicht wollen?«

»Wie viele Notizen hast du dir für dieses Buch gemacht?« Maus ließ einen vorsichtigen Lichtstrahl durch den Hangar tanzen.

»Höchstens den zehnten Teil von all denen, die ich brauche. Obwohl es wahrscheinlich am Ende nur in ein Museum wandern wird, wird es mit Juwelen besetzt sein« — er zerrte wieder an den Netzen —, »handwerklich vollendet« — die Glieder dröhnten, und seine Stimme wurde lauter —, »ein perfektes Werk!«

»Ich bin geboren worden«, sagte Maus. »Ich muß sterben. Ich leide. Hilf mir. Da, ich habe gerade dein Buch für dich geschrieben.«

Katin sah auf seine großen, schwachen Finger an den Kettengliedern. Nach einer Weile sagte er: »Maus, manchmal, wenn ich dich höre, möchte ich am liebsten weinen.«

Der Geruch von Kümmel.

Der Geruch von Mandeln.

Der Geruch von Kardamom.

Fallende Melodien, die ineinander übergingen.

Zerbissene Nägel, vergrößerte Knöchel; Katins Handrücken in Herbstfarben, und über den Zementboden tanzte sein Schatten im Gewebe.

»Hey, so ist's schön«, lachte Leo. »Du spielst, yeah, Maus! Und wie du spielst!«

Und die Schatten tanzten weiter, bis Stimmen:

»Hey, seid ihr immer noch ...«

»... dort drinnen? Captain hat gesagt, wir ...«

»... sollen euch suchen. Es ist ...«

»... Zeit, weiterzufliegen. Kommt ...«

»... wir gehen!«

□□ 6 □□

»Page Zauberstäbe.«

»Gerechtigkeit.«

»*Gericht.* Mein Stich. Kelch Dame.«

»Kelch As.«

»Der *Stern.* Mein Stich. Der *Eremit.*«

»Sie jetzt mit Trümpfen führt!« lachte Leo. »Der *Tod.*«

»Der *Narr.* Mein Stich. Jetzt: Münzen Ober.«

»Münzdrei.«

»Münzkönig. Mein Stich. Schwertfünf.«

»Die Zwei.«

»Der *Zauberer.* Mein Stich.«

Katin beobachtete den abgedunkelten Schachtisch, wo Sebastian, Tyÿ und Leo nach der Stunde der Besinnung zu dritt Tarottwist spielten.

Er kannte das Spiel nicht sehr gut; aber das wußten sie nicht, und so war er verstimmt, daß man ihn nicht zum Mitspielen aufgefordert hatte. Er hatte das Spiel fünfzehn Minuten über Sebastians Schulter beobachtet (das dunkle Ding kuschelte sich an seinen Fuß), während haarige Hände Karten austeilten und sie fächerförmig vor sich hielten. Aus dem wenigen, was er wußte, versuchte Katin, schneidende Brillanz in eine geistreiche Bemerkung zu legen, mit denen er das Spiel würde würzen können.

Sie spielten so schnell ...

Er gab auf.

Aber als er auf die Stelle zuging, wo Maus und Idas mit über den Pool hängenden Füßen auf der Rampe saßen, lächelte er; in der Tasche drehte er die Knöpfe seines Recorders und nahm eine weitere Notiz auf.

Idas sagte gerade: »Hey, Maus, was, wenn ich diesen Knopf drehen würde ...?«

»Vorsicht!« Maus stieß Idas' Hand von der Syrynx weg. »Damit blendest du jeden im Raum.« Idas runzelte die

Stirn. »Die, die ich hatte, damals, als ich damit herumspielte, hatte keine ...« Er verstummte, so als warte er darauf, daß jemand anders den Satz für ihn zu Ende führe.

Maus' Hand glitt von Holz zu Stahl und dann auf Plastik. Seine Finger strichen über die Saiten und ließen ein paar unverstärkte Noten erklingen. »Wenn du dieses Ding nicht richtig bedienst, kannst du wirklich jemandem weh tun. Es hat eine starke Richtwirkung, und die Menge an Licht und Ton, die du herausholen kannst, würde ausreichen, um jemand die Netzhaut abzulösen oder ein Trommelfell platzen zu lassen. Um in den Hologrammbildern Opacität zu erzeugen, sind hier Laser eingesetzt.«

Idas schüttelte den Kopf. »Ich hab' nie lang genug mit einem herumgespielt, um herauszufinden, wie es funktioniert ...«

Er berührte ein paar harmlose Saiten.

»Jedenfalls sieht es nett aus ...«

»Hallo«, sagte Katin.

Maus gab einen brummenden Laut von sich und fuhr fort, sein Instrument zu stimmen. Katin nahm auf der anderen Seite von Maus Platz und sah ein paar Augenblicke zu. »Mir ist gerade etwas eingefallen«, sagte er. »In neun von zehn Fällen wenn ich zu jemand im Vorbeigehen ›hallo‹ sage oder wenn der Betreffende gerade weggeht, um etwas anderes zu tun, dann verbringe ich die nächste Viertelstunde damit, über die Episode nachzudenken und frage mich, ob man mein Lächeln als unangemessene Vertrautheit oder meine ernste Miene fälschlich als Kälte ausgelegt hat. Ich wiederhole mir den Wortwechsel ein Dutzendmal und ändere dabei den Tonfall und versuche, mir die Änderung zu extrapolieren, die das vielleicht in der Reaktion des anderen hervorrufen könnte ...«

»Hey.« Maus blickte von seiner Syrynx auf. »Schon gut. Ich mag dich. Ich war nur beschäftigt, das ist alles.«

»Oh.« Katin lächelte; dann baute ein Stirnrunzeln das Lächeln ab. »Weißt du, Maus, ich beneide den Kapitän. Er hat eine Mission zu erfüllen und er ist so von dem besessen, was er tut, daß er gar nicht auf die Idee kommt, über das nachzudenken, was andere Leute vielleicht dabei denken könnten.«

»Ich mach' mir da nicht so viele Gedanken, wie du sie gerade beschrieben hast«, sagte Maus. »Nur ganz wenig.«

»Ich schon.« Idas sah sich um. »Jedesmal, wenn ich alleine bin, tue ich es die ganze ...« und ließ seinen dunklen Kopf sinken, um seine Fingerknöchel zu betrachten.

»Eigentlich nett von ihm, daß er uns so viel Freizeit gibt und das Schiff mit Lynceos fliegt«, sagte Katin.

»Mhm«, machte Idas. »Ich schätze, daß ...« und drehte seine Hände herum, um die dunklen Linien auf seinen Handflächen zu verfolgen.

»Der Kapitän muß sich über zu viele Dinge den Kopf zerbrechen«, sagte Maus. »Dabei will er das gar nicht. Es gehört gar nichts dazu, diesen Teil der Reise hinter sich zu bringen, also könnte er sich genausogut mit etwas anderem beschäftigen. Das denke ich wenigstens.«

»Meinst du, daß der Kapitän schlimme Träume gehabt hat?«

»Vielleicht.« Maus ließ einen Zimtakkord anklingen, aber so kräftig, daß es in ihren Nasen brannte.

Katin tränten die Augen.

Maus schüttelte den Kopf und drehte den Knopf zurück, den Idas berührt hatte. »Tut mir leid.«

»Schwert ...« Auf der anderen Seite des Raumes sah Sebastian vom Spiel auf und rümpfte die Nase. »... Ober.«

Katin, als der einzige, dessen Beine dafür lang genug waren, steckte die Fußspitze ins Wasser. Farbiger Kiesel erzitterte; Katin holte seinen Recorder heraus und legte den Diktierschalter um.

»Romane befaßten sich vorzugsweise mit Beziehungen.« Er blickte auf das Wellenspiel in der Mosaikwand hinter den Blättern, während er sprach. »Ihre Popularität war darin begründet, daß sie so taten, als gäbe es die Einsamkeit der Leute, die sie lasen, nicht, Leute, die im Wesen von den Machenschaften ihres eigenen Bewußtseins hypnotisiert waren. So wie der Kapitän und Prince zum Beispiel, obwohl zwischen ihrer Besessenheit eine totale Beziehung steht ...«

Maus lehnte sich zu ihm hinüber und sprach in die juwelenbesetzte Box: »Der Kapitän und Prince haben sich wahrscheinlich zehn Jahre lang nicht von Angesicht zu Angesicht gesehen!«

Katin schaltete verstimmt den Recorder ab. Er überlegte eine Antwort, fand aber keine. Also schaltete er wieder ein: »Man bedenke, daß die Gesellschaft, die zuläßt, daß dies geschieht, auch die Gesellschaft ist, die zugelassen hat, daß der Roman zu einer ausgestorbenen Kunstform wurde. Bedenke beim Schreiben, daß das Thema des Romans das ist, was zwischen den Gesichtern von Menschen passiert, wenn sie zueinander sprechen.« Worauf er wieder abschaltete.

»*Warum* schreibst du dieses Buch?« fragte Maus. »Ich meine, was hast du damit vor?«

»Warum spielst du deine Syrynx? Ich bin sicher, daß es im wesentlichen denselben Grund hat.«

»Nur, daß ich, wenn ich mich die ganze Zeit nur mit den Vorbereitungen beschäftigte, nie etwas spielen würde; und das ist eine Andeutung.«

»Ich beginne zu begreifen, Maus. Nicht mein Ziel, sondern die Methoden, die ich zu seiner Erreichung einsetze, stören dich.«

»Katin, ich begreife *wirklich,* was du tust. Du möchtest etwas Schönes schaffen. Aber so geht das nicht. Sicher, ich mußte lange üben, um dieses Ding spielen zu können. Aber wenn du so etwas machen willst, dann muß es die Leute dazu bringen, daß sie das Leben fühlen, das sie umgibt, von ihm fasziniert werden, selbst wenn es nur dieser eine Bursche ist, der es im Keller des Alkane-Instituts sucht. Wenn du dieses Gefühl nicht begreifst, wirst du es nie schaffen.«

»Maus, du bist wirklich ein schöner und guter Mensch.

Es ist nur so, daß du unrecht hast. Diese wunderschönen Gebilde, die du mit deiner Harfe erzeugst — ich habe mir dein Gesicht genug betrachtet, um zu wissen, wie sehr sie vom Schrecken getrieben sind.«

Maus blickte auf, und seine Stirn runzelte sich.

»Ich könnte stundenlang dasitzen und dir beim Spielen zusehen. Aber das sind nur momentane Freuden, Maus. Nur wenn alles, was man vom Leben weiß, abstrakt ist und als Aussage eines signifikanten Musters benutzt wird, hat man etwas, das zugleich schön und dauerhaft ist. Ja, in mir gibt es einen Bereich, den ich für diese Arbeit nicht anzapfen konnte, einen, der in dir fließt und sprudelt, aus deinen Fingern strömt. Aber dann ist auch ein großes Stück an dir, das nur spielt, um die Geräusche zu übertönen, die jemand erzeugt, der dort drinnen schreit.« Er nickte, als Maus ihn finster anblickte.

Maus machte wieder sein Geräusch.

Katin zuckte die Achseln.

»Ich würde dein Buch lesen«, sagte Idas.

Maus und Katin blickten auf.

»Ich habe ein ... nun, einige ... Bücher gelesen ...« Er blickte wieder auf seine Hände.

»Das würdest du?«

Idas nickte. »In den Äußeren Kolonien lesen die Menschen Bücher, sogar manchmal Romane. Nur daß es nicht sehr viele ... nun, nur alte ...« Er blickte zu dem Rahmen vor der Wand auf: Lynceos lag da wie ein ungeborener Geist; im anderen war der Kapitän. Er wandte den Blick wieder den anderen zu, und man sah den Verlust in seinem Gesicht. »In den Äußeren Kolonien ist es ganz anders als ...« Er machte eine Geste, die das ganze Schiff umschloß, ganz Draco. »Sagt mal, kennt ihr den Ort, wo wir hinfliegen, gut?«

»Nie dortgewesen«, sagte Katin.

Maus schüttelte den Kopf.

»Ich hatte mich gefragt, ob ihr vielleicht wißt, wo wir...« Er blickte wieder zu Boden. »Schon gut ...«

»Sie müßtest du fragen«, sagte Katin und wies auf die Kartenspieler. »Das ist ihre Heimat.«

»Oh«, sagte Idas. »Yeah, ich schätze ...« Dann stemmte er sich von der Rampe hoch, ließ sich klatschend ins Wasser fallen, watete auf den Kieselstreifen zu und ging tropfend über den Teppich.

Katin sah Maus an und schüttelte den Kopf.

Aber die Wasserspur wurde völlig von dem blauen Gewebe aufgesogen.

»Schwertsechs.«

»Schwertfünf.«

»Entschuldigung, weiß jemand von euch ...«

»Schwertzehn. Mein Stich. Kelch Unter.«

»... auf dieser Welt, zu der wir fliegen. Wißt ihr, ob ...«

»Der *Turm.*«

(»Ich wünschte, diese Karte wäre nicht umgedreht herausgekommen, als dem Kapitän die Karten gelesen wurden«, flüsterte Katin Maus zu. »Glaub mir, das ist ein schlechtes Vorzeichen.«)

»Kelchvier.«

»Mein Stich. Kelchneun.«

»... ob wir uns dort ...«

»Keulensieben.«

»... irgendwelche Wonne beschaffen können?«

»Das *Lebensrad.* Mein Stich.« Sebastian blickte auf. »Wonne?«

Der Forscher, der beschlossen hatte, den äußersten Planeten der Finsteren Toten Schwester Elysium zu nennen, hatte sich einen armseligen Scherz geleistet. Trotz aller Terraformgeräte, die zur Verfügung standen, war er immer noch ein kältestarrender Ascheball, der in transplutonischer Ferne, unfruchtbar und unbewohnt, in einer weiten Ellipse um ihr gespenstisches Licht kreiste.

Jemand hatte einmal die zweifelhafte Theorie aufgestellt, daß sämtliche drei übrigen Welten in Wirklichkeit Monde waren, die im Schatten eines gigantischen Planeten standen, als die Katastrophe über ihre Sonne hereinbrach und die auf diese Weise der Wut entflohen waren, die ihren Beschützer vernichtet hatte. Armseliger Mond, wenn du ein Mond bist, dachte Katin, als sie vorbeischwebten. Als Welt wäre es dir auch nicht besser ergangen.

Und als der Forscher seine Forschungsarbeiten fortsetzte, kehrte sein Sinn für Proportionen zurück. Bei der mittleren Welt hörte er auf zu grinsen und nannte sie Dis.

Sein Schicksal zeigt, daß manche weise Erkenntnis zu spät kommt. Nachdem er einmal die Götter versucht hatte, wurde ihm klassischer Lohn zuteil. Sein Schiff stürzte auf dem innersten Planeten ab. Er blieb unbenannt, und noch heute nannte man ihn einfach die andere Welt, ohne Aufwand, ohne Großbuchstaben, ja selbst ohne Anführungszeichen.

Erst als ein zweiter Forscher des Weges kam, offenbarte ihm die andere Welt ein Geheimnis. Jene großen Ebenen, die aus der Ferne wie festgewordene Schlacke aussahen, erwiesen sich als Ozeane — als Wasser, aber gefroren. Die obersten drei bis dreißig Meter waren freilich mit allem möglichen Schutt und Unrat durchsetzt. Schließlich entschied man, daß die andere Welt einst insgesamt unter einer drei bis siebzig Kilometer dicken Wasserschicht gelegen hatte. Vermutlich waren neunzehn Zwanzigstel davon in den Weltraum verdampft, als die Finstere Tote Schwester zur Nova wurde. So verblieb ein Prozentsatz trockenen Landes, der ein wenig höher lag als auf der Erde. Die nicht atembare Atmosphäre, das völlige Fehlen organischen Lebens, die weit unter Null liegenden Temperaturen? Probleme geringerer Ordnung, verglichen mit dem Geschenk der Meere; Probleme, die sich leicht beheben ließen. Und so machte sich die Menschheit in den frühen Tagen der Besiedlung der Plejaden auf dem ausgebrannten, eisstarrenden Land breit. Die älteste Stadt der anderen Welt — wenn auch nicht ihre größte, die wirtschaftliche Verschiebung der letzten dreihundert Jahre hatte auch zu einer Verschiebung der Bevölkerung geführt — hatte einen sehr sorgfältig erwogenen Namen bekommen: Die »Stadt der schrecklichen Nacht«.

Und die *Roc* landete neben der schwarzen Kuppel der Stadt, die an der Spitze der Teufelsklaue lag.

»... achtzehn Stunden.« Und das war das Ende der Infostimme. »Ist das heimatlich genug für dich?« fragte Maus.

Leo starrte über das Raumfeld. »Ich nie über diese Welt gegangen bin«, seufzte der Fischer. Und draußen dehnte sich ein Meer aus zerbrochenem Eis bis zum Horizont. »Aber in diesem Meer gibt es riesige Schulen von sechsflossigen Nhars. Die Fischer sie mit Harpunen, lang wie fünf große Männer, jagen. Die Plejaden es ist; Heimat genug es ist.« Er lächelte, und sein frostiger Atem stieg ihm in die blauen Augen.

»Das ist deine Welt, nicht wahr, Sebastian?« fragte Katin. »Es muß schön für dich sein, einmal nach Hause zu kommen.«

Sebastian schob eine dunkle Schwinge weg, die vor seinen Augen schlug. »Die meine schon, aber ...« Er sah sich um und zuckte die Schultern. »Ich aus Thule komme. Es eine größere Stadt ist; ein Viertel des Weges rings um die andere Welt es liegt. Von hier sehr weit es ist; und sehr anders.« Er blickte zu dem Zwielichthimmel hoch. Schwester stand hoch am Himmel, eine düstere Perle hinter einer Wolkenbank. »Sehr anders.« Er schüttelte den Kopf.

»Unsere Welt ja«, sagte Tyÿ, »aber nicht unsere Heimat.«

Der Kapitän, der ein paar Schritte vor ihnen ging, sah sich um. »Schaut.« Er deutete zu dem Tor. Unter der Narbe war sein Gesicht unbeweglich. »Hier kein Drache sich um seine Säule windet. Das Heimat ist. Für dich und dich und dich und mich. Dies Heimat ist.«

»Ja, Heimat«, wiederholte Leo, aber seine Stimme klang vorsichtig. Sie folgten dem Kapitän durch das schlangenlose Tor.

Die Landschaft enthielt alle Farben des Brennens:

Kupfer: wenn es oxydiert, wird fleckiges, mit Gelb durchsetztes Grün daraus.

Eisen: schwarze und rote Asche.

Schwefel: sein Oxyd ist ein schmieriges, purpurnes Braun.

Die Farben waren an den staubigen Horizonten verschmiert, wiederholten sich in den Wänden und Türmen der Stadt. Und dann stiegen sie in die Stadt der schrecklichen Nacht hinab.

Auf halbem Wege begann Maus plötzlich, die abwärts fahrende Rolltreppe hinaufzugehen. »Es ... es ist nicht die Erde.«

»Hm?« Katin glitt vorbei, sah Maus und begann, selbst rückwärts zu gehen.

»Schau dir das doch alles an, Katin. Das ist nicht das Sonnensystem. Das ist nicht Draco.«

»Das ist das erste Mal, daß du das Sonnensystem verläßt, oder?«

Maus nickte. »Es wird auch nicht viel anders sein.«

»Aber sieh es dir doch an, Katin.«

»Die Stadt der schrecklichen Nacht«, meinte Katin. »All die Lichter! Wahrscheinlich haben die Angst vor der Dunkelheit.«

Eine Weile starrten sie über das Schachbrett, das sich ihnen darbot: übertrieben geschmückte Steine, ein Durcheinander von Königen, Damen und Türmen ragte über Läufern und Bauern auf.

»Kommt«, sagte Maus.

Die zwanzig Meter langen Metallklingen, aus denen die riesige Treppe bestand, zogen sie in die Tiefe.

»Wir sollten sehen, daß wir Captain einholen.«

Die Straßen in der Umgebung des Raumhafens waren voll billiger Pensionen. Markisen ragten bis zur Straße vor und wiesen auf Tanzböden und Psychoramapaläste hin. Maus blickte durch eine durchsichtige Wand auf Leute, die in einem Club schwammen. »Es ist auch nicht anders als Triton. Sixpence asg? Aber die Preise sind verdammt niedrig.«

Die Hälfte der Leute auf der Straße waren entweder Offiziere oder Mannschaften. Die Straßen waren überfüllt. Maus hörte Musik. Aus offenen Bartüren klimperte es.

»He, Tyÿ.« Maus deutete auf eine Fassade. »Hast du je an einem solchen Platz gearbeitet?«

»In Thule, ja.«

Fachmännisches Kartenlesen: die Buchstaben glitzerten, schrumpften und dehnten sich wieder aus.

»Wir bleiben in der Stadt ...«

Sie wandten sich dem Kapitän zu. »... fünf Tage ...«

»Werden wir im Schiff übernachten?« fragte Maus. »Oder hier in der Stadt, wo wir etwas Spaß haben können?«

Man nehme jene Narbe. Man durchschneide sie mit drei dicht beieinanderliegenden Strichen ganz oben: die Stirn des Kapitäns furchte sich. »Ihr ahnt alle die Gefahr, in der wir uns befinden.« Seine Handbewegung schloß die Häuser ein. »Nein, wir bleiben weder hier noch auf dem Schiff.« Er trat in eine Sprechzelle. Er machte sich nicht einmal die Mühe, die Türen zu schließen, sondern hielt die Hand einfach vor die Induktionsplatte. »Hier spricht Lorq Von Ray. Yorgos Setsumi?«

»Ich ob seine Aufsichtsratssitzung vorüber ist sehen will.«

»Einer seiner Androiden genügt mir«, sagte Lorq. »Ich ihn nur um einen kleinen Gefallen bitten möchte.«

»Er immer persönlich mit dir sprechen möchte, Lorq Von Ray. Einen Augenblick. Ich annehme er verfügbar ist.«

Eine Gestalt materialisierte in der Bildsäule. »Lorq, so lange ich dich nicht mehr gesehen habe. Was für dich ich tun kann?«

»Benutzt jemand in den nächsten zehn Tagen Taafit über dem Gold?«

»Nein. Ich bin jetzt in Thule und werde auch noch einen Monat hierbleiben. Ich nehme an, du bist in der City und suchst eine Unterkunft?«

Katin war bereits aufgefallen, daß der Kapitän seinen Dialekt gewechselt hatte.

Es gab da einige Punkte, in denen die Stimme des Kapitäns der dieses Setsumi glich. Katin erkannte gemeinsame Exzentrizitäten, die für ihn die Definition eines Plejadenakzents der Oberklasse bildeten. Er sah Tyÿ und Sebastian an und wartete auf eine Reaktion. Da war nur ein kleines Zucken in den Augenwinkeln, aber die Reaktion war da. Katin blickte wieder auf die Bildsäule.

»Ich bin nicht allein, Yorgy.«

»Lorq, meine Häuser sind die deinen. Ich hoffe, du und deine Gäste werden den Aufenthalt genießen.«

»Danke, Yorgy.« Lorq trat aus der Zelle.

Die Leute seiner Crew sahen sich an.

»Es besteht die Möglichkeit«, sagte Lorq, »daß die nächsten fünf Tage, die ich auf der anderen Welt verbringe, vielleicht die letzten sind, die ich irgendwo verbringe.« Er sah sie gespannt an, wartete auf ihre Reaktion, und ebenso angespannt versuchten sie, diese Reaktion zu verbergen. »Also können wir diese Zeit ebensogut angenehm verbringen. Diese Richtung.«

Der Mono kroch die Schiene hinauf und schleuderte sie über die Stadt. »Ist das Gold?« fragte Tyÿ Sebastian.

Maus, der neben ihnen saß, preßte die Nase gegen die Scheibe. »Wo?«

»Dort.« Sebastian deutete über die Quadrate hinaus. Zwischen den Häuserblöcken schnitt ein geschmolzener Fluß wie eine Narbe durch die Stadt.

»He, wie auf Triton«, sagte Maus. »Wird der Kern dieses Planeten auch von Illyrion geheizt?«

Sebastian schüttelte den Kopf. »Der ganze Planet dafür zu groß ist. Nur der Raum unter jeder Stadt. Diese Spalte Gold genannt wird.«

Maus sah zu, wie die brüchigen Ufer langsam mit dem gleißenden Strom verschwammen.

»Maus?«

»Hm?« Er blickte auf, als Katin seinen Recorder herauszog. »Was ist denn?«

»Tu etwas.«

»Was?«

»Das soll ein Experiment sein. Tu etwas.«

»Was soll ich denn tun?«

»Irgend etwas, das dir in den Sinn kommt. Los.«

»Nun ...« Maus runzelte die Stirn. »Also gut.«

Und Maus tat etwas.

Die Zwillinge drehten sich am anderen Ende der Kabine um und starrten herüber.

Tyÿ und Sebastian sahen erst Maus, dann sich an und dann wieder Maus.

»Die Personen«, sprach Katin in seinen Recorder, »werden am auffälligsten durch ihr Handeln geprägt. Maus trat vom Fenster zurück und schwang dann den Arm im Kreis. Aus seinem Gesichtsausdruck konnte ich schließen, daß ihn meine Überraschung über die Heftigkeit seiner Aktion amüsierte, und er sich gleichzeitig fragte, ob ich wohl zufrieden wäre. Dann ließ er die Hände wieder aufs Fenster sinken, atmete ein wenig heftiger und bewegte dann seine Fingerknöchel am Fenstersims ...«

»Hey«, sagte Maus. »Ich hab' bloß den Arm geschwungen. Das Keuchen, meine Knöchel ... das war nicht ...«

»›Hey‹, sagte Maus und steckte seinen Daumen in das Loch am Schenkel seiner Hosen, ›ich hab' bloß den Arm geschwungen. Das Keuchen, meine Knöchel ... das war nicht ...‹«

»Verdammt!«

»Maus zog den Daumen wieder heraus, ballte nervös die Faust und stieß hervor ›Verdammt!‹ und wandte sich dann verstimmt ab. Es gibt drei Typen des Handelns: zielgerichtet, gewohnheitsmäßig und unwillkürlich. Handelnde Personen müssen, um natürlich und begreiflich zu sein, durch alle drei Typen dargestellt werden.« Katin blickte zum vorderen Teil der Kabine.

Der Kapitän starrte durch die gewölbte Glasplatte, die das Dach ihres Fahrzeugs bildete. Seine gelben Augen starrten zur Schwester am Himmel empor, deren Licht so schwach war, daß er die Augen nicht einmal zusammenkneifen mußte.

»Dennoch bin ich verwirrt«, gab Katin, immer noch in seine juwelenbesetzte Box sprechend, zu. »Der Spiegel meiner Beobachtung dreht sich, und was mir ursprünglich willkürlich erschien, sehe ich jetzt genügend oft, um zu erkennen, daß es eine Gewohnheit ist. Was ich für eine Gewohnheit ansah, scheint jetzt Teil eines großen Planes, während das, was ich ursprünglich als zielgerichtet vermutete, zur Unwillkürlichkeit explodiert. Wieder dreht sich der Spiegel, und die Person, von der ich glaubte, sie sei von Zielstrebigkeit besessen, läßt erkennen, daß diese Besessenheit nur eine Gewohnheit ist; ihre Gewohnheiten sind bedeutungslos unwillkürlich; während jene Handlungsweisen, die ich unwillkürlich erwähnte, eine geradezu dämonische Zielgerichtetheit offenbaren.«

Die gelben Augen hatten sich von dem müden Stern gelöst. Lorqs Gesicht brach rings um die Narbe auseinander, weil Maus etwas getan hatte, das Katin entgangen war.

Wut, sinnierte Katin, Wut. Ja, er lacht. Aber wie soll jemand in jenem Gesicht zwischen Gelächter und Wut unterscheiden können. Aber die anderen lachten auch.

»Was ist das für Rauch?« fragte Maus und wich einem dampfenden Gitter im Kopfsteinpflaster aus.

»Das bloß der Kanaldeckel ist, glaube ich«, sagte Leo. Der Fischer blickte den Nebelschwaden nach, die sich um den Mast kräuselten, auf dem die Straßenlampe strahlte.

»Taafit liegt am Ende dieser Straße«, sagte Lorq.

Sie gingen den Hügel hinauf, an einem halben Dutzend anderer Gitter vorbei, die durch den ewigen Abend dampften.

»Ich nehme an, Gold liegt unmittelbar...«

»... hinter dieser Böschung dort?«

Lorq nickte den Zwillingen zu.

»Was für ein Ort ist denn dieses Taafit?« wollte Maus wissen.

»Ein Platz, an dem ich mich wohl fühle.« Schmerz huschte über die Züge des Kapitäns. »Und ein Platz, wo ihr mir nicht im Wege seid.« Lorq tat so, als wollte er Maus knuffen, aber der wich ihm aus. »Wir sind da.«

Das vier Meter hohe Tor mit Buntglas zwischen den schmiedeeisernen Streben öffnete sich, als Lorq seine Hand auf die Platte legte.

»Es erinnert sich an mich.«

»Taafit gehört nicht dir?« fragte Katin.

»Es gehört einem alten Schulfreund, Yorgos Setsumi, dem die Plejades Mining Corp. gehört. Vor einem Dutzend Jahren habe ich es oft benutzt. Damals ist das Schloß auf meine Hand abgestimmt worden. Ich habe ihm bei einigen meiner Häuser den gleichen Gefallen getan. Wir sehen einander heutzutage nicht mehr sehr oft, aber wir waren einmal sehr gute Freunde.«

Sie betraten den Garten.

Die Blumen hier waren nie dazu bestimmt, im Tageslicht betrachtet zu werden. Die Blüten waren purpurn, braun und violett — Farben des Abends. Dann gab es da viele niedrige Büsche, aber all die höheren Pflanzen waren schlank und hager, um so wenig Schatten wie möglich zu werfen.

Die Vorderwand von Taafit selbst war eine gewölbte Glasplatte. Haus und Garten schienen übergangslos ineinander zu verschmelzen. Eine Art Weg führte zu einer Art Treppe, die sich an einer Stelle, wo vermutlich die Haustür war, in den Stein senkte.

Als Lorq die Hand auf die Türplatte legte, begannen im ganzen Haus Lichter aufzuflackern, über ihnen in den Fenstern, am Ende der Korridore, hinter den Hecken und selbst unter ihnen: ein Teil des Bodens war durchsichtig, und sie konnten sehen, wie einige Stockwerke unter ihnen Licht aufflammte.

»Kommt herein.«

Sie folgten dem Kapitän über den beigen Teppichboden. Katin trat einen Schritt vor, um ein Regalbrett mit Bronzestatuetten zu betrachten. »Benin?« fragte er den Kapitän.

»Ich denke schon. Yorgos hat eine besondere Leidenschaft für dreizehntes Jahrhundert Nigeria.«

Als Katin sich der gegenüberliegenden Wand zuwandte, weiteten sich seine Augen. »Das können unmöglich die Originale sein.« Dann verengten sie sich wieder. »Die Van-Meegeren-Fälschungen?«

»Nein. Ich fürchte, daß das ganz gewöhnliche alte Kopien sind.«

Katin lachte. »Ich hab' immer noch Dehays *Unter dem Sirius* im Kopf.«

Sie gingen den Gang hinunter.

»Ich glaube, hier ist eine Bar.« Lorq trat durch eine Tür.

Diesmal flammten nur wenige Lichter auf, um das Bild nicht zu stören, das sich jenseits der zwölf Meter langen Glasscheibe darbot.

In dem Raum spielten gelbe Lampen auf einer Fläche opaleszierenden Sandes, der aussah, als wäre er durch natürliche Erosion von den Felswänden abgetragen worden. Erfrischungen schoben sich auf einer Drehbühne in den Raum. Auf schwebenden Glastabletts standen blasse Statuetten. Benin-Bronzearbeiten in der Halle; hier waren es Arbeiten von den Cykladen, glatt und zeitlos.

Und draußen Gold.

Zwischen den Felsschrunden flammte Lava wie der helle Tag.

Der Fluß aus Fels strömte vorbei und ließ die Schatten der Schlucht an der Holzdecke spielen.

Maus trat vor und sagte etwas. Ganz leise. Keiner hörte es.

Tyÿ und Sebastian kniffen die Augen zusammen.

»Das ist wirklich ...«

»... großartig!«

Maus rannte um den Sandteich herum, lehnte sich an die Glaswand, die Hände neben dem Gesicht. Dann drehte er sich um und grinste. »Das ist genauso, als stünde man mitten in einer Hölle auf Triton!«

Das Ding auf Sebastians Schulter ließ sich herunterfallen, flatterte zu Boden und duckte sich hinter seinem Meister, als etwas in Gold explodierte. Fallendes Feuer ließ wirre Lichtreflexe über ihre Gesichter huschen.

»Welches Gebräu der anderen Welt wollt ihr zuerst probieren?« fragte Lorq die Zwillinge und musterte die Flaschen auf dem Regal. »Das in der roten Flasche ...«

»... in der grünen Flasche sieht ziemlich gut aus.«

»Ihr müßt euch entscheiden«, sagte Lorq und hielt beide Flaschen hoch. »Rot oder grün. Sie sind beide gut.«

Tyÿ berührte Sebastian am Arm.

»Was ist denn?« fragte Sebastian und runzelte die Stirn.

Sie deutete zur Wand, wo gerade eines der Tabletts vor einem Gemälde wegschwebte.

»Der Blick von Thule das ist!«

Sebastian packte Leo an der Schulter. »Schau. Das Heimat ist!«

Der Fischer blickte auf.

»Du aus dem Hinterfenster des Hauses, in dem ich geboren wurde, sehen solltest«, sagte Sebastian. »All das du siehst.«

»He.« Maus streckte sich, um Katin auf die Schulter zu tippen.

Katin löste den Blick von der Skulptur, die er untersuchte und sah Maus' dunkles Gesicht. »Hm?«

»Dieser Hocker dort drüben. Erinnerst du dich an das Zeug aus der Wegarepublik, über das wir auf dem Schiff gesprochen haben?«

»Ja.«

»Gehört dieser Hocker dazu?«

Katin lächelte. »Nein. Hier ist alles im prästellaren Stil

gehalten. Dieser ganze Raum ist eine ziemlich getreue Wiedergabe einer eleganten amerikanischen Villa des einundzwanzigsten oder zweiundzwanzigsten Jahrhunderts.«

Maus nickte. »Oh.«

»Die Reichen haben immer eine Vorliebe für das Antike.«

»Ich bin noch nie in einem solchen Haus gewesen.« Maus sah sich im Zimmer um. »Das ist schon etwas, hm?«

»Ja, allerdings.«

»Kommt, holt euch euer Gift!« rief Lorq von der Bar.

»Maus! Du jetzt deine Syrynx spielst?« Leo brachte zwei Gläser und reichte Maus eines, und das andere Katin. »Du spielen. Bald ich zu den Eisdocks hinuntergehe. Maus, spiel für mich.«

»Spiel etwas, das wir tanzen können ...«

»Syrynxtanz mit uns, Tyÿ. Sebastian ...«

»... Sebastian, tanzt du auch mit uns?«

Maus öffnete seinen Sack.

Leo holte sich selbst ein Glas, kam zurück und setzte sich auf den Hocker. Die Bilder, die Maus erzeugte, wurden von Gold gedämpft, aber die Musik enthielt scharfe eindringliche Vierteltöne. Es roch wie eine Party.

Auf dem Boden balancierte Maus die Syrynx auf seinem geschwärzten hornigen Fuß, schlug mit der Spitze seines Stiefels den Takt und wiegte sich. Seine Finger flogen. Licht von Gold, von den Lampen im Raum und von Maus' Syrynx peitschten das Gesicht des Kapitäns. Zwanzig Minuten später sagte er: »Maus, jetzt werde ich dich eine Weile stehlen.«

Er hörte zu spielen auf. »Was willst du, Captain?«

»Gesellschaft. Ich gehe aus.«

Die Gesichter der Tänzer fielen.

Lorq drehte an einer Skala. »Ich habe den Sensoraufzeichner laufenlassen.« Die Musik begann von neuem. Und die gespenstischen Visionen aus der Syrynx tanzten erneut durch den Raum, und mit ihnen Bilder von Tyÿ, Sebastian und den tanzenden Zwillingen, der Klang ihres Gelächters ...

»Wo gehen wir hin, Captain?« fragte Maus und schob die Syrynx ins Futteral.

»Ich habe nachgedacht. Wir brauchen hier etwas. Ich werde mir etwas Wonne holen.«

»Du meinst, du weißt ...«

»... wo man Wonne bekommen kann?«

»Die Plejaden sind meine Heimat«, sagte der Kapitän. »Wir werden vielleicht eine Stunde unterwegs sein. Komm, Maus.«

»He, Maus, läßt du uns deine ...«

»... Syrynx da?«

»Wir passen schon ...«

»... auf, damit nichts passiert.«

Maus kniff die Lippen zusammen, und sein Blick wanderte zwischen den Zwillingen und seinem Instrument hin und her. »Meinetwegen. Ihr könnt damit spielen. Aber seid vorsichtig, ja?«

Er ging zur Tür, wo Lorq auf ihn wartete.

Leo trat zu ihnen. »Für mich es jetzt Zeit zu gehen ist.«

Maus staunte und riß die Augen auf.

»Fürs Mitnehmen, Captain, ich dir danke.«

Sie gingen durch den Korridor und durch den Garten von Taafit. Vor dem Tor blieben sie an dem rauchenden Gitter stehen. »Zu den Eisdocks du dort hinuntergehst«, meinte Lorq und deutete den Abhang hinunter. »Du den Mono am Ende der Straße nimmst.«

Leo nickte. Seine blauen Augen suchten die dunklen von Maus, und sein Gesicht wirkte verwirrt. »Nun, Maus, vielleicht eines Tages wir uns wiedersehen, hm?«

»Yeah«, sagte Maus. »Vielleicht.«

Leo drehte sich um und ging die dampfende Straße hinunter. Sein Stiefelabsatz klapperte.

»He«, rief Maus ihm nach einer Weile nach.

Leo sah sich um.

»Mach's gut.«

Leo grinste und ging weiter.

»Weißt du«, sagte Maus zu Lorq, »wahrscheinlich werde ich ihn mein ganzes Leben nie wiedersehen. Komm, Captain.«

»Sind wir jetzt in der Nähe des Raumhafens?« fragte Maus. Sie kamen die überfüllten Treppen der Mono-Rail-Station herunter.

»Von hier aus leicht zu Fuß zu erreichen. Wir sind von Taafit aus gesehen etwa fünf Meilen Gold abwärts.«

Die Reinigungswagen waren kürzlich vorbeigefahren. So spiegelten sich die Leute im feuchten Pflaster. Eine Gruppe junger Männer — zwei davon Jungen mit Glokken, die sie am Hals trugen — rannten lachend an einem alten Mann vorbei. Er drehte sich um, folgte ihnen ein paar Schritte mit ausgestreckter Hand. Dann machte er kehrt und kam auf Maus und Lorq zu.

»Einen alten Mann ihr mit etwas helfen wollt? Morgen gehe ich wieder an Kabel, aber heute abend ...«

Maus musterte den Alten, aber Lorq tat so, als sähe er ihn nicht.

»Was ist hier?« Maus deutete auf eine Lichtreklame über einem Torbogen. Leute drängten sich auf der glitzernden Straße.

»Dort gibt es keine Wonne.«

Sie bogen um die Ecke.

Auf der anderen Straßenseite waren einige Paare an einem Zaun stehengeblieben. Lorq überquerte die Straße. »Dort unten ist das andere Ende von Gold.«

In der Tiefe wand sich der grelle Felsen in die Nacht. Ein Paar machte Hand in Hand kehrt. Ihre Gesichter waren vom Feuerschein erhellt.

Ein Mann in einer Goldlaméweste kam die Straße herunter. Sein Haar, seine Hände und seine Schultern waren in grelles Licht getaucht. Ein Tablett mit Edelsteinen hing um seinen Hals. Das Paar hielt ihn auf. Sie kaufte ein Schmuckstück von dem Mann und heftete es lachend ihrem Freund auf die Stirn. Dann eilten sie fröhlich die feuchte Straße hinauf.

Lorq und Maus erreichten das Ende des Zaunes. Ein paar uniformierte Plejadenpolizisten kamen die Steintreppe herauf; drei Mädchen rannten schreiend hinter ihnen her. Fünf Jungen überholten sie, und aus dem Schreien wurde Gelächter. Maus drehte sich um und sah, wie sie sich um den Schmuckhändler drängten.

Lorq fing an, die Treppe hinunterzugehen.

»Was gibt's dort unten?« fragte Maus und rannte ihm nach.

Neben den breiten Stufen saßen Leute an Tischen von Cafés, die in die Felswand gehauen waren.

»Du scheinst zu wissen, wo du hingehst, Captain.« Maus hatte jetzt Lorq eingeholt. »Wer ist *das?*« Er blickte einem Spaziergänger nach. Inmitten der leichtbekleideten Leute fiel er mit seiner schweren pelzgesäumten Parka auf.

»Das ist einer von unseren Eisfischern«, sagte der Kapitän. »Leo wird auch bald so herumlaufen. Sie verbringen die meiste Zeit außerhalb der geheizten Stadtviertel.«

»Wo gehen wir hin?«

»Ich glaube, es ging hier hinunter.« Sie bogen in eine schwach beleuchtete Seitengasse ein. Hier waren nur ein paar Fenster in den Fels gehauen. Blaues Licht leckte aus dem Schatten. »Diese Lokale wechseln alle paar Monate die Besitzer, und ich bin seit fünf Jahren nicht mehr in der Stadt gewesen. Wenn wir das Lokal, das ich suche, nicht finden, suchen wir uns ein anderes.«

»Was ist es denn für ein Lokal?«

Eine Frau kreischte. Eine Tür flog auf; sie taumelte heraus. Und dann griff aus der Dunkelheit plötzlich eine andere Frau nach ihr, packte sie am Arm, schlug ihr zweimal ins Gesicht und riß sie zurück. Die Tür schlug zu und erstickte einen zweiten Schrei. Ein alter Mann — wahrscheinlich wieder ein Eisfischer — stützte einen jüngeren Mann mit seiner Schulter. »Wir dich ins Zimmer zurückbringen. Du den Kopf hochhältst. Es schon gut sein wird. Ins Zimmer wir dich bringen.«

Maus blickte den beiden nach. Ein Mann und eine Frau waren an der Steintreppe stehengeblieben. Sie schüttelte den Kopf. Schließlich nickte er, und beide kehrten um.

»In dem Lokal, an das ich denke, gab es unter anderem ein blühendes Geschäft, wobei Leute dazu überredet wurden, in den Bergwerken in den Äußeren Kolonien zu arbeiten. Und der Besitzer des Lokals strich für jeden Angeworbenen eine Provision ein. Es war völlig legal, schließlich gibt es eine Menge Dummköpfe im Universum. Ich war Vorarbeiter in einem dieser Bergwerke und habe die Geschichte von der anderen Seite gesehen. Sehr hübsch ist es nicht.« Lorq musterte eine Tür. »Anderer Name. Aber dieselbe Kneipe.«

Er ging die Treppe hinunter. Maus sah sich schnell um und folgte ihm dann. Sie betraten einen langen Raum mit einer Bar, die aus einem mächtigen Brett an einer Wand bestand. Ein paar Multichromleuchten spendeten spärliches Licht. »Und dieselben Leute auch.«

Ein Mann, älter als Maus, jünger als Lorq, mit strähnigem Haar und schmutzigen Fingernägeln, kam auf sie zu. »Leute, was kann ich für euch tun?«

»Was hast du für uns, damit wir uns wohl fühlen?«

Er kniff ein Auge zu. »Nehmt Platz.«

Schemenhafte Gestalten glitten an der Bar vorbei.

Lorq und Maus setzten sich in eine Nische. Der Mann zog sich einen Stuhl her, drehte ihn um, bestieg ihn, so wie man ein Pferd besteigt und nahm am Kopfende des Tisches Platz. »Wie wohl wollt ihr euch fühlen?«

Lorq drehte die Hände mit den Handflächen nach oben.

»Im Keller haben wir ein ...« Der Mann blickte zu einer Tür an der hinteren Wand, wo Leute ein- und ausgingen.

»... Pathobad?«

»Was ist das?« wollte Maus wissen.

»Ein Raum mit Kristallwänden, die die Farben deiner Gedanken reflektieren«, erklärte Lorq. »Du legst deine Kleider an der Tür ab und schwebst zwischen Lichtsäulen auf Glyzerinströmen. Sie erwärmen das Glyzerin auf Körpertemperatur und blocken all deine Sinne aus. Nach einer kleinen Weile verlierst du den Sinneskontakt mit der Wirklichkeit und wirst verrückt. Deine eigenen psychotischen Phantasien liefern dir die Show.« Er sah den Mann an. »Ich möchte etwas, das wir mitnehmen können.«

Hinter dünnen Lippen knirschten die Zähne des Mannes.

Auf der Bühne am Ende der Bar trat ein nacktes Mädchen in den korallenroten Kegel eines Scheinwerfers und begann, ein Gedicht zu singen.

Die Gäste an der Bar klatschten den Takt.

Die Augen des Mannes wanderten zwischen dem Kapitän und Maus hin und her.

Lorq faltete die Hände. »Wonne.«

Die Brauen des Mannes hoben sich. »Das hatte ich mir gedacht.« Er schlug die Hände zusammen. »Wonne.«

Maus sah das Mädchen an. Ihre Haut glänzte unnatürlich. Glyzerin, dachte Maus. Ja, Glyzerin. Er lehnte sich gegen die Steinmauer und zuckte sofort wieder zurück. Wassertropfen rannen an dem kalten Stein herunter. Maus rieb sich die Schulter und sah wieder den Kapitän an.

»Wir warten darauf.«

Der Mann nickte. Nach einer Weile fragte er Maus: »Wovon lebst du und der Hübsche denn?«

»Crew auf einem ... Frachter.«

Der Kapitän nickte, ein andeutungsweises Nicken, um seine Billigung auszudrücken.

»Weißt du, in den Äußeren Kolonien gibt es gute Arbeit. Habt ihr je daran gedacht, mal 'ne Weile im Bergwerk zu arbeiten?«

»Ich habe drei Jahre lang im Bergwerk gearbeitet«, sagte Lorq.

»Oh.« Der Mann verstummte.

Nach einer Weile fragte Lorq: »Wirst du jetzt Wonne holen?«

»Schon veranlaßt.« Ein blasses Grinsen spielte um seine Lippen.

An der Bar wuchs das rhythmische Klatschen zu Applaus, als das Mädchen ihr Gedicht beendete. Sie sprang von der Bühne und rannte auf sie zu. Maus sah, wie sie schnell einem der Männer an der Bar etwas wegnahm. Dann umarmte sie den Mann, der mit ihnen am Tisch saß von hinten. Ihre Hände schlossen sich, und als sie in den Schatten rannte, sah Maus, wie die Hand des Mannes auf den Tisch fiel. Seine Knöchel standen hoch, er verbarg etwas darunter. Lorq legte seine Hand darüber, verdeckte die Pranke des Barbesitzers völlig.

»Drei Pfund«, sagte der Mann, »asg«.

Mit der anderen Hand warf Lorq drei Scheine auf den Tisch. Der Mann zog seine Hand weg und nahm das Geld.

»Komm, Maus, jetzt haben wir, was wir wollen.« Lorq stand auf und ging durch den Raum.

Maus rannte hinter ihm her. »He, Captain, der Mann hatte keinen Plejadenakzent.«

»In einer Kneipe wie der sprechen die immer deine Sprache, ganz gleich, was für eine. Davon leben die.«

Als sie die Türe erreichten, rief ihnen der Mann plötzlich nach. Er nickte Lorq zu: »Wollte euch bloß daran erinnern, daß ihr wiederkommt, wenn ihr mehr haben wollt. Wiedersehen, Hübscher.«

»Bis später, Häßlicher.« Lorq ging zur Tür hinaus. In der kühlen Nacht blieb er auf dem Treppenabsatz stehen, beugte den Kopf über die zu einer Schüssel geformten Hände und atmete tief. »Da, Maus.« Er hielt ihm die Hände hin. »Schnauf auch 'ne Prise ein.«

»Was soll ich jetzt machen?«

»Tief einatmen, die Luft, eine Weile anhalten und dann wieder ausatmen.«

Als Maus sich vorbeugte, fiel ein Schatten über sie. Maus zuckte zusammen. »So. Was habt ihr denn da?«

Maus blickte auf, und Lorq blickte auf den Polizisten herunter.

Lorq kniff die Augen zusammen und öffnete seine Hände.

Der Polizist beschloß, Maus zu ignorieren und sah Lorq an. »Oh.« Er schob die Unterlippe über seine oberen Zähne. »Etwas Gefährliches es hätte sein können. Etwas Illegales, verstehen?«

Lorq nickte. »Hätte sein können.«

»In diesen Kneipen man aufpassen muß.«

Lorq nickte wieder.

Der Polizist nickte auch. »He, wie wär's, einem armen Polizisten du auch etwas zukommen läßt?«

Maus sah das Lächeln im Gesicht des Kapitäns. Lorq hob dem Mann die Hände hin. »Sehr zum Wohl.«

Der Polizist beugte sich vor, atmete tief und richtete sich wieder auf. »Danke«, und verschwand in der Nacht.

Maus blickte ihm nach, schüttelte den Kopf, zuckte die Schultern und sah dann Lorq mit gerunzelter Stirn an.

Er legte seine Hände um die Lorqs, beugte sich vor, leerte seine Lungen und füllte sie. Nachdem er den Atem beinahe eine Minute lang angehalten hatte, explodierte er: »So, was soll jetzt geschehen?«

»Keine Sorge«, meinte Lorq, »ist schon passiert.«

Sie gingen die Treppen wieder hinauf, an den blauen Fenstern vorbei.

Maus blickte auf den leuchtenden Fluß hinunter. »Weißt du«, sagte er nach einer Weile, »ich wünschte, ich hätte meine Syrynx mit. Ich möchte spielen.« Sie hatten beinahe die kleinen Treppencafés erreicht. Irgendwo klimperte Musik zu ihnen herüber. Jemand an einem Tisch ließ ein Glas fallen, das auf dem Boden zerschellte, und dann ging das Geräusch in donnerndem Applaus unter. Maus sah seine Hände an. »Das Zeug juckt mich in den Fingern.« Sie gingen weiter. »Als ich ein Junge war, auf der Erde in Athen, gab es eine Straße wie diese. Odós Mnisicléus. Sie führte direkt durch die Plaka. Ich hab' in ein paar Kneipen in der Plaka gearbeitet, weißt du? Im *Goldenen Gefängnis,* im *'O kai 'H.* Du steigst die Treppen von Adrianou hinauf, und darüber liegt die Hinterterrasse des Erechtheum im Scheinwerferlicht über der Wand der Akropolis. Und die Leute an den Tischen zerbrechen ihre Teller, weißt du, und lachen. Bist du jemals in Athen gewesen, Captain?«

»Einmal, aber das ist lange her«, sagte Lorq. »Ich war damals so alt wie du heute. Aber das war nur für einen Abend.«

»Dann kennst du Athen nicht. Nicht, wenn du bloß einen Abend dort warst.« Das heisere Flüstern von Maus gewann an Tempo. »Man geht diese Steintreppen hinauf, bis die Nachtclubs aufhören und man um sich nur mehr blanken Boden und Gras und Kies hat. Aber man geht immer weiter, und die Ruinen ragen immer noch über die Mauer. Und dann kommt man an diesen Ort, der sich Anaphiotika nennt. Das heißt ›Kleines Anaphi‹, verstehst du? Anaphi war eine Insel, die einmal fast von einem Erdbeben zerstört wurde, aber das liegt lange zurück. Und sie haben kleine Steinhäuser an der Bergflanke und Straßen, die einen halben Meter breit sind, mit Stufen so steil, daß es ist, als stiege man eine Leiter hinauf. Ich kannte einen, der hatte dort ein Haus, und wenn ich mit Arbeiten fertig war, dann habe ich mir ein paar Mädchen besorgt. Und Wein. Selbst als ich noch jung war, konnte ich mir Mädchen beschaffen ...« Maus schnippte mit den Fingern. »Man steigt über eine rostige Wendeltreppe vor seiner Haustüre aufs Dach und jagt die Katzen weg. Und dann haben wir gespielt und Wein getrunken und uns die Stadt angesehen, die sich wie ein Lichterteppich die ganze Bergflanke hinunter ausdehnte und den Berg wieder hinauf, mit dem kleinen Kloster, wie ein Knochensplitter, ganz oben. Einmal spielten wir zu laut, und die alte Frau in dem Haus über uns hat einen Krug nach uns geworfen. Aber wir haben sie ausgelacht und zurückgerufen und sie dazu gebracht, daß sie herunterkam und ein Glas Wein mit uns trank. Und hinter den Bergen wurde der Himmel schon wieder grau hinter dem Kloster. Das gefiel mir, Captain. Und das hier gefällt mir auch. Ich kann jetzt viel besser spielen als damals. Weil ich nämlich viel spiele. Ich möchte die Dinge spielen, die ich rings um mich sehen kann. Aber rings um mich ist so viel, was ich sehen kann, und was du siehst. Und das muß ich auch spielen. Bloß weil man es nicht anfassen kann, heißt das ja noch nicht, daß man es nicht riechen und sehen und hören kann. Ich gehe die eine Welt hinunter und die andere hinauf, und mir gefällt, was ich überall sehe. Kennst du die Kurve deiner Hand in der Hand von jemandem, der dir viel wichtiger ist als jeder andere? Das sind die Spiralen der Galaxis, die ineinander verschlungen sind. Weißt du, wie deine Hand sich anfühlt, wenn die andere nicht mehr da ist und du versuchst, dich daran zu erinnern, wie sie sich anfühlte? Eine solche Kurve gibt es nie wieder. Ich möchte sie gegeneinander spielen. Katin sagt, ich hätte Angst. Das habe ich auch, Captain. Ich habe Angst vor allem, was mich umgibt. Und so drücke ich alles, was ich sehe, gegen meine Augäpfel und stecke meine Finger, meine Zunge hinein. Mir gefällt das Heute; das bedeutet, daß ich in Angst leben muß. Weil das Heute einem Angst macht. Zumindest fürchte ich mich nicht davor, Angst zu haben. Katin; der hat bloß die Vergangenheit im Kopf. Freilich, die Vergangenheit ist es, die das Jetzt macht, so wie das Jetzt das Morgen macht; Captain, da ist ein Fluß, der an uns vorbeibraust. Aber wir können nur an einer Stelle zum Trinken an den Fluß gehen, und die Stelle heißt ›jetzt‹. Siehst du, ich spiele meine Syrynx, und das ist wie eine Einladung an alle, herunterzukommen und zu trinken. Wenn ich spiele, dann möchte ich, daß alle applaudieren. Denn siehst du, wenn ich spiele, dann bin ich dort oben bei den Drahtseiltänzern und balanciere auf jenem flammenden Grat aus Verrücktheit, wo mein Geist noch funktioniert. Ich tanze im Feuer. Wenn ich spiele, dann führe ich all die anderen Tänzer dorthin, wo du und du« —

Maus deutete auf die vorübergehenden Leute — »und er und sie da ohne meine Hilfe nicht hingehen können. Captain, vor drei Jahren, als ich fünfzehn war, in Athen, da erinnere ich mich an einen Morgen auf jenem Dach. Ich lehnte mich über die Weintrauben und hatte Traubenblätter an meiner Wange, und in der Dämmerung gingen die Lichter der Stadt aus, und das Tanzen hatte aufgehört. Und zwei der Mädchen trieben es in einer roten Decke unter dem eisernen Tisch. Plötzlich fragte ich mich: ›Was tue ich hier?‹ und dann fragte ich noch einmal: ›Was tue ich hier?‹ Und dann wurde es wie eine Melodie in meinem Kopf, die sich immer wieder abspielte. Ich hatte Angst, Captain. Ich war erregt und glücklich und hatte Todesangst, und ich wette, daß ich so grinste, wie ich jetzt grinse. So läuft das bei mir, Captain. Ich hab' nicht die Stimme, um es zu singen oder zu schreiben, aber ich spiele meine Harfe, nicht wahr? Und was tue ich jetzt? Ich steige wieder eine Straße mit steinernen Stufen hinauf, viele Welten entfernt, damals in der Morgendämmerung, jetzt in der Nacht, glücklich und voll Angst wie der Teufel. Was tue ich hier? Yeah? Was tue ich?«

»Du quatschst, Maus.« Lorq ließ den Pfosten oben an der Treppe los. »Gehen wir nach Taafite zurück.«

»O yeah. Sicher, Captain.« Plötzlich blickte Maus in das zerstörte Gesicht des anderen. Und der Kapitän sah ihn an. Tief in den zerbrochenen Linien und Lichtern entdeckte Maus Humor und Mitgefühl. Er lachte. »Ich wünschte, ich hätte jetzt meine Syrynx. Ich würde dir die Augen aus dem Kopf spielen. Ich würde deine Nase umdrehen, und du wärest doppelt so häßlich wie du ohnehin schon bist, Captain!« Und dann blickte er über die Straße, und das feuchte Pflaster und die Menschen und die Lichter und die Reflexe waren ein einziges Kaleidoskopbild. »Ich wünschte, ich hätte meine Syrynx«, flüsterte Maus noch einmal. »Ich wünschte, ich hätte sie ... jetzt.«

Sie gingen zur Mono-Rail-Station.

»Essen, Schlafen, Tariflöhne: wie könnte ich die augenblickliche Konzeption dieser drei Begriffe jemandem, sagen wir, aus dem dreiundzwanzigsten Jahrhundert erklären?«

Katin saß auf dem Boden und sah den Tanzenden zu. Und hin und wieder beugte er sich über seinen Recorder.

»Für jemanden, der siebenhundert Jahre vor uns gelebt hat, wäre es absolut unbegreiflich, wie wir heute diese Begriffe gebrauchen, obwohl er über intravenöse Ernährung und Nährkonzentrate Bescheid wüßte. Die Vorgänge wären für ihn zur Hälfte völlig unbegreiflich und zur anderen Hälfte ekelerregend. Komisch, daß das Trinken sich nicht verändert hat. Und zur selben Zeit, da diese Veränderungen stattfanden — Ashton Clark sei gelobt —, ist die Kunstform des Romans mehr oder weniger gestorben. Ich frage mich, ob da eine Verbindung besteht. Und da ich diese archaische Kunstform gewählt habe, muß ich daran denken, wer meinen Roman lesen wird — die Leute, die ihn morgen lesen werden oder die von gestern? Vergangenheit oder Zukunft, wenn ich diese Elemente aus der Erzählung herausließe, könnte das meinem Werk vielleicht mehr Schwung verleihen.«

Der Sensori-Recorder war eingeschaltet geblieben, so daß der Raum jetzt von einer Vielzahl von Tänzern, den Geistern von Tänzern und deren Geistern erfüllt war. Idas spielte Kontrapunkte von Tönen und Bildern auf der Syrynx. Gespräche, echte und aufgezeichnete, füllten den Raum. Und dann trat Tyÿ zwischen einer Anzahl Tyÿs und Sebastian auf ihn zu. »Katin, das Türlicht blinkt.«

Katin schaltete seinen Recorder ab. »Captain und Maus sind zurück. Ich laß sie herein, Tyÿ.«

Katin trat aus dem Zimmer und eilte den Korridor hinunter.

»He, Captain« — Katin riß plötzlich die Tür auf —, »die Party ist ...« Er ließ den Türknopf los. Sein Herz schlug ihm im Halse und hätte ebensogut stillstehen können. Er trat von der Tür zurück.

»Ich nehme an, du erkennst mich und meine Schwester? Dann erspare ich mir die Vorstellung. Dürfen wir hineinkommen?«

Katins Mund versuchte Worte zu formen.

»Wir wissen, daß er nicht hier ist. Wir warten.«

Das eiserne Tor mit seinen Glasornamenten schloß sich. Lorq sah die Pflanzensilhouetten im bernsteinfarbenen Schein von Taafit an.

»Ich hoffe, die Party läuft«, sagte Maus. »Stell dir vor, wenn die jetzt irgendwo in der Ecke liegen und pennen!«

»Dann wecken wir sie eben.« Als Lorq über die Steinplatten ging, nahm er die Hände aus den Taschen. Eine Brise fuhr unter die Schöße seiner Weste, kühlte seine Finger. Er legte die Hand auf die Türplatte. Die Tür öffnete sich. Lorq trat ein.

»Scheint nicht, daß die eingeschlafen sind.«

Maus grinste und rannte zum Wohnzimmer.

Die Party war aufgezeichnet, wieder aufgezeichnet und noch einmal aufgezeichnet worden. Mehrfache Melodien ließen mehrere Tyÿs in verschiedenen Rhythmen tanzen. Was vorher Zwillinge gewesen waren, waren jetzt Zwölflinge. Sebastian, Sebastian und noch einmal Sebastian in verschiedenen Zuständen des Angeheitertseins füllte Gläser mit roter, blauer, grüner Flüssigkeit.

Lorq trat hinter Maus ein. »Lynceos, Idas! Wir haben euer — ich weiß jetzt wirklich nicht, was hier was ist. Ruhe einen Augenblick!« Er schlug auf den Wandschalter des Sensorrecorders ...

Vom Rande der Sandfläche blickten die Zwillinge auf, weiße Hände fielen auseinander, schwarze schlossen sich.

Tyÿ saß zu Sebastians Füßen und hielt die Knie an sich gezogen: graue Augen blitzten unter ihren Lidern.

Katins Adamsapfel fuhr an seinem langen Hals auf und ab.

Und Prince und Ruby, die Gold betrachtet hatten, drehten sich um. »Wir scheinen die Stimmung etwas gedämpft zu haben. Ruby hatte vorgeschlagen, sie sollten sich gar nicht um uns kümmern, aber...« Er zuckte die Achseln. »Ich bin froh, daß wir uns hier treffen. Yorgy wollte mir nicht sagen, wo du bist. Er ist ein guter Freund von dir. Aber kein so guter Freund wie ich ein Feind bin.« Die schwarze Vinylweste hing locker um seine knochenweiße Brust. Vortretende Rippen waren deutlich zu erkennen. Schwarze Hosen, schwarze Stiefel. Und um seinen Oberarm, dort wo der Handschuh endete, weißer Pelz.

Eine Hand schlug Lorq in den Magen, schlug noch einmal zu und noch einmal. »Du hast mich bedroht, sehr oft und auf sehr interessante Weise. Wie wirst du deine Drohung wahrmachen?«

Als Prince vortrat, wischte eine Schwinge von Sebastians Vogel über seine Wade. »Bitte ...« Prince sah auf das Tier hinunter. An der Sandfläche blieb er stehen, beugte sich zwischen die Zwillinge, griff mit seiner künstlichen Hand in den Sand und machte eine Faust. »Ah ...«, sein Atem, selbst mit geöffneten Lippen, ging zischend. Jetzt stand er auf und öffnete seine Finger.

Stumpfes Glas fiel rauchend auf den Teppich. Idas zog ruckartig die Füße zurück. Lynceos Lider gingen schneller.

»Beantwortet das meine Frage?«

»Betrachte es als eine Demonstration meiner Liebe für Kraft und Schönheit. Siehst du?« Er stieß die heißen Glasscherben mit dem Fuß über den Teppich. »Da! Zu viele Unreinheiten, als daß ich Murano Konkurrenz machen könnte. Ich bin hierhergekommen ...«

»Um mich zu töten?«

»Um die Vernunft sprechen zu lassen.«

»Was hast du außer Vernunft noch mitgebracht?«

»Meine rechte Hand. Ich weiß, daß du keine Waffen hast. Ich vertraue auf die meinen. Wir haben beide keinen Plan, Lorq, aber die Regeln stehen fest.«

»Prince, was hast du vor?«

»Ich möchte, daß die Dinge so bleiben, wie sie sind.«

»Stillstand ist Tod.«

»Aber weniger destruktiv als deine Verrücktheit.«

»Ich bin ein Pirat, erinnerst du dich?«

»Du bist auf dem Wege, der größte Verbrecher des Jahrtausends zu werden.«

»Willst du mir etwas sagen, was ich noch nicht weiß?«

»Hoffentlich nicht. Um unseretwillen hier. Um der Welten rings um uns willen ...«, und dann lachte Prince. »Wenn man unseren Streit einmal logisch betrachtet, Lorq, dann habe ich *recht.* Hast du dir das schon einmal überlegt?«

Lorq kniff die Augen zusammen.

»Ich weiß, daß du Illyrion willst«, fuhr Prince fort. »Und zwar nur aus dem Grund, um das Gleichgewicht der Kräfte zu stören; sonst hätte das Illyrion keinen Wert für dich. Weißt du, was geschehen wird?«

Lorq kniff die Lippen zusammen.

»Ich will es dir sagen: es wird die Wirtschaft der Äußeren Kolonien ruinieren. Es wird eine ganze Welle von Arbeitern geben, die ihre Arbeitsplätze verlieren. Sie werden in Schwärmen kommen, und wir werden dem Krieg so nahe sein, wie wir es seit der Niederwerfung von Wega nicht mehr waren. Wenn eine Gesellschaft wie Red Shift Ltd. in dieser Kultur den Stillstand erreicht, kommt das der Vernichtung gleich. Dadurch werden ebenso viele Arbeitsplätze in Draco zerstört werden wie die Vernichtung meiner Firmen in den Plejaden Arbeitsplätze zerstören würde. Ist das ein guter Anfang für dein Argument?«

»Lorq, du bist unverbesserlich!«

»Bist du jetzt beruhigt, jetzt, da du weißt, daß ich es mir überlegt habe?«

»Ich bin erschüttert.«

»Und hier ist noch ein Argument, das du gebrauchen kannst, Prince: du kämpfst nicht nur für Draco, sondern auch für das wirtschaftliche Gleichgewicht der Äußeren Kolonien. Wenn ich gewinne, macht ein Drittel der Galaxis große Fortschritte und zwei Drittel fallen zurück. Wenn du gewinnst, halten zwei Drittel der Galaxis ihren augenblicklichen Stand und ein Drittel fällt zurück.«

Prince nickte. »Und jetzt kannst du mich mit *deiner* Logik am Boden zerstören.«

»Ich muß überleben.«

Prince wartete. Er runzelte die Stirn. Und dann lachte er verwirrt: »Ist das alles, was du zu sagen hast?«

»Was sollte ich mir die Mühe machen, dir zu erklären, daß man trotz aller Schwierigkeiten neue Arbeitsplätze für diese Arbeiter finden kann? Daß es keinen Krieg geben wird, weil genügend Planeten und genügend Nahrung für sie vorhanden sind — wenn man nur alles richtig verteilt, Prince? Daß die Zunahme an Illyrion genügend neue Projekte schaffen wird, um all diese Leute zu beschäftigen?«

Princes schwarze Brauen hoben sich. »So viel Illyrion?«

Lorq nickte. »So viel.«

An dem großen Fenster hob Ruby die häßlichen Glasbrocken auf. Sie musterte sie, schien die Unterhaltung überhaupt nicht zu hören, aber Prince streckte die Hand aus, und sie legte ihm die Glasstücke sofort hinein. Sie folgte ihren Worten aufmerksam.

»Ich frage mich«, sagte Prince und sah die Bruchstücke an, »ob das gehen wird.« Seine Finger schlossen sich. »Bestehst du darauf, den Kampf zwischen uns neu zu eröffnen?«

»Du bist ein Narr, Prince. Die Gewalt, die die alte Feindschaft wieder aufgerissen hat, war am Werk, als wir Kinder waren. Warum sollten wir hier und heute so tun, als gäbe es sie nicht?«

Princes Faust begann zu zittern. Und dann öffnete er die Hand. Funkelnde Kristalle, in denen blaues Licht flammte. »Heptodynquarz. Bist du damit vertraut? Schwacher Druck auf unreines Glas erzeugt oft ... ich sage ›schwach‹. Das ist natürlich ein geologischer Ausdruck.«

»Du drohst schon wieder. Geh — jetzt. Oder du mußt mich töten.«

»Du willst gar nicht, daß ich gehe. Wir versuchen hier

einen Einzelkampf — früher nannte man das wohl Gottesgericht —, um zu entscheiden, welche Welten wohin fallen.« Prince nahm die Kristalle. »Ich könnte dir einen dieser Kristalle durch den Schädel jagen.« Er drehte die Hand, und wieder fielen Scherben auf den Boden. »Ich bin kein Narr, Lorq. Ich bin ein Jongleur. Ich möchte, daß weiterhin alle unsere Welten um meine Ohren kreisen.« Er verbeugte sich und tat einen Schritt zurück. Wieder berührte sein Fuß das schwarze Schemen.

Sebastians Vogel zog an seiner Kette. Segel flatterten durch die Luft, zerrten an seinem Arm ...

»Herunter! Herunter sage ich ...!«

... und die Kette wurde Sebastian aus der Hand gerissen, hob sich, flatterte zur Decke. Und dann stieß der Vogel auf Ruby herunter. Sie schlug mit den Armen um sich. Prince schoß auf sie zu, duckte sich unter den Schwingen. Und dann schoß seine behandschuhte Faust in die Höhe.

Es quietschte, flatterte zurück. Wieder schlug Princes Hand zu. Es zitterte in der Luft, stürzte zu Boden.

Tyÿ schrie auf, rannte zu dem verletzten Tier, das schwächlich auf dem Boden um sich schlug, und zog es weg. Sebastian erhob sich mit geballten Fäusten von seinem Hocker. Dann ging er auf die Knie, um sich um das verletzte Tier zu kümmern.

Prince drehte seine schwarze Hand. Purpurne Tropfen glitzerten daran. »Das war doch das Biest, das dich auf den Esclaros angegriffen hat, oder?«

Ruby stand auf. Sie schwieg immer noch und schob das schwarze Haar von den Schultern. Ihr Kleid war weiß, am Saum, am Kragen und an den Ärmeln mit Schwarz gesäumt. Sie betupfte die Stelle unter ihrer Brust, auf die Blutstropfen gefallen waren.

Prince musterte das winselnde Ding zwischen Tyÿ und Sebastian.

»Damit wären wir etwa quitt, oder Ruby?« Er rieb sich die Hände. Die aus Fleisch und die blutige schwarze.

Er sah die verschmierten Finger mit gefurchter Stirn an.

»Lorq, du hast mir eine Frage gestellt: ›wann ich meine Drohungen verwirklichen werde?‹ Irgendwann innerhalb der nächsten sechzig Sekunden. Aber vorher müssen wir noch über eine Sonne entscheiden. Diese Gerüchte, die du Ruby gegenüber erwähnt hast, sind zu uns gelangt. Wir haben von einer Sonne gehört, die in Kürze zur Nova werden soll. Dieser oder ähnlichen Sonnen hat offenbar seit geraumer Zeit dein Interesse in besonderem Maße gegolten.« Seine blauen Augen hoben sich von seiner besudelten Hand. »Illyrion. Ich sehe keinen Zusammenhang. Aber egal. Aarons Leute arbeiten daran.«

Spannung stieg wie körperlicher Schmerz zwischen Lorqs Hüften auf. »Du hast etwas vor. Nur zu. Tu es.«

»Ich muß es mir überlegen. Mit bloßer Hand glaube ich ... nein.« Seine Brauen schlossen sich wieder; er hob die schwarze Faust. »Nein. Diese hier. Ich würdige deinen Versuch, dich vor mir zu rechtfertigen. Aber wie rechtfertigst du dich vor ihnen?« Mit blutigen Fingern deutete er auf die Mannschaft.

»Ich habe diese Situation nicht geschaffen. Das Recht ist vielleicht auf deiner Seite. Ich versuche nur, sie zu lösen. Der Grund, weshalb ich dich bekämpfen muß, ist, daß ich glaube, gewinnen zu können. Das ist der einzige. Du bist für Stillstand, ich für Bewegung. Die Dinge bewegen sich. Mit Ethik hat das nichts zu tun.« Lorq sah die Zwillinge an. »Lynceos? Idas?«

Das schwarze Gesicht blickte auf; das weiße nach unten.

»Wißt ihr, was ihr in diesem Kampf riskiert?«

Einer sah ihn an, der andere sah weg. Beide nickten.

»Wollt ihr die *Roc* verlassen?«

»Nein, Captain. Wir ...«

»... ich meine, wenn sich alles ändert ...«

»... vielleicht auch auf Tubman in den Äußeren Kolonien ...«

»... dann geht Tobias dort vielleicht weg und ...«

»... und kommt zu uns.«

Ruby trat vor. »He, ihr beiden!« sagte sie zu den Zwillingen. Beide sahen sie an. »Wißt ihr wirklich, was geschieht, wenn ihr Captain Von Ray helft und er gewinnt?«

»Er kann gewinnen ...« Lynceos sah weg, und seine silbernen Lider zitterten.

Idas trat vor, um seinen Bruder abzuschirmen. »Oder verlieren.«

»Was sagen sie denn über unsere kulturelle Solidarität?« Das kam von Lorq. »Das ist nicht die Welt, die du erwartet hast, Prince.« Ruby fuhr herum. »Und was spricht dafür, daß es die deine ist?« Ohne auf eine Antwort zu warten, blickte sie zu dem glühenden Fluß hinaus. »Schau es dir an, Lorq.«

»Das tue ich doch. Was siehst du, Ruby?«

»Hier — du und Prince —, ihr wollt die inneren Flammen kontrollieren, die Flammen, die eine kalte Welt zum Leben erwecken. Dort draußen ist das Feuer ausgebrochen. Es hat dieser Stadt, dieser Welt eine Wunde versetzt, so wie Prince dir eine Wunde versetzt hat.«

»Um eine solche Narbe zu tragen«, sagte Prince (und Lorq spürte, wie seine Kinnladen sich spannten, wie die Muskeln an den Schläfen und der Stirn sich zusammenzogen) langsam, »mußt du vielleicht größer sein, als ich es bin.«

»Um sie zu tragen, muß ich dich hassen.«

Prince lächelte.

Lorq sah aus dem Augenwinkel, daß Maus sich zur Tür zurückgezogen hatte. Er hielt beide Hände hinter sich. Seine Lippen waren schlaff und legten die weißen Zähne frei.

»Haß ist eine Gewohnheit. Wir haben einander lange gehaßt, Lorq. Ich glaube, jetzt mache ich ein Ende.« Princes Finger bogen sich. »Erinnerst du dich, wie es anfing?«

»Auf São Orini? Ich erinnere mich, daß du damals genauso verzogen und bösartig warst wie du ...«

»Wer?« Wieder hob Prince die Brauen. »Bösartig? Ah, aber du warst regelrecht grausam, und ich habe es dir nie verziehen.«

»Weil ich mich über deine Hand lustig gemacht ...«

»Hast du das? Komisch, daß ich mich nicht daran erinnere. Dabei vergesse ich solche Beleidigungen höchst selten. Aber nein. Ich spreche von dieser barbarischen Schaustellung, die du uns im Dschungel gezeigt hast. Tiere; und wir konnten die in der Grube nicht einmal sehen. Alle hängten sich über den Rand, schwitzten, schrien, betrunken und — einfach tierisch. Und Aaron war einer von ihnen. Ich kann mich bis heute daran erinnern, seine Stirn glänzte, sein Haar war feucht, sein Gesicht verzerrt, und er fuchtelte mit der Faust herum.« Prince schloß seine Samtfinger. »Ja, seine Faust. Das war das erste Mal, daß ich meinen Vater so gesehen habe. Es hat mich erschreckt. Wir haben ihn seitdem oft so gesehen, nicht wahr, Ruby?« Er sah seine Schwester an. »Da war diese Fusion mit De Targo, als er an diesem Abend aus dem Konferenzzimmer kam ... oder der Anti-Flamina-Skandal vor sieben Jahren ... Aaron ist ein charmanter, kultivierter und absolut bösartiger Mann. Du warst der erste, der mir diese Bösartigkeit nackt und bloß in seinem Gesicht gezeigt hat. Das konnte ich dir nie verzeihen, Lorq. Dieser Plan, den du da hast, was auch immer er sein mag, mit dieser lächerlichen Sonne: ich muß ihn vereiteln. Ich muß den Wahnsinn der Von Rays vereiteln.« Prince trat vor. »Wenn die Plejadenföderation zerbricht, wenn du zerbrichst, so nur, damit Draco lebe ...«

Und Sebastian sprang ihn an.

Es kam so plötzlich, daß alle gleichermaßen erstaunt waren.

Prince ließ sich auf ein Knie fallen. Seine Hand fiel auf die Quarzbrocken; sie zerschellten in blauem Feuer. Und als Sebastian zuschlug, ließ Prince eines der Fragmente durch die Luft peitschen — *suuick.* Es bohrte sich Sebastian in den haarigen Arm. Sebastian brüllte auf, taumelte zurück. Wieder fegte Princes Hand über die grell funkelnden zerbrochenen Kristalle.

... *suuick* — *suuick* und — *suuick.*

Blut tropfte aus zwei Stellen an Sebastians Leib und aus einer Stelle an seiner Hüfte. Lynceos sprang auf. »He, du kannst doch ...«

»Doch kann er!« Idas packte seinen Bruder; weiße Finger mühten sich vergeblich, die schwarze Stange von seiner Brust zu reißen. Sebastian fiel.

Suuick ...

Tyÿ schrie auf und beugte sich über ihn, beugte sich schützend über sein blutendes Gesicht.

... suuick, suuick.

Stöhnend richtete er sich auf. Die Wunden an seiner Hüfte und seiner Wange und zwei an seiner Brust flackerten.

Prince stand da. »Jetzt werde ich dich töten.« Er trat über Sebastians Füße hinweg, die sich in den Boden zu krampfen versuchten. »Ist das eine Antwort auf deine Frage?«

Es kam von irgendwo in Lorqs Innerem, wo es im Gestern verankert war. Die Wonne ließ ihn Form und Umrisse deutlich und leuchtend erkennen. Irgend etwas in ihm erzitterte. Und Lorq brüllte. In dem von der Droge geschärften Bewußtsein sah er die Syrynx von Maus, wo sie auf der Bühne liegengeblieben war. Er riß sie hoch ...

»Nicht, Captain!«

... als Prince vorsprang. Lorq duckte sich, das Instrument an seine Brust gepreßt. Er drehte am Intensitätsregler.

Princes Handkante schmetterte gegen den Türstock (wo einen Augenblick zuvor noch Maus gelehnt hatte). Das Holz wurde einen Meter tief aufgerissen.

»Captain, die gehört ...!« Maus sprang, und Lorq schlug ihn mit der flachen Hand weg. Maus taumelte zurück und stürzte in den Sand.

Lorq duckte sich zur Seite und blickte zur Tür hinüber, wo Prince immer noch lächelnd gerade zurücktrat.

Und dann drehte Lorq am Abstimmknopf.

Ein Blitz.

Es war ein Reflex von Princes Weste; ein eng gebündelter Strahl. Prince riß die Hand an die Augen. Dann schüttelte er den Kopf, blinzelte.

Wieder drehte Lorq an der Syrynx.

Prince preßte die Hände gegen die Augen, trat zurück, schrie.

Lorqs Finger drehten an den Saiten. Obwohl es ein gebündelter Strahl war, brüllte das Echo durch den Raum, übertönte den Schrei.

Lorqs Kopf dröhnte, aber er schlug erneut auf den Resonanzboden. Und wieder. Und bei jedem Schlag taumelte Prince zurück. Er stolperte über Sebastians Füße, fiel aber nicht. Und wieder. Lorqs Kopf drohte zu zerspringen. Und der Teil seines Bewußtseins, der über seiner Wut stand, dachte: sein Mittelohr *muß* zerrissen sein ... Und dann hüllte seine Wut alles ein, und er war zu keinem rationalen Gedanken mehr fähig.

Und wieder.

Princes Arme fuchtelten wild um seinen Kopf. Seine unbehandschuhte Hand schlug gegen eines der schwebenden Regale. Die Statuette fiel.

Und Lorq drückte wütend auf die Geruchsplatte.

Ein scharfer Gestank brannte in seiner Nase, versengte seine Nasenhöhle, so daß seine Augen zu tränen begannen.

Prince schrie, taumelte; seine behandschuhte Faust schlug gegen das Fenster. Es splitterte vom Boden bis zur Decke auf.

Mit brennenden, nur mehr undeutlich sehenden Augen folgte ihm Lorq.

Jetzt schlug Prince mit beiden Fäusten gegen das Glas; es explodierte. Die Splitter klirrten auf den Boden und das Felsgestein.

»Nein!« von Ruby. Sie hielt die Hände über das Gesicht.

Und Prince taumelte ins Freie.

Hitze schlug Lorq ins Gesicht, aber er folgte ihm.

Prince stolperte auf den glühenden Schein von Gold zu. Und Lorq immer hinterher.

Und stieß gegen etwas.

Licht peitschte Prince. Er mußte einen Teil seines Augenlichts zurückgewonnen haben, denn er griff wieder an seine Augen. Dann ging er auf die Knie.

Lorq taumelte. Seine Schulter scharrte an heißen Felsen. Er war bereits über und über vom Schweiß überströmt. Die Schweißtropfen standen auf seiner Stirne, tropften aus seinen Brauen, brannten in seiner Narbe. Er tat sechs Schritte. Und bei jedem Schritt schlug er Licht an, heller als Gold, Töne lauter als das Brüllen der Lava, Gerüche, schärfer als die Schwefeldämpfe, die in seiner Kehle brannten. Seine Wut war echt und rot und heller als Gold. »Scheusal ... Teufel ... Dreck!«

Prince stürzte in dem Moment, da Lorq ihn erreichte. Seine bloße Hand griff nach dem glühendheißen Stein. Sein Kopf ruckte hoch. Das fallende Glas hatte seine Arme und sein Gesicht zerschnitten. Sein Mund öffnete und schloß sich wie der eines Fisches. Seine blinden Augen blinzelten, kniffen sich zusammen und öffneten sich wieder.

Und Lorq holte mit dem Fuß aus, trat in das keuchende Gesicht ... Und seine Wut hatte sich verzehrt.

Er atmete heißes Gas ein. Seine Augen schmerzten von der Hitze. Er drehte sich um, und seine Arme glitten an seine Seite. Plötzlich hob sich der Boden unter ihm. Die schwarze Kruste öffnete sich, Hitze schlug ihm entgegen. Er taumelte zwischen den Felsbrocken nach oben. Die Lichter von Taafit zitterten hinter wabernden Schleiern. Er schüttelte den Kopf. Er hustete. Das Geräusch kam wie aus endloser Ferne. Und er hatte die Syrynx fallen lassen ...

... und sie fiel zwischen den schroffen Brocken.

Kühle berührte sein Gesicht, drang in seine Lungen. Lorq richtete sich auf. Sie starrte ihn an. Und Lorq trat auf sie zu.

Sie hob die Hand (er dachte, sie würde ihn schlagen, und es war ihm egal) und berührte seinen gespannten Nacken.

Ihre Kehle zuckte.

Lorq musterte ihr Gesicht, ihr Haar über einen silbernen Kamm gespannt. Im flackernden Licht von Gold hatte ihre Haut die Farbe einer samtigen Nußschale; ihre Augen leuchteten groß über den vorstehenden Wangenknochen. Aber das herrlichste war der Ausdruck ihres kupfernen Mundes, der zwischen einem schrecklichen Lächeln und der Resignation hin- und hergerissen wurde; das Herrliche war die Kurve ihrer Finger an ihrer Kehle.

Ihr Gesicht näherte sich dem seinen. Warme Lippen berührten die seinen, wurden feucht. Und an seinem Hals immer noch die Wärme ihrer Finger, die Kühle ihres Ringes. Ihre Hand glitt tiefer.

Und dann schrie hinter ihnen Prince.

Ruby zuckte zurück, fletschte förmlich die Zähne. Ihre Nägel kratzten über seine Schulter, und sie floh an ihm vorbei, den Felsen hinunter.

Lorq blickte ihr nicht einmal nach. Er gab sich ganz der Erschöpfung hin. Und dann schritt er durch die Glasstükke. Er sah seine Mannschaft an. »Kommt, verdammt noch mal! Verschwindet hier!«

Seine Muskeln spannten sich wie Stahlseile. Rotes Haar stand wirr von seinem Kopf, zitterte bei jedem Atemzug.

»Los jetzt!«

»Captain, was ist aus meiner . . . ?«

Aber Lorq war bereits zur Tür gegangen.

Und Maus blickte verwirrt zuerst zum Kapitän und dann zum flammenden Gold. Er rannte durch das Zimmer und zwängte sich durch die zerbrochene Glasscheibe.

Im Garten wollte Lorq gerade das Tor schließen, als Maus noch hinter den Zwillingen hindurchglitt, die Syrynx unter einen Arm geklemmt, den Sack unter den anderen.

»Zurück zur *Roc*«, sagte Lorq. »Wir verlassen diese Welt.«

Tyÿ stützte Sebastian mit einer Schulter und ihren verletzten Vogel mit der anderen. Katin versuchte, ihr zu helfen, aber Sebastian war zu klein, als daß Katin ihm hätte helfen können. Schließlich steckte Katin die Daumen in den Gürtel.

Nebelschwaden trieben zwischen den Straßenlaternen, als sie über die mit Kopfstein gepflasterten Straßen der Stadt der schrecklichen Nacht eilten.

»Der *Wagen.* Ich spiele aus. Keule neun.«

»Stabritter.«

»Stabas. Das Spiel geht an den Strohmann.«

Der Start war glatt vor sich gegangen. Jetzt flogen Lorq und Idas das Schiff. Der Rest der Mannschaft saß in der Messe.

Von der Rampe sah Katin Tyÿ und Sebastian zu, die eine Zweierpartie Karten spielten.

»Parsifal — der arme Narr —, der die Minor Arkana aufgegeben hat, muß sich jetzt durch die restlichen einundzwanzig Karten der Major Arkana hindurcharbeiten. Man sieht ihn am Rande der Klippe. Eine weiße Katze zerreißt ihm den Hosenboden. Man kann nicht sagen, ob er stürzen oder wegfliegen wird. Aber später in der Serie gibt es in Form der Karte, die sich der *Eremit* nennt, einen Hinweis: ein alter Mann mit einem Stab und einer Laterne steht auf dieser selben Klippe und blickt traurig über die Felsen ...«

»Wovon, zum Teufel, redet ihr denn?« fragte Maus. Sein Finger strich geistesabwesend über eine Schramme in dem polierten Rosenholz. »Nein, ihr braucht es nicht zu sagen. Diese verdammmten Tarotkarten ...«

»Ich spreche von Suchen, Maus. Ich glaube langsam, mein Roman könnte die Geschichte einer Suche werden.« Er hob seinen Recorder. »Ich denke da zum Beispiel an den Archetyp des Grals. Es ist nur eigenartig beunruhigend, daß kein Schriftsteller, der die Gralslegende in ihrer nackten Gesamtheit in Angriff genommen hat, lange genug gelebt hat, um sein Werk zu vollenden. Malory, Tennyson und Wagner, die die populärsten Versionen geschaffen haben, haben die Grundlagen so verzerrt, daß die mythische Struktur ihrer Version entweder nicht mehr erkennbar oder nutzlos ist — deshalb sind die vielleicht auch dem Fluch entgangen. Aber alle wahren Gralsberichte, Robert de Borons Gralszyklus im dreizehnten Jahrhundert, Wolfram von Eschenbachs Parzival oder Spencers Faerie Queene im sechzehnten, waren alle beim Tode ihrer Autoren unvollständig. Ende des neunzehnten Jahrhunderts begann Richard Hovey, ein Amerikaner, glaube ich, einen Zyklus von elf Gralsstücken und starb, ehe er nur fünf beendet hatte. Und ein Jahrhundert später ...«

»Willst du jetzt endlich den Mund halten! Ich schwöre dir, Katin, wenn ich so viel in alten Schriften herumschnüffeln würde wie du, würde ich verrückt werden!«

Katin seufzte und schaltete seinen Recorder ab. »Ah, Maus, und ich würde verrückt werden, wenn ich so wenig täte wie du.«

Maus schob das Instrument in seinen Sack zurück, verschränkte die Arme darüber und stützte das Kinn auf den Handrücken.

»Ach komm, Maus. Schau, ich hab' ja schon aufgehört. Sei nicht traurig. Was bist du denn so niedergeschlagen?«

»Meine Syrynx ...«

»Na und? Dann hat sie eben einen Kratzer. Aber du hast das ja schon ein Dutzend mal untersucht und gesagt, man könne noch genauso darauf spielen.«

»Nicht das Instrument.« Maus runzelte die Stirn. »Was der Kapitän mit ...« Er schüttelte bei dem bloßen Gedanken den Kopf.

»Oh.«

»Und nicht einmal das.« Maus setzte sich auf.

»Was dann?«

Wieder schüttelte Maus den Kopf. »Als ich durch die zersprungene Glasscheibe rannte, um sie zu holen ...«

Katin nickte.

»Die Hitze dort draußen war unglaublich. Drei Schritte und ich dachte, ich würde es nicht schaffen. Und dann sah ich, wo der Captain sie hingeworfen hatte, halbwegs den Abhang hinunter. Also kniff ich die Augen zusammen und rannte weiter. Ich dachte, der Fuß müßte mir abbrennen, und ich muß gehüpft sein wie ein Hase. Jedenfalls, als ich sie schließlich aufhob ... da sah ich sie.«

»Prince und Ruby?«

»Sie versuchte, ihn den Abhang wieder hinaufzuziehen. Sie hielt inne, als sie mich sah. Und ich hatte Angst.« Er blickte auf. Seine Finger waren in die Handballen gekrallt. »Ich richtete die Syrynx auf sie, Licht, Ton und Geruch, alles auf einmal, hart. Captain weiß nicht, wie man eine Syrynx dazu bringt, das zu tun, was er will. Ich schon. Sie war blind, Katin. Und wahrscheinlich habe ich ihre beiden Trommelfelle gesprengt. Der Laser war so eng gebündelt, daß ihr Haar Feuer fing und dann ihr Kleid ...«

»Oh, Maus ...«

»Ich hatte Angst, Katin! Nach all dem, was Captain und sie getan haben. Aber Katin ...« Sein Flüstern war jetzt kaum mehr zu hören. »Es ist nicht gut, solche Angst zu haben.«

»Schwertdame.«

»Schwertkönig.«

»*Das Liebespaar.* Ich spiele aus. Schwertas.«

»... Tyÿ, komm herein und löse Idas eine Weile ab«, hallte Von Rays Stimme durch den Lautsprecher.

»Ja, Sir. Der Strohmann spielt Schwertdrei aus. Die *Kaiserin* von mir. Ich ausspiele.« Sie schob die Karten zusammen und ging zur Projektionskammer.

Sebastian streckte sich. »He, Maus!«

□▯ 7 ▯□

»Was?«

Sebastian schritt über den blauen Teppich, knetete seinen Unterarm. Der Medorobot des Schiffes hatte seinen gebrochenen Ellbogen in fünfundvierzig Sekunden in Ordnung gebracht. Für die kleineren, auffälligeren Wunden hatte er etwas weniger Zeit gebraucht. (An seiner Frontplatte waren ein paar Lichter von eigenartiger Farbe aufgeflammt, als ihm das dunkle Ding mit der zusammengefallenen Lunge und drei abgebrochenen Rippen präsentiert wurde. Aber Tyÿ hatte an der Programmierung herumgespielt, bis die Einheit verläßlich summend über das Tier glitt.)

Jetzt watschelte das eigenartige Geschöpf wieder unheilverheißend und glücklich hinter seinem Meister. »Maus, warum du dir nicht vom Schiffsmedo die Kehle richten läßt?« Er machte eine weit ausholende Handbewegung. »Er es bestimmt gut machen würde.«

»Geht nicht. Die haben das ein paarmal probiert, als ich ein kleiner Junge war. Damals als ich meine Stecker kriegte.« Maus zuckte die Achseln.

Sebastian runzelte die Stirn.

»Jetzt es nicht sehr ernst klingt.«

»Ist es auch nicht«, sagte Maus. »Es stört mich nicht. Die können es bloß nicht richten. Irgend etwas, das mit neurologischer Kon-kon-weiß-nicht-was zu tun hat ...«

»Was das ist?«

Maus spreizte die Finger und blickte vielsagend zur Decke.

»Neurologische Kongruenz«, sagte Katin. »Deine losen Stimmbänder müssen ein neurologisch kongruenter Geburtsfehler sein.«

»Yeah, das haben die auch gesagt.«

»Zwei Arten von Geburtsfehlern gibt es«, sagte Katin.

»Bei beiden ist ein Körperteil, intern oder extern, deformiert, verkümmert, oder einfach falsch zusammengesetzt.«

»Meine Stimmbänder sind alle da.«

»Aber in der Gehirnbasis gibt es eine kleine Nervenzusammenballung, die im Querschnitt betrachtet mehr oder weniger wie ein winziges menschliches Wesen aussieht. Wenn dieser Nervenknoten vollständig ist, besitzt das Gehirn auch die Nervenausstattung, um einen kompletten Körper zu steuern. In sehr seltenen Fällen enthält dieser Knoten die gleiche Deformation wie der Körper selbst. Und das scheint bei Maus der Fall zu sein. Selbst wenn man den physischen Schaden behebt, gibt es keine Nervenverbindungen im Gehirn, um das physisch reparierte Körperteil zu manipulieren.«

»Das muß es auch sein, was an Princes Arm nicht stimmt«, sagte Maus. »Wenn er ihm in einem Unfall oder so etwas abgerissen worden wäre, könnte man ihm ja einen neuen aufpfropfen, die Adern und Nerven und alles verbinden, und der Arm wäre wie neu.«

»Oh«, sagte Sebastian.

Lynceos kam die Rampe herunter. »Captain ist ein richtiger Spitzenpilot ...«

Idas kam an den Rand des Pools. »Dieser Stern, zu dem er fliegt, wo ist ...«

»... den Koordinaten nach muß er an der Spitze des Inneren Arms liegen ...«

»Also in den Äußeren Kolonien ...«

»... außerhalb der Äußeren Kolonien sogar ...«

»... das bedeutet eine Menge fliegen«, sagte Sebastian. »Und Captain will den ganzen Weg allein fliegen.«

»Der Kapitän hat über vieles nachzudenken«, meinte Katin.

Maus schob sich den Riemen seiner Syrynx über die Schulter. »Und über eine Menge Dinge will er *nicht* nachdenken. He, Katin, wie wär's jetzt mit diesem Schachspiel?«

Sie setzten sich ans Spielbrett. Drei Spiele später kam

Von Rays Stimme durch die Lautsprecher. »Alles in die Projektorkammern. Vor uns liegen ein paar schwierige Gegenströmungen.«

Maus und Katin standen von ihren Kontursesseln auf. Katin schlenderte auf die kleine Tür hinter der Wendeltreppe zu. Maus rannte quer über den Teppich und die drei Stufen hinauf. Das verspiegelte Paneel schob sich in die Wand. Er stieg über die Werkzeugkiste, eine Rolle Kabel und setzte sich auf die Couch. Dann zog er die Kabel zurecht und steckte sie ein.

Olga blinzelte verführerisch über, vor, unter und neben ihm.

Gegenströmungen: rote und silberne Münzen, die vor ihnen im Weltall glitzerten. Der Kapitän hielt die *Roc* gegen den Strom.

»Du mußt ein Klasserenner gewesen sein«, sagte Katin. »Was für eine Jacht hast du denn geflogen? Wir hatten einen Rennclub auf der Schule und drei Jachten gemietet. Ich wollte selbst mal mitmachen.«

»Mund halten. Und sorg dafür, daß dein Kegel nicht abrutscht.« Hier am Ende einer Spirale gab es weniger Sterne. Die gravimetrischen Verschiebungen waren hier wesentlich sanfter. Wenn man im Zentrum der Galaxis flog, wo die Strömung dichter war, gab es ein Dutzend Frequenzen, die gegenläufig zueinander waren. Hier mußte ein Kapitän alle Spuren feinster Ionenablenkungen aufnehmen.

»Wohin geht denn die Reise überhaupt?« fragte Maus.

Lorq zeigte die Koordinaten auf der Matrix, und Maus versuchte, sie zu verarbeiten.

Wo war der Stern?

»Mein Stern.« Lorq fegte die Kegel beiseite, damit sie ihn sehen konnten. »Das ist meine Sonne. Meine Nova, mit Licht, das achthundert Jahre alt ist. Schau genau hin, Maus, und sorge dafür, daß wir auf dem schnellsten Wege hinkommen. Wenn du mir auch nur eine Sekunde Zeit stiehlst ...«

»Aber Captain ...«

»Dann stopfe ich dir Tyÿs Karten in den Hals, und zwar hochkant. Zurück auf Kurs.«

Und Maus schwenkte den Kegel, und die Nacht raste um seinen Kopf.

»Kapitäne von hier draußen«, sinnierte Lorq, als die Strömung nachgelassen hatte, »haben Schwierigkeiten in Gegenden mit größerer Sterndichte. Da ist schon mancher in den Plejaden gescheitert. Die kommen vom Kurs ab, verlieren ihren Peilstrahl und richten allen möglichen Unsinn an. Die Hälfte der Unfälle, von denen man hört, sind von solchen Kapitänen verursacht worden. Ich hab' einmal mit einigen von ihnen gesprochen. Sie sagten mir, hier draußen am Rande seien wir diejenigen, die dauernd die Schiffe in Gravitationswirbel jagten. ›Ihr schlaft doch immer an euren Projektoren ein‹, sagten sie mir.« Er lachte.

»Weißt du, du bist schon lange geflogen, Captain«, sagte Katin. »Jetzt sieht es doch vorne ziemlich klar aus. Warum läßt du dich nicht auf eine Weile ablösen?«

»Ich habe Lust, noch eine Wache im Äther herumzufummeln. Du und Maus, ihr bleibt am Kabel. Ihr anderen könnt die Stecker lösen.«

Die Nacht senkte sich sanft um ihre Augen. Und die Projektorkegel trieben sie auf das winzige Loch in der Samtdecke zu.

»Muß ja toller Betrieb sein draußen in den Bergwerken auf Tubman«, meinte Maus nach einer Weile. »Ich hab' darüber nachgedacht, Katin. Als der Captain und ich den Gold hinunterkrochen, um Wonne zu holen, gab es da so ein paar Typen, die uns einreden wollten, wir sollten uns für Arbeit dort draußen verpflichten. Weißt du, ich hab' nachgedacht: ein Stecker ist ein Stecker, und eine Steckdose ist eine Steckdose. Und wenn ich am einen Ende sitze, sollte es eigentlich keinen großen Unterschied machen, ob da ein Raumschiffkegel, ein Aqualatnetz oder ein Erzschneider am anderen Ende hängt. Ich glaube, ich könnte ohne weiteres mal dort arbeiten.«

»Möge Ashton Clarks Schatten über deiner rechten Schulter schweben und deine linke bewachen.«

»Danke.« Nach einer Weile fragte er: »Katin, warum reden die Leute immer von Ashton Clark, wenn man davon redet, seinen Job zu wechseln? In Cooper haben die uns gesagt, der Bursche, der die Steckdosen erfunden hätte, hätte Stecker oder so ähnlich geheißen.«

»Stequez«, sagte Katin. »Trotzdem muß er das für einen unglücklichen Zufall gehalten haben. Ashton Clark war ein Philosoph aus dem dreiundzwanzigsten Jahrhundert, Philosoph und Psychologe, und seine Arbeit hat Wladimir Stequez die Grundlagen zur Entwicklung seiner Nervenstecker gegeben. Ich nehme an, daß die Antwort auf deine Frage etwas mit der Arbeit zu tun hat. Arbeit, wie die Menschheit sie bis zu den Tagen Clarks und Stequez' kannte, war etwas völlig anderes als das, was wir heute unter Arbeit verstehen. Ein Mann ging damals in ein Büro und bediente einen Computer, der riesige Zahlenmassen ordnete, zum Beispiel Verkaufsberichte über, sagen wir Knöpfe, oder etwas ähnlich Archaisches — aus verschiedenen geographischen Regionen. Die Position dieses Mannes war für die Knopfindustrie lebenswichtig. Sie brauchten diese Information, um entscheiden zu können, wie viele Knöpfe im nächsten Jahr produziert werden mußten. Aber obwohl dieser Mann eine für die Knopfindustrie wichtige Position innehatte und von ihr bezahlt wurde, Woche für Woche, Jahr für Jahr, sah er vielleicht sein ganzes Leben lang keinen Knopf. Er erhielt einen bestimmten Geldbetrag für die Bedienung des Computers. Mit diesem Geld kaufte seine Frau Lebensmittel und Kleider für ihn und seine Familie. Aber zwischen seiner Arbeit und dem Rest seiner Zeit bestand keine direkte Verbindung. Er wurde nicht mit Knöpfen bezahlt. In dem Maße, wie Bauernarbeit, Jagen und Fischen Berufe eines immer kleineren Bevölkerungsanteils wurden, wurde die Kluft zwischen der Arbeit und dem Leben eines Menschen — dem, was er aß, was er trug, wo er schlief — tiefer und tiefer. Ashton Clark wies darauf hin, welchen psychologischen Schaden dies für die Menschheit hervorrief. Der ganze Sinn von Selbstkontrolle und Selbstverantwortung, den der Mensch während der neolithischen Revolution erwarb, als er zum erstenmal lernte, Getreide zu pflanzen und Tiere zu zähmen und an einem Ort, den er selbst gewählt hatte, zu leben, war ernsthaft gefährdet. Diese Drohung bestand bereits seit Beginn der industriellen Revolution, und viele Leute hatten schon vor Ashton Clark darauf hingewiesen. Aber Ashton Clark ging noch einen Schritt weiter. Wenn eine technologische Gesellschaft es erforderte, daß außer Geld keine direkte Beziehung zwischen der Arbeit eines Menschen und seinem persönlichen Leben bestand, mußte er zumindest empfinden, daß er die Dinge durch seine Arbeit direkt verändert, daß er Dinge schafft, Dinge macht, die vorher nicht existierten, daß er Dinge von einem Ort zum anderen bewegt. Er muß bei seiner Arbeit Energie aufwenden und mit eigenen Augen sehen, wie diese Veränderungen erfolgen. Andernfalls müßte er sein Leben für nutzlos halten.

Hätte Ashton Clark hundert Jahre früher oder später gelebt, so hätte wahrscheinlich niemand je von ihm gehört. Aber die Technik hatte einen Punkt erreicht, wo sie Ashton Clarks Worten den nötigen Rückhalt verleihen konnte. Stequez erfand seine Steckdosen und Stecker und seine Nervenreaktionskreise sowie die ganze neuronische Regeltechnik, die es erst ermöglichte, Maschinen durch direkte Nervenimpulse zu steuern und zu kontrollieren — dieselben Impulse, die eine Hand und einen Fuß dazu veranlassen, sich zu bewegen. Und dann kam es noch zu einer Revolution im Begriff Arbeit. Man fing an, jeden größeren industriellen Arbeitsvorgang in einzelne Schritte zu zerlegen, die ›direkt‹ von Menschen vorgenommen werden konnten. Es hatte schon vorher Fabriken gegeben, die ein einziger Mann betreiben konnte, einer völlig gleichgültigen Type, ein Mann, der am Morgen einen Schalter umlegte, den halben Tag schlief, vor dem Mittagessen ein paar Skalen überprüfte und dann alles abschaltete, ehe er abends nach Hause ging. Jetzt ging ein Mann in eine Fabrik, hängte sich ans Kabel und konnte die Rohmaterialien mit dem linken Fuß in die Fabrik schieben, mit einer Hand Tausende und Abertausende präziser Teile herstellen, sie mit der anderen zusammenmontieren und mit dem rechten Fuß die Fertigprodukte hinausschieben, nachdem er sie alle mit eigenen Augen überprüft hatte. Auf diese Weise wurde er zu einem wesentlich zufriedeneren Arbeiter. Und wegen seiner Eigenart konnte der Großteil der Arbeit in solche Kabeljobs umgewandelt werden und auf die Weise sehr viel wirksamer als je zuvor verrichtet werden. In den seltenen Fällen, wo die Produktion etwas wenig effizient war, wies Clark auf die psychologischen Vorteile für die Gesellschaft hin. Ashton Clark, so hieß es, war der Philosoph, der dem Arbeiter den Begriff der Humanitas zurückbrachte. Unter diesem System verschwanden die meisten Geisteskrankheiten, die auf reine Frustration zurückzuführen waren. Und diese Wandlung machte aus dem Krieg eine Unmöglichkeit, wo er früher nur eine Seltenheit gewesen war und stabilisierte — nach den anfänglichen Wirren — das ökonomische Netz der Welten in einer Art und Weise, daß diese Stabilität nun schon achthundert Jahre angehalten hat. Ashton Clark wurde der Prophet der Arbeiter. Und deshalb pflegt man selbst heute noch, wenn jemand seinen Job wechseln will, Ashton Clark anzurufen oder symbolisch seinen Segen zu erbitten.«

Maus blickte zu den Sternen hinaus. »Ich erinnere mich, daß die Zigeuner seinen Namen manchmal als Fluch gebrauchten.« Er überlegte eine Weile. »Aber ohne Stecker ist das auch nicht anders zu erwarten.«

»Es gab Gruppen, die sich Clarks Ideen widersetzten, insbesondere auf der Erde, die immer etwas reaktionär war. Aber sie hatten nicht lange Bestand.«

»Yeah«, nickte Maus. »Nur achthundert Jahre. Nicht alle Zigeuner sind Verräter wie ich.« Aber er lachte dabei. »Das Ashton-Clark-System hat für mich nur einen einzigen ernsthaften Nachteil, und es hat ziemlich lange gedauert, bis dieser Nachteil offenkundig wurde.«

»So? Und der wäre?«

»Die Professoren haben das, wie es scheint, seit Jahren gepredigt. Wenn Intellektuelle beisammen sind, hört man es immer wieder. Es scheint heute einen gewissen Mangel an kultureller Festigkeit zu geben. Das war es, was die Wegarepublik im Jahre 2800 zu schaffen suchte. Wegen der Leichtigkeit, mit der die Leute heute arbeiten können und der Befriedigung, die sie in ihrer Arbeit finden, hat in den letzten zehn/zwölf Generationen eine derartige Wanderbewegung von Welt zu Welt stattgefunden, daß die ganze Gesellschaft in Stücke gegangen ist. Es gibt nur eine einzige bunte käufliche interplanetarische Gesellschaft, die keine echte Tradition hinter sich hat ...«

»He, ihr dort! Laßt eure Kegel nicht durchhängen!«

»Tut mir leid, Captain.«

»Ja, Captain.«

»Hört auf zu quatschen, wenn ihr dazu die Augen zumachen müßt.« Betreten wandten die beiden Cyborgstecker ihre Aufmerksamkeit wieder der Nacht zu. Maus grübelte. Und Lorq Von Ray sagte: »Dort ist ein Stern vor uns, hell und heiß. Das einzige Ding am Himmel. Vergeßt das nicht. Haltet ihn genau vor uns und laßt ihn nicht abrutschen. Ihr könnt euch über kulturelle Traditionen unterhalten, wenn ihr Freiwache habt.«

Ohne Horizont stieg der Stern empor.

Zwanzigmal so weit von ihm entfernt wie die Erde von der Sonne (oder wie Ark von der seinen) strahlt ein Stern der mittleren G-Klasse nicht genügend Licht aus, um in einer erdähnlichen Atmosphäre den Eindruck von Tageslicht zu erwecken. Auf solche Distanz sah der hellste Gegenstand am Nachthimmel immer noch wie ein Stern aus, nicht wie eine Sonne — aber wie ein sehr heller Stern.

Der Abstand betrug jetzt drei Milliarden Kilometer oder etwa zwanzig Sonnenabstände.

Es war der hellste Stern am Himmel.

»Eine Schönheit, hm?«

»Nein, Maus«, sagte Lorq, »bloß ein Stern.«

»Wie kannst du feststellen ...«

»... daß er zur Nova werden wird?«

»Wegen der Zunahme schwerer Stoffe an der Oberfläche«, erklärte Lorq den Zwillingen. »Seine Absolutfarbe verschiebt sich ins Rote, und das entspricht einer leichten Abkühlung der Oberflächentemperatur. Ferner hat die Sonnenfleckenaktivität etwas zugenommen.«

»Von der Oberfläche eines Planeten dieses Sternes aus könnte man es also nicht feststellen?«

»Stimmt. Die Rötung ist viel zu schwach, als daß man sie mit bloßem Auge entdecken könnte. Glücklicherweise besitzt dieser Stern keine Planeten. Es treibt da einiger Abfall von Mondgröße herum. Das könnte ein mißglückter Versuch gewesen sein, einen Planeten zu bilden.«

»Monde?«

»Monde!« wandte Katin ein. »Ohne Planeten gibt es keine Monde. Planetoiden vielleicht, aber keine Monde!«

Lorq lachte. »Mond*groß* habe ich gesagt.«

»Ach so.«

Sämtliche Kegel waren dazu benutzt worden, die *Roc* in einen Orbit mit einem Radius von drei Milliarden Kilometer um den Stern zu steuern. Katin lag in seiner Projektorkammer und zögerte, das Bild des Sterns von seinem Schirm zu löschen.

»Was ist dann mit den Forschungsstationen, die das Alkane eingerichtet hat?«

»Die treiben genauso einsam wie wir. Wir werden zu gegebener Zeit von ihnen hören. Aber im Augenblick brauchen wir sie nicht, und sie brauchen uns nicht. Cyana hat sie von unserem Kommen verständigt. Ich zeige sie euch auf dem Bildschirm. Da, jetzt könnt ihr ihre Bewegung verfolgen. Das ist die größte Station. Sie ist bemannt. Sie ist fünfzigmal so weit draußen wie wir.«

»Sind wir innerhalb der Gefahrenzone?«

»Wenn diese Nova anfängt, wird dieser Stern den ganzen Himmel auffressen, und zwar weit hinaus.«

»Wann fängt es an?«

»Tage hat Cyana gesagt. Aber solche Vorhersagen können in beiden Richtungen um bis zu zwei Wochen abweichen. Wir werden ein paar Minuten Zeit haben abzuhauen, wenn die Geschichte losgeht. Wir sind jetzt etwa zweieinhalb Lichtstunden entfernt.« Ihre Bilder kamen nicht über Lichtquellen, sondern durch Warpstrahlen, so daß sie die Sonne synchron sahen. »Wir sehen den Ausbruch sofort, wenn es losgeht.«

»Und das Illyrion?« fragte Sebastian. »Wie wir das bekommen?«

»Das ist meine Sorge«, erklärte Lorq. »Wir holen es uns, wenn die Zeit dafür gekommen ist. Ihr könnt euch jetzt alle eine Weile von den Kabeln lösen.«

Aber keiner hatte es damit eilig. Die Kegel verblaßten zu einfachen Lichtbalken, aber erst nach einer Weile verlöschten zwei ganz und kurz darauf zwei weitere.

Katin und Maus blieben am längsten.

»Captain?« fragte Katin nach ein paar Minuten. »Ich habe nachgedacht. Hat die Polizei etwas Besonderes gesagt, als du Dans … Unfall meldetest?«

Es dauerte beinahe eine Minute, bis Lorqs Antwort kam. »Ich habe ihn nicht gemeldet.«

»Oh«, sagte Katin. »Das hatte ich mir gedacht.«

Maus wollte dreimal »aber« sagen, ließ es dann aber bleiben.

»Prince hat Zugang zu allen offiziellen Akten der Dracopolizei. Das nehme ich wenigstens an; ich habe einen Computer darauf angesetzt, alle Polizeiakten in den Plejaden zu überwachen. Der seine ist bestimmt so progammiert, daß er alles, was auch nur auf die geringste Verbindung mit mir hinweist, gründlich analysiert. Wenn er Dan überprüfte, würde er eine Nova finden. Ich möchte nicht, daß er es so erfährt. Am liebsten wäre mir, wenn er überhaupt nicht wüßte, daß Dan tot ist. Soweit mir bekannt ist, befinden sich die einzigen Leute, die es wissen, auf diesem Schiff. So will ich es haben.«

»Captain!«

»Was ist denn, Maus?«

»Da kommt etwas.«

»Ein Versorgungsschiff für die Station?« fragte Katin.

»Dafür ist es zu nahe. Ich glaube, die beschnüffeln uns.«

Lorq schwieg, während das fremde Schiff über den Außenbildschirm glitt. »Geh vom Kabel. Wir sehen uns in der Messe. Ich komme gleich nach.«

»Aber Captain« — jetzt hatte Maus es endlich herausgebracht. »Es ist ein Frachter mit sieben Kegeln wie die *Roc,* nur unter Dracoflagge.«

»Was hat es hier zu suchen?«

»In die Messe habe ich gesagt.«

Katin las den Namen des Schiffes, als sein Erkennungsstrahl sich auf der Bodenleiste des Bildschirms abzeichnete: »*The Black Cockatoo.* Komm, Maus, der Captain hat gesagt, wir sollen abschneiden.« Sie zogen die Kabel aus den Dosen und gesellten sich zu den anderen am Rande des Pools.

Oben an der Wendeltreppe öffnete sich jetzt die Tür. Lorq trat auf die Treppe heraus.

Maus sah Von Ray an und dachte: Captain ist müde.

Katin musterte Von Ray und sein Spiegelbild in der Mosaikwand und dachte: seine Bewegungen wirken müde, aber das ist die Müdigkeit eines Athleten vor dem Endspurt.

Als Lorq die Hälfte der Stufen hinter sich gebracht hatte, leuchtete ein Wandbildschirm auf.

Sie zuckten zusammen. Maus atmete unwillkürlich auf.

»So«, sagte Ruby. »Beinahe unentschieden. Oder ist das fair? Du liegst immer noch vorne. Wir wissen noch nicht einmal, wo du den Preis finden willst. Dieses Rennen scheint aus Spurts und Warteperioden zu bestehen.« Ihre blauen Augen musterten die Mannschaft, blieben an Maus hängen, kehrten dann zu Lorq zurück. »Bis gestern abend in Taafit habe ich nie solchen Schmerz empfunden. Vielleicht habe ich ein behütetes Leben geführt. Aber was auch immer die Regeln sind, hübscher Kapitän«, Verachtung klang aus ihrer Stimme, »auch uns hat man zum Spielen erzogen.«

»Ruby, ich möchte mit dir sprechen ...« Lorqs Stimme stockte. »Und mit Prince. Persönlich.«

»Ich weiß nicht, ob Prince mit dir sprechen will. Was wir mitgemacht haben seit dem Augenblick, an dem du uns am Rande von Gold verließest, bis wir dann einen Arzt fanden, ist nicht gerade eine meiner — *unserer* angenehmsten Erinnerungen.«

»Sag Prince, daß ich mit einer Raumfähre zur *Black Cockatoo* hinüberkomme. Ich bin dieser Schauergeschichte müde, Ruby. Es gibt Dinge, die ihr von mir wissen wollt. Es gibt Dinge, die ich euch sagen möchte.«

Ihre Hand griff nervös in das Haar, das ihr bis zur Schulter fiel. Ihr dunkler Umhang endete in einem hohen Kragen. Nach einer Weile sagte sie: »Meinetwegen.« Und dann verblaßte ihr Bild.

Lorq sah seine Mannschaft an. »Ihr habt es gehört. An eure Kegel zurück. Tyÿ, ich hab' dich bei der Arbeit beobachtet. Du hast ganz offensichtlich mehr Erfahrung im Fliegen als irgend jemand anders hier an Bord. Nimm die Kapitänsstecker. Und wenn irgend etwas Ungewöhnliches passiert — *irgend etwas,* ob ich zurück bin oder nicht, dann hol die *Roc* hier raus, und zwar schnell.«

Maus und Katin sahen zuerst einander an und dann Tyÿ. Lorq ging über den Teppich und die Rampe hinauf. Auf halbem Wege blieb er stehen und starrte sein Spiegelbild an.

Dann spuckte er. Er verschwand, ehe die Wellen das Ufer erreicht hatten.

Seine Mannschaft sah sich verblüfft an und ging dann an die Arbeit.

Katin legte sich auf seine Couch, befestigte seine Stecker und schaltete den Sensor-Input für die Außenbetrachtung ein und stellte fest, daß die anderen dasselbe getan hatten.

Er sah zu, wie die *Black Cockatoo* näher trieb, um die Raumfähre aufzunehmen.

»Maus?«

»Yeah, Katin.«

»Ich mach' mir Sorgen.«

»Über Captain?«

»Über uns.«

Die *Black Cockatoo* drehte sich langsam neben ihnen, um den Orbit anzupassen.

»Wir trieben dahin, Maus, du und ich, die Zwillinge, Tyÿ und Sebastian, alles gute Leute — aber ohne Ziel. Und dann ergreift uns ein Besessener und schleppt uns hierher, an den Rand des Universums. Und wir treffen ein und finden, daß seine Besessenheit Ordnung in unsere Ziellosigkeit gebracht oder vielleicht dem Chaos mehr Bedeutung verliehen hat. Und was mir Sorgen macht, ist, daß ich ihm so dankbar bin. Ich sollte mich auflehnen, versuchen, meine eigene Ordnung durchzusetzen. Aber das tue ich nicht. Ich möchte, daß er sein infernalisches Rennen gewinnt. Ich möchte, daß er gewinnt. Und bis er gewinnt oder verliert, bin ich selbst völlig unwichtig.«

Die *Black Cockatoo* nahm die Raumfähre auf, wie ein Kanonenschuß, nur in umgedrehter Reihenfolge. Jetzt, da es nicht mehr nötig war, den Orbit anzupassen, trieb sie wieder von ihnen weg. Katin blickte ihr nach.

»Guten Morgen.«

»Guten Abend.«

»Nach Greenwichzeit ist es Morgen, Ruby.«

»Und ich erweise dir die Höflichkeit, dich nach Arkzeit zu begrüßen. Komm.« Sie zog die Schleppe ihrer Robe zu sich heran, um ihn vorbeitreten zu lassen.

»Ruby?«

»Ja?« Ihre Stimme klang hinter seiner linken Schulter.

»Jedesmal, wenn ich dich sah, habe ich mir etwas überlegt. Du hast mir so oft gezeigt, was für ein großartiger Mensch du bist. Aber das sind immer nur Andeutungen, Lichtblitze unter dem Schatten, den Prince wirft. Vor Jahren, als wir uns auf dieser Party an der Seine unterhielten, kam mir plötzlich der Gedanke, was für eine Herausforderung es doch sein müßte, dich zu lieben.«

»Paris ist Welten von uns entfernt, Lorq.«

»Prince steuert dich. Es ist kleinlich von mir, aber das ist es, was ich eben überhaupt nicht vergeben kann. Vor ihm hast du nie deinen eigenen Willen gezeigt. Bloß ein einziges Mal unter dieser ausgebrannten Sonne auf der anderen Welt, in Taafit. Du dachtest, Prince wäre tot. Ich weiß, daß du dich daran erinnerst. Ich habe seitdem nur an wenig anderes gedacht. Du hast mich geküßt. Aber er schrie, und du ranntest zu ihm. Ruby, er versucht, die Plejadenföderation zu vernichten. Sämtliche Welten, die dreihundert Sonnen umkreisen und unzählige Milliarden von Menschen. Das sind meine Welten. Ich kann nicht zulassen, daß sie sterben.«

»Du würdest die Säule von Draco umstürzen und die Schlange durch den Staub davonkriechen lassen, um sie zu retten? Du würdest der Erde ihre wirtschaftliche Unterstützung entziehen und die Fragmente in die Nacht fallen lassen? Du würdest die Welten Dracos ins Chaos, den Bürgerkrieg und die Armut stoßen? Die Welten Dracos sind Princes Welten. Bist du wirklich so anmaßend, daß du glaubst, er liebe seine Welten weniger als du die deinen?«

»Was liebst du, Ruby?«

»Du bist nicht der einzige, der Geheimnisse hat, Lorq. Prince und ich haben die unseren. Als du aus dem brennenden Felsen heraufkamst, ja, da dachte ich, Prince wäre tot. Ich hatte einen hohlen Zahn mit einer Strychninkapsel. Ich wollte dir einen Siegeskuß geben. Und das hätte ich getan, wenn Prince nicht geschrien hätte.«

»Prince liebt Draco?« Er wirbelte herum, packte sie am Arm, riß sie an sich.

Mit weit aufgerissenen Augen prallten ihre Gesichter aufeinander. Er preßte seinen vollen Mund auf ihre schmalen Lippen, bis ihre Lippen sich zurückzogen und seine Zunge ihre Zähne berührte.

Ihre Finger fuhren in sein wirres Haar. Und dann lockerte sich sein Griff, und sie war weg, ihre Augen waren weit, und ihre Lider verschleierten das blaue Licht in ihren Augen, bis die Wut sie wieder weitete.

»Nun?« Sein Atem ging schwer.

Sie hüllte sich in ihren Umhang. »Wenn eine Waffe mir einmal den Dienst versagt« — ihre Stimme war so heiser wie die von Maus —, »werfe ich sie weg. Sonst, hübscher Pirat, wärst du jetzt ...« Ließ ihre Härte nach?

»Wären wir ... Aber jetzt habe ich andere Waffen ...«

Die Messe der *Cockatoo* war klein und nüchtern. Zwei Cyborgstecker saßen auf den Bänken. Ein weiterer stand neben der Tür seiner Projektorkammer auf der Treppe.

Männer in weißen Uniformen mit scharf geschnittenen Zügen. Sie erinnerten Lorq an eine andere Mannschaft, mit der er einmal gearbeitet hatte. Auf ihren Schultern trugen sie die scharlachroten Embleme der Red Shift Ltd. Sie sahen Lorq und Ruby an. Der auf der Treppe trat in seine Kammer zurück. Die Tür schlug hinter ihm zu. Die anderen beiden standen auf, um zu gehen. »Kommt Prince herunter?«

Ruby deutete mit einer Kopfbewegung auf die eiserne Treppe. »Er erwartet dich in der Kapitänskajüte.«

Lorq ging die Treppe hinauf. Seine Sandalen klirrten auf den Stufen. Ruby folgte ihm. Er klopfte an die schwere Tür.

Sie schwang nach innen auf. Lorq trat ein, und eine Hand aus Metall und Plastik an einem langen vielgliedrigen Metallarm schob sich von der Decke und schlug ihm zweimal ins Gesicht. Lorq taumelte gegen die Tür — sie war innen mit Leder gepolstert —, so daß sie zuknallte.

»Das«, verkündete die Leiche, »ist dafür, daß du meine Schwester angefaßt hast.«

Lorq rieb sich die Wange und sah Ruby an. Sie stand an der Wand. Die Vorhänge waren von gleicher Farbe wie ihr Umhang.

»Glaubst du, daß ich nicht alles beobachte, was auf diesem Schiff vor sich geht?« fragte die Leiche. »Ihr Barbaren von den Plejaden seid wirklich so primitiv, wie Aaron immer sagte.«

Blasen stiegen in dem Tank auf, strichen über den nackten Fuß, fingen sich an seiner Leiste, rollten die Brust hinauf — Rippen zwischen schwarzen Hautfetzen — und verteilten sich um den verbrannten kahlen Schädel. Der lippenlose Mund grinste über zerbrochenen Zähnen. Ein Gewirr von Röhren und Drähten umgab ihn. Der eine Arm trieb vor und zurück, verkohlte Finger krallten sich in der Leichenstarre zu einer Klaue.

»Hat man dir nie gesagt, daß es unhöflich ist, einen anderen Menschen anzustarren? Du starrst mich nämlich an, weißt du.«

Die Stimme kam aus einem Lautsprecher in der gläsernen Wand.

»Ich fürchte, ich habe auf der anderen Welt etwas mehr Schaden erlitten als Ruby.«

Über dem Tank drehten sich zwei Kameras, als Lorq einen Schritt vortrat.

»Für den Besitzer der Red Shift Ltd. war dein Bahnanpassungsmanöver nicht besonders ...« Die banalen Worte reichten nicht aus, um Lorqs Erstaunen zu verdekken.

Die Kabel zur Steuerung des Schiffes liefen in Steckdosen an der gläsernen Frontwand des Tanks. Das Glas selbst war ein Teil der Wand. Die Kabel wanden sich über schwarze und goldene Kacheln und verschwanden schließlich hinter der kupfernen Deckplatte des Computers.

An den Wänden, dem Boden und der Decke zeigten Warpschirme in kunstvollen Rahmen das gleiche Bild der Nacht:

Und am Rande eines jeden Bildschirms war der graue Umriß der *Roc.*

Und in seiner Mitte der Stern.

»Tja«, sagte die Leiche, »ich war nie ein Sportler wie du. Trotzdem — du wolltest mich sprechen. Was hast du zu sagen?«

Wieder sah Lorq Ruby an. »Das meiste habe ich schon Ruby gesagt, Prince. Du hast es gehört.«

»Irgendwie kann ich mir nicht vorstellen, daß du uns beide hier an den Rand einer Sternkatastrophe schleppen würdest, nur um uns das zu sagen. Illyrion, Lorq Von Ray. Weder du noch ich haben den eigentlichen Zweck deines Kommens vergessen. Du wirst diesen Ort nicht verlassen, ohne uns zu sagen, wo du ...«

Der Stern wurde zur Nova.

Das Unvermeidliche kommt unvorbereitet.

In der ersten Sekunde wechselten die Bilder um sie von Punkten zu Scheinwerfern. Und die Scheinwerfer wurden heller.

Ruby trat zurück, hob den Arm über die Augen. »Das ist zu früh«, schrie die Leiche. »Tage zu früh ...!«

Lorq machte drei Schritte, riß zwei Stecker aus dem Tank und befestigte sie an seinen Handgelenken. Den dritten Stecker schob er in seine Wirbelsäulendose. Der Puls des Schiffes durchflutete ihn. Sensor-Input. Das Bild in der Kajüte wurde von Nacht überlagert. Und die Nacht stand in Flammen.

Er riß den Operateuren das Steuer des Schiffes weg und drehte die *Cockatoo* herum, so daß sie auf den Lichtknoten wies. Das Schiff schoß nach vorne.

Die beiden Kameras drehten herum, um ihn ins Bild zu bekommen. »Lorq, was *machst* du?« rief Ruby.

»Haltet ihn auf!« schrie die Leiche. »Er fliegt uns in die Sonne!« Ruby sprang Lorq an, packte ihn. Sie drehten sich herum, taumelten. Die Kajüte und die Sonne draußen überlagerten sich vor seinem Auge wie eine Doppelbelichtung. Sie griff sich ein Kabel, warf es um seinen Hals, drehte es zusammen und begann ihn zu würgen. Und er packte sie am Arm und stieß mit der anderen Hand ihr Gesicht weg. Sie stöhnte, und ihr Kopf fiel in den Nacken (seine Hand schob sie mitten in das Licht hinein), ihr Haar löste sich, die Perücke fiel von ihrer verbrannten Kopfhaut. Sie hatte den Medorobot nur benutzt, um ihre Gesundheit wiederherzustellen. Die kosmetische Plastikhaut, mit der sie ihr Gesicht kaschiert hatte, riß unter seinen Fingern. Gummiartiger Film löste sich von ihrer fleckigen Wange. Plötzlich riß Lorq die Hand weg. Und als ihr ruiniertes Gesicht ihn aus dem Feuer anschrie, riß er ihre Hände von seinem Hals und stieß sie von sich. Ruby taumelte zurück, stolperte über ihren Umhang, stürzte. Und gerade als die mechanische Hand von der Decke nach ihm schlug, duckte er sich weg. Er fing sie.

Und sie war weit schwächer als die Hand eines Menschen.

Es fiel ihm leicht, sie auf Armeslänge von sich zu halten, als die Finger aus dem wütenden Stern nach ihm griffen. »Halt!« brüllte er. Und gleichzeitig befahl sein Gehirn, den Sensor-Input abzuschalten.

Die Schirme wurden grau. Die Feuer gingen in seinen Augen aus. »Was, zum Teufel, hast du vor, Lorq?«

»Ich will in die Hölle springen und mit bloßen Händen Illyrion herausholen!«

»Er ist wahnsinnig!« kreischte die Leiche. »Ruby, er ist verrückt! Er bringt uns um, Ruby! Das ist alles, was er will, uns umbringen!«

»Ja! Ich bringe euch um!« Lorq stieß die Hand weg. Sie krampfte sich um das Kabel, das von seinem Handgelenk hing, versuchte es aus der Steckdose zu reißen. Lorq packte den Arm aufs neue; das Schiff stampfte.

»Um Himmels willen, hol uns da raus, Lorq!« schrie die Leiche. »Hol uns hier raus!«

Wieder ruckte das Schiff. Die künstliche Schwerkraft setzte den Bruchteil einer Sekunde aus, ließ die Flüssigkeit im Tank hochschwappen.

»Zu spät«, flüsterte Lorq. »Der Schwerkraftkreisel hat uns erfaßt.«

»Warum tust du das?«

»Bloß um dich zu töten, Prince.« Lorqs Gesicht war eine starre Maske aus Wut und Gelächter. »Das ist alles, Prince! Sonst habe ich jetzt nichts mehr vor.«

»Ich will nicht noch einmal sterben!« kreischte die Leiche. »Ich will nicht verbrennen wie ein Insekt in einem einzigen Blitz!«

»Blitz?« Lorqs Gesicht verzerrte sich um seine Narbe. »O nein! Es wird langsam sein, langsamer als zuvor. Zehn, zwanzig Minuten mindestens. Es fängt schon an warm zu werden, oder? Aber es dauert noch mindestens fünf Minuten, bis es wirklich unerträglich wird.«

Unter dem goldenen Flammenschein verdunkelte sich Lorqs Gesicht. Speichel hing an seinen Lippen. »Du wirst in deinem Topf kochen wie ein Fisch ...« Er sah sich in der Kajüte um. »Was kann hier brennen? Die Vorhänge? Ist dein Schreibtisch aus echtem Holz? Und all die Papiere?«

Die mechanische Hand riß sich von Lorq los. Der Arm schwang durch den Raum, die Finger packten Rubys Hand. »Nein, Ruby! Du mußt ihn aufhalten! Er darf uns nicht töten!«

»Du befindest dich in einer Flüssigkeit, Prince. Also wirst du sie brennen sehen, ehe es mit dir selbst zu Ende geht. Ruby, die Stellen an dir, wo du bereits gebrannt hast, werden nicht schwitzen können. Also wirst du vorher sterben. Er wird dich ein paar Augenblicke beobachten können, ehe seine eigenen Körpersäfte zu kochen beginnen. Der Gummi fließt weg, das Plastik schmilzt ...«

»Nein!« Die Hand riß sich von Ruby los, schwang durch die Kajüte und krachte gegen die Tankwand. »Verbrecher! Dieb! Pirat! Mörder! Mörder! Nein! ...«

Die Hand war schwächer, als sie in Taafit gewesen war.

Und das Glas auch.

Das Glas brach.

Nährflüssigkeiten benetzten Lorq, der sich sofort zurückwarf. Die Leiche sackte in dem Tank zusammen, nur von Röhren und Drähten gehalten.

Und die Kameras kreisten wild.

Die Hand krachte auf den nassen Kachelboden.

Und als die Finger zur Ruhe kamen, schrie Ruby auf und schrie wieder. Sie warf sich auf den Boden, arbeitete sich über die Glasscherben, packte die Leiche, drückte sie an sich, küßte sie und schrie und küßte sie wieder. Ihr Umhang schwärzte sich in der Pfütze.

Und dann erstickte ihr Schrei.

Sie ließ den Körper los, warf sich gegen die Tankwand und griff sich an den Hals. Ihr Gesicht rötete sich unter den Verbrennungen und dem ruinierten Make-up. Sie glitt an der Wand zu Boden. Als sie liegenblieb, waren ihre Augen geschlossen.

»Ruby...?« Ob sie sich geschnitten hatte, als sie über die Glasscherben stieg? Aber das war gleichgültig. Der Kuß war es gewesen. So kurz nach schweren Verbrennungen, selbst mit all der Behandlung, die der Medorobot ihr hatte angedeihen lassen, mußte sie sich in einem hyperallergischen Stadium befunden haben. Die fremden Proteine in Princes Nährflüssigkeit waren in ihr System eingedrungen und hatten eine massive Histaminreaktion hervorgerufen. Und binnen Sekunden hatte der anaphylaktische Schock sie dahingerafft. Und Lorq lachte.

Zuerst war es ein dumpfes Poltern, so als rutschten in seiner Brust mächtige Steinbrocken herum. Und dann schrie er sein Lachen heraus, bis es die ganze Kajüte füllte. Der Triumph war etwas, das man hinauslachen konnte, etwas Schreckliches — und gehörte ihm!

Er atmete tief. Das Schiff gehorchte jedem Fingerdruck. Immer noch blind drängte er die *Black Cockatoo* in die berstende Sonne.

Und irgendwo in den Tiefen des Schiffes weinte einer der Männer...

»Der Stern!« rief Maus.

»Jetzt ist er zur Nova geworden!«

Und Tyÿs Stimme hallte aus den Lautsprechern: »Hier wir verschwinden! Jetzt!«

»Aber der Kapitän!« schrie Katin. »Schaut euch die *Black Cockatoo* an!«

»Die *Cockatoo* — mein Gott, sie ...«

»Großer Gott, sie stürzt auf ...«

»... stürzt auf die ...«

»... die Sonne!«

»Also, alles aufpassen, Kegel bereit. Katin, ich gesagt habe, du Kegel bereit!«

»Mein Gott ...«, hauchte Katin. »O nein ...«

»Es zu hell ist«, entschied Tyÿ. »Sensoren wir abschalten!«

Die *Roc* nahm Fahrt auf.

»O mein Gott! Sie — sie stürzen wirklich! Es ist so hell! Sie werden sterben! Sie werden verbrennen wie — sie fallen! O mein Gott, halt sie doch auf! Tut doch jemand etwas! Der Kapitän ist dort drüben! Ihr müßt etwas tun!«

»Katin!« schrie Maus. »Verdammt noch mal, schalt die Sensoren ab! Bist du verrückt?«

»Es wächst, es ist so hell ... hell ... heller! Ich kann sie kaum sehen!«

»Katin!«

Und plötzlich kam es ihm, und Maus schrie: »Erinnerst du dich nicht an Dan? Schalt deine Sensoren ab!«

»Nein! Nein, ich muß es sehen. Jetzt fängt es an zu brüllen. Es zerreißt die ganze Nacht. Man kann riechen, wie es brennt, wie es die Dunkelheit verbrennt. Ich kann sie nicht mehr sehen — nein, da sind sie!«

»Katin hör auf!« Maus zwängte sich unter Olga heraus. »Tyÿ, schalt seinen Input ab!«

»Ich kann nicht. Ich muß dieses Schiff fliegen. Gegen die Schwerkraft. Katin! Sensor abschalten, ein Befehl das ist!«

»Immer tiefer ... tiefer ... jetzt hab' ich sie wieder verloren! Ich kann sie nicht mehr sehen. Das Licht wird jetzt rot — ich kann nicht ...«

Maus spürte, wie ein Ruck durchs Schiff ging, als Katins Kegel plötzlich frei schwang.

Und dann schrie Katin: »Ich kann nichts sehen!« Aus dem Schrei wurde ein Schluchzen. »Ich kann *gar nichts mehr* sehen!«

Und Maus krümmte sich auf seiner Couch und preßte die Fäuste über die Augen und zitterte.

»Maus!« schrie Tyÿ. »Verdammt, wir einen Kegel verloren haben. Streng dich an!«

Und Maus ließ seinen Kegel kreisen. Tränen der Angst und des Schreckens quollen aus seinen Augen, als er Katins Schluchzen hörte. Und die *Roc* stieg und die *Black Cockatoo* sank. Und die Sonne war eine Nova.

Einem Geschlecht von Piraten entsprungen, blind im Feuer kreisend, nennt man mich Pirat, Mörder, Dieb.

Ich ertrage es.

In wenigen Augenblicken werde ich meinen Preis einsammeln und zu dem Mann werden, der Draco über den Rand des Morgens gestoßen hat. Daß es geschah, um die Plejaden zu retten, macht ein solches Verbrechen nicht kleiner. Jene, die die größte Macht besitzen, müssen am Ende auch die größten Verbrechen begehen. Hier auf der *Black Cockatoo* bin ich nur noch eine Flamme, weit von der Ewigkeit entfernt. Einmal sagte ich ihr, wir wären nicht wert, eine Bedeutung zu haben. Auch nicht wert, einen bedeutungsvollen Tod zu sterben. (Es gibt einen Tod, dessen einzige Bedeutung darin liegt, daß man ihn starb, um das Chaos zu verteidigen. Und sie sind tot ...) Solche Leben und solche Tode verschließen sich jeder Bedeutung, halten dem Mörder die Schuld fern, dem gesellschaftlich wohltätigen Helden den Stolz. Wie stützen andere Verbrecher ihre Verbrechen? Die hohlen Welten stoßen ihre hohlen Kinder in die Höhe, Kinder, die nur dazu herangewachsen sind, um zu spielen oder zu kämpfen. Reicht das, um zu gewinnen? Ich habe den Kosmos zu einem Drittel niedergeschlagen, um einen anderen hochzuheben und einen weiteren taumelnd davonlaufen zu lassen, und ich spüre keine Sünde an mir. Dann muß es sein, daß ich frei bin und böse. Nun denn, ich bin frei und beklage sie mit meinem Gelächter. Maus, Katin, ihr, die ihr aus dem Netz sprechen könnt, welcher von euch ist der Blindere, weil er nicht gesehen hat, wie ich unter dieser Sonne siegte? Ich kann das Feuer an mir vorbeitoben spüren. Wie du, du toter Dan, werde ich bei Morgendämmerung und am Abend zugreifen, aber ich werde den Mond gewinnen.

Dunkelheit.

Schweigen.

Nichts.

Und dann zittert der Gedanke:

Ich denke ... deshalb bin ich ... bin ich Katin Crawford? Er stemmte sich dagegen. Aber der Gedanke war er, und er war der Gedanke.

Ein Flackern.

Ein Klirren.

Es begann.

Nein! Er krallte sich an der Dunkelheit fest und sein inneres Ohr erinnerte sich daran, wie jemand kreischte: »Denk an Dan ...« und sein inneres Auge bildete das taumelnde Wrack ab.

Ein anderer Ton, ein Geruch, ein Flackern jenseits seiner Lider.

Im Schrecken des feurigen Mahlstroms kämpfte er um erlösende Ohnmacht, aber der Schrecken ließ sein Herz schneller schlagen, und sein schnellerer Puls trieb ihn hoch, hoch, wo die Herrlichkeit des sterbenden Sterns auf ihn wartete.

Er hielt den Atem an und schlug die Augen auf.

Pastellfarben perlten vor ihm. Akkorde gingen ineinander über. Dann Minze, Kardamom, Sesam, Anis ...

Und hinter den Farben eine Gestalt. »Maus?« wisperte Katin. Und er staunte selbst, wie deutlich er sich vernahm.

Maus nahm seine Hände von der Syrynx.

Farben, Geruch und Musik verstummten.

»Bist du wach?«

Maus saß auf dem Fenstersims, die Schultern und die linke Gesichtshälfte im kupfernen Schein. Der Himmel hinter ihm war Purpur.

Katin schloß die Augen, drückte den Kopf ins Kissen zurück und lächelte. Das Lächeln wurde breiter und breiter, platzte über seinen Zähnen auf und kämpfte schließlich gegen die Tränen. »Ja.« Er entspannte sich und öffnete erneut die Augen. »Ja, ich bin wach.« Er stemmte sich hoch. »Wo sind wir? Ist das die Alkane-Station?« Aber vor dem Fenster lag eine Landschaft.

Maus stieg vom Sims. »Mond eines Planeten namens New Brazillia.« Katin stand auf und ging ans Fenster. Jenseits der Atmosphärekuppel, über den paar niedrigen Gebäuden, dehnte sich eine schwarzgraue Felslandschaft bis zu einem mondnahen Horizont. Er atmete, atmete kühle, ozonhaltige Luft und sah dann wieder Maus an. »Was ist geschehen, Maus? O Maus, ich dachte, ich würde aufwachen wie ...«

»Dan hat es auf dem Weg in eine Sonne erwischt. Dich hat es erwischt, als wir schon wieder herausflogen. Sämtliche Frequenzen sind die Rotverschiebung hinuntergedopplert. Die UV-Strahlen sind es, die die Retina ablösen und Dinge tun, wie sie Dan zugestoßen sind. Tyÿ hatte schließlich einen Augenblick Zeit, deinen Sensor-Input abzuschalten. Du warst wirklich eine Weile blind, weißt du? Wir haben dich, sobald wir in Sicherheit waren, in den Medico gesteckt.«

Katin runzelte die Stirn. »Was machen wir dann hier? Was ist denn geschehen?«

»Wir blieben draußen bei den bemannten Stationen und betrachteten das Feuerwerk aus sicherer Entfernung. Es dauerte etwas mehr als drei Stunden, bis es die höchste Intensität erreichte. Wir sprachen gerade mit der Mannschaft der Alkane-Station, als wir das Signal des Kapitäns von der *Black Cockatoo* bekamen. Also nahmen wir ihn mit und ließen die Cyborgstecker der *Cockatoo* frei.«

»Nahmen ihn mit! Soll das heißen, daß er es *geschafft* hat?«

»Yeah. Er ist in einem anderen Zimmer. Er möchte mit dir sprechen.«

»Dann war das also wirklich sein Ernst, daß Schiffe in eine Nova hineinfliegen und auf der anderen Seite wieder herauskommen können?« Sie gingen auf die Tür zu.

Draußen gingen sie einen Korridor mit Glaswänden entlang, die auf die nackte Oberfläche eines Mondes hinausblickten. Katin war in bewundernde Betrachtung der Leere versunken, als Maus sagte: »Hier.« Sie öffneten die Tür.

Ein Lichtbalken fiel über Lorqs Gesicht. »Wer ist da?«

»Captain?« fragte Katin.

»Was?«

»Captain Von Ray?«

»... Katin?« Seine Finger tasteten nach der Armlehne des Sessels. Gelbe Augen starrten, sprangen; sprangen, starrten.

»Captain, was ...?« Katins Gesicht furchte sich. Er kämpfte die Angst nieder, zwang sein Gesicht, sich zu entspannen.

»Ich habe Maus gesagt, daß er dich zu mir bringen soll, wenn du wach bist. Du ... bist in Ordnung. Gut.« Schmerz zerrte sein zerfetztes Fleisch auseinander, lokkerte sich dann. Und einen Augenblick war da nur Agonie.

Katin hielt den Atem an.

»Du hast auch versucht, es dir anzusehen. Ich bin froh. Ich dachte immer, daß du derjenige sein würdest, der mich begreift.«

»Du ... bist in die Sonne gefallen?« Lorq nickte.

»Aber wie bist du herausgekommen?«

Lorq drückte den Kopf gegen die Rückenlehne, dunkle Haut, rotes, mit Gelb durchsetztes Haar, seine glasigen Augen waren die einzigen Farben im Raum. »Was? Herausgekommen sagst du?« Sein Lachen bellte. »Das ist jetzt kein Geheimnis mehr. Wie ich herauskam?« Ein Muskel zitterte an seinem Kinn. »Eine Sonne« — Lorq hob eine Hand, und die Finger krümmten sich, um eine unsichtbare Kugel zu halten —, »sie rotiert, wie eine Welt, wie einige Monde. Und bei der Masse eines Sterns bedeutet Rotation unglaubliche Zentripetalkräfte, die am Äquator nach außen drängen. Und am Ende des Pränovastadiums, wenn all die schweren Elemente an der Oberfläche sind, wenn der Stern wirklich zur Nova wird, dann fällt alles nach innen, zum Zentrum.« Seine Finger begannen zu zittern. »Wegen der Rotation fällt die Materie an den Polen schneller als die Materie am Äquator.« Er krampfte sich wieder an der Stuhllehne fest. »Und binnen Sekunden nach Ausbruch der Nova hat man keine Kugel mehr, sondern einen ...«

»Einen Torus!«

Linien überzogen Lorqs Gesicht, und sein Kopf ruckte zur Seite, als wollte er einem großen Licht ausweichen. Und dann sahen sie die narbigen Linien wieder an. »Hast du Torus gesagt? Ein Torus, ja. Die Sonne sah aus wie ein Autoreifen, wie ein Napfkuchen, mit einem Loch, groß genug, daß der Jupiter zweimal nebeneinander hindurchgepaßt hätte.«

»Aber das Alkane-Institut studiert Novä jetzt doch seit mehr als einem Jahrhundert! Warum haben *sie* es denn nicht gewußt?«

»Die Materieverschiebung findet in Richtung auf das Zentrum der Sonne zu statt. Die Energieverschiebung weist nur nach außen. Die Schwerkraft funktioniert dann wie ein Trichter und zieht alles auf das Loch zu; und die Energieverschiebung sorgt dafür, daß die Temperatur in dem Loch so kühl ist wie die Oberfläche eines roten Riesen — weniger als fünfhundert Grad.«

Obwohl es kühl in dem Krankenzimmer war, sah Maus, daß Katin Schweißtropfen auf der Stirn standen.

»Die topologische Ausdehnung eines Torus von dieser Dimension — die Korona und das ist alles, was die Alkane-Station sehen kann — ist beinahe identisch mit einer Kugel. So groß das Loch auch ist, verglichen mit der Größe des Energieballes wäre es ziemlich schwierig, dieses Loch zu finden, es sei denn, man wüßte, wo es ist — oder man stürzt zufällig hinein.« Auf der Armlehne des Stuhls streckten sich die Finger plötzlich, zitterten. »Das Illyrion ...«

»Du ... du hast dein Illyrion bekommen, Captain?«

Wieder hob Lorq seine Hand vor das Gesicht, dieses Mal als Faust. Er versuchte, seinen Blick auf sie zu konzentrieren. Mit seiner anderen Hand tastete er danach, verfehlte sie, tastete erneut, verfehlte sie völlig. Und noch einmal: geöffnete Finger umfaßten die geschlossenen. Und die doppelte Faust zitterte, als hätte ihr Besitzer die Gicht. »Sieben Tonnen! Die einzigen Elemente, die dicht genug sind, um am Rande des Loches zu bleiben, sind Transdreihundertelemente. Illyrion. Es schwebt dort frei herum, und jeder, der es haben will, kann es sich nehmen. Flieg ein Schiff hinein, sieh dich um, wo es Illyrion gibt, und sammle es mit deinen Projektorkegeln ein. Illyrion — praktisch frei von Unreinheiten.« Seine Hände lösten sich voneinander. »Du brauchst nur ... nur den Sensor einzuschalten und dich umzusehen, wo es ist.« Er senkte sein Gesicht. »Da lag sie ... ihr Gesicht ... eine Ruine, mitten in der Hölle. Und ich streckte meine sieben Arme aus, mitten in den blendenden Tag hinein, um die Stücke der Hölle einzusammeln, die vorbeischwebten ...« Er hob den Kopf wieder. »Auf New Brazillia gibt es ein Illyrionbergwerk ...« Draußen vor dem Fenster hing ein scheckiger Planet riesig am Himmel. »Es gibt Geräte dort, um die Illyrionladungen zu verarbeiten. Aber ihr hättet ihre Gesichter sehen sollen, als wir unsere sieben Tonnen ablieferten, was, Maus?« Wieder lachte er laut. »Stimmt doch, Maus? Du hast es mir gesagt, wie sie schauten, ja? ... Maus?«

»Ja, stimmt schon, Captain.«

Lorq nickte, atmete tief. »Katin, Maus, ihr habt euren Job erledigt. Ihr habt eure Papiere. Hier starten regelmäßig Schiffe. Sollte nicht schwer für euch sein, eines zu finden.«

»Captain«, fragte Katin, »was wirst du jetzt tun?«

»Auf New Brazillia gibt es ein Haus, in dem ich als Junge angenehme Tage verbrachte. Dorthin gehe ich zurück ... um zu warten.«

»Gibt es nichts, was du tun könntest, Captain? Ich hab' nachgesehen und ...«

»Was? Sprich lauter.«

»Ich sagte, mir geht es gut und *ich* habe nachgesehen!« Katins Stimme brach.

»Du hast nachgesehen. Ich hab' auch nachgesehen, als ich im Zentrum der Nova war. Die Nervenstörung reicht bis ins Gehirn. Neurokongruenz.« Er schüttelte den Kopf. »Maus, Katin, Ashton Clark.«

»Aber Captain ...«

»Ashton Clark.«

Katin sah Maus an und dann den Kapitän. Maus strich über den Sack mit seiner Syrynx. Dann blickte er auf. Und nach einer Weile drehten sich beide um und verließen den lichtlosen Raum.

Draußen blickten sie noch einmal auf die Mondlandschaft hinaus. »So«, sinnierte Katin. »Von Ray hat es, und Prince und Ruby haben es nicht.«

»Sie sind tot«, erklärte Maus. »Captain hat gesagt, daß er sie getötet hat.«

»Oh.« Katin blickte auf die Mondlandschaft hinaus. Nach einer Weile sagte er: »Sieben Tonnen Illyrion, und das Gleichgewicht beginnt sich zu verschieben. Draco fängt an unterzugehen, und die Plejaden werden mächtiger. Die Äußeren Kolonien werden einige Veränderungen durchmachen. Ashton Clark sei gelobt, daß es heute nicht mehr so schwierig ist, Arbeitskräfte anderweitig unterzubringen. Aber Probleme wird es dennoch geben. Wo sind Lynceos und Idas?«

»Bereits abgereist. Sie haben ein Stellagramm von ihrem Bruder bekommen und werden ihn besuchen, da sie ohnehin hier in den Äußeren Kolonien waren.«

»Tobias?«

»Ja.«

»Arme Zwillinge. Arme Drillinge. Wenn der Wechsel anfängt ...« Katin schnippte mit den Fingern. »Keine Wonne mehr.« Er blickte zum Himmel, an dem fast keine Sterne standen. »Das ist ein Augenblick, der in die Geschichte eingehen wird, Maus.« Maus kratzte mit seinem kleinen Fingernagel Wachs aus dem Ohr. Sein Ohrring glitzerte. »Yeah. Das hatte ich auch gedacht.«

»Was willst du jetzt tun?«

Maus zuckte die Schultern. »Ich weiß wirklich nicht. Und da habe ich Tyÿ gebeten, mir die Karten zu schlagen.«

Katin hob die Brauen.

»Sie und Sebastian sind jetzt unten. Ihre Biester sind in der Bar freigekommen. Haben allen eine Höllenangst eingejagt und beinahe das ganze Lokal zertrümmert.« Er lachte. »Das hättest du sehen sollen. Und wenn sie den Besitzer beruhigt haben, kommen sie herauf, um mir die Karten zu legen. Wahrscheinlich werde ich wieder einen Job auf einem Raumschiff bekommen. Hat nicht viel Sinn, sich jetzt noch mit den Bergwerken zu beschäftigen.« Seine Finger schlossen sich um den Ledersack unter seinem Arm. »Es gibt noch eine Menge zu sehen und eine Menge zu spielen. Vielleicht können wir beide noch eine Weile beisammenbleiben, auf demselben Schiff anmustern. Manchmal machst du mir verdammten Spaß. Was hast du denn für Pläne?«

»Ich hab' wirklich noch keine Zeit gehabt, darüber nachzudenken.« Er schob die Hände in den Gürtel und senkte den Kopf.

»Was tust du jetzt?«

»Nachdenken.«

»Was denn?«

»Daß ich hier auf einem prima Mond bin; ich habe gerade einen Job beendet. Also habe ich eine Weile keine Sorgen. Warum soll ich mich eigentlich nicht hier niederlassen und ernsthaft an meinem Roman arbeiten?« Er blickte auf. »Aber weißt du was, Maus? Ich weiß wirklich nicht, ob ich ein Buch schreiben will.«

»Was?«

»Als ich diese Nova ansah ... nein, nachher, kurz bevor ich aufwachte und dachte, ich müßte den Rest meines Lebens hinter Scheuklappen und mit zugestöpselten Ohren und Nase verbringen und den Verstand verlieren, da wurde mir klar, wieviel ich noch nicht gesehen hatte, wieviel ich nicht gehört, nicht gerochen, nicht geschmeckt hatte — wie wenig ich von diesen Grundbausteinen des Lebens wußte, die du praktisch in den Fingern hältst. Und dann hat Captain ...«

»Zum Teufel«, sagte Maus. Und dann wischte er mit den nackten Zehen Staub von seinem Stiefel. »Nach all der Arbeit, die du hineingesteckt hast, willst du es jetzt gar nicht schreiben?«

»Maus, ich möchte ja gerne, aber ich habe immer noch kein Thema. Und ich habe mich gerade entschlossen, auszuziehen und eines zu suchen. Im Augenblick bin ich bloß ein heller Bursche mit einer Menge zu sagen und keinem Thema.«

»Das ist feige«, knurrte Maus. »Was ist denn mit dem Kapitän und der *Roc?* Und du hast doch gesagt, daß du über mich schreiben willst. Okay, dann tu's doch. Und über dich selbst sollst du auch schreiben. Schreibe über die Zwillinge. Glaubst du wirklich, daß die dich verklagen würden? Mächtig stolz wären sie alle zwei. Ich möchte, daß du es schreibst, Katin. Kann sein, daß ich es nicht lesen kann, aber anhören werd' ich es mir schon, wenn du es mir vorliest.«

»Wirklich?«

»Sicher. Wo du jetzt doch schon so viel hineingesteckt hast — du wärest bestimmt todunglücklich, wenn du jetzt aufhörst.«

»Maus, das ist wirklich eine große Versuchung. Ich habe seit Jahren nichts anderes tun wollen.« Und dann lachte Katin. »Nein, Maus. Ich bin noch viel zu sehr Denker. Diese letzte Reise der *Roc*? Dazu bin ich mir ihres symbolhaften Charakters viel zu bewußt. Ich sehe mich heute schon, wie ich eine allegorische Suche nach dem Gral daraus mache. Anders könnte ich damit nicht fertig werden. Und ich weiß, daß ich eine Menge mystischen Symbolismus hineininterpretieren würde. Erinnerst du dich an all diese Schriftsteller, die gestorben sind, ehe sie ihre Gralsromane fertigstellen konnten?«

»Ach, Katin, das ist doch alles Unsinn. Du mußt den Roman schreiben!«

»Unsinn wie die Tarotkarten? Nein, Maus. Bei einem solchen Unternehmen hätte ich Angst um mein Leben.« Wieder blickte er über die Landschaft. Der Mond, ihm so vertraut, half ihm, mit all dem Unbekannten draußen Frieden zu schließen. »Ich will es. Ehrlich. Aber ich würde von Anfang an gegen ein Dutzend Flüche kämpfen müssen, Maus. Vielleicht könnte ich es sogar. Aber ich glaube es nicht. Der einzige Schutz vor dem Fluch wäre, glaube ich, mein Vorhaben aufzugeben, ehe ich den letzten Satz ...

Athen, Juni 66 —
New York, Mai 70